illust. selen

아사기리 아사키 지음
셀렌 일러스트

벨 푸페의 슈퍼달링 약혼

spadari fian çailles de belle poupée

~"취향이 아니야"라는 말을 들은 인형 공녀, 참는 걸 그만두니 황자가 푹 빠졌다. 참으로 사랑스럽군!~

1장

벨 푸페의 슈퍼달링 약혼

2장

붉은 눈의 저주와 거짓과 진실

BELLE POUPÉE NO SUPADARI KONYAKU
-"KONOMI JA NAI" TO IWARETA NINGYO HIME,
GAMAN WO YAMETARA OUJI GA DEREDERE NI NATTA. JITSU NI UI!- vol.1

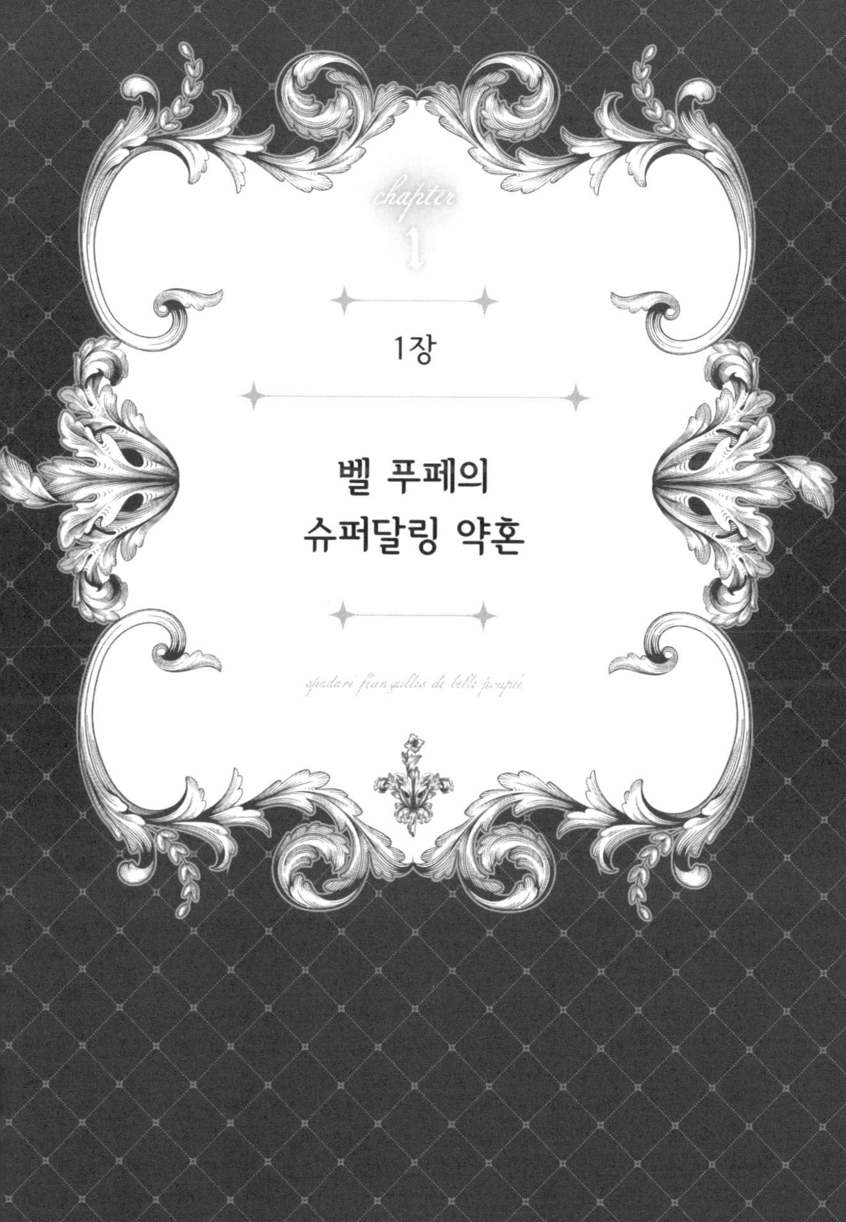

chapter 1

1장

벨 푸페의 슈퍼달링 약혼

1 아름다운 인형의 본성

“나는 좀 더 성숙하고 우아한 여성을 좋아해. 아무리 네가 벨 푸페belle poupée… 인형처럼 아름답다고 해도 전혀 취향이 아니야. 지금까지 그냥 생글생글 웃기만 하면 멋대로 네 손안에서 놀아났던 남자들과 똑같이 취급하지 마.”

나른함을 띤 채 가늘어진 붉은 눈동자. 어깨 정도까지 기른 흑발. 답답하다는 듯이 풀어헤친 복장.

로스만 제국 제2황자 질베르.

소문으로 들은 대로 방탕한 모습이었다. 이곳이 건국 기념행사 파티장이고, 눈앞에 있는 이가 처음 대면하는 약혼자임을 이해하지 못한 게 아닌가 하는 생각마저 들었다.

벨 푸페. 아름다운 인형이라 불리는 레티시아 오를레시앙은 질베르의 말에 온화한 미소로 응했다.

샹들리에가 빛나는 호화로운 파티장.

새빨간 카펫도, 벽에 장식된 그림도, 테이블에 차려진 요리도, 모두가 최고급. 천장 부근에까지 닿는 커다란 창에는 실내의 불빛이 반사되어 환상적인 아름다움이 연출되고 있었다.

그야말로 호화찬란이라는 단어에 어울리는 화려함이다.

당연히 아름다운 귀부인과 영애들의 모습이 곳곳에 가득했다.

그러나 그중에서도 한층 더 시선을 모으는 이가 바로 레티시아였다.

살랑이며 흩날리는 실크 같은 은색 머리카락. 사파이어를 박은 듯 짙은 푸른 눈동자. 비스크 돌 같은 피부는 피가 통하기는 하는지 불안해질 만큼 하얗다.

16세의 나이임에도 145센티미터도 되지 않는 작은 키는 레티시아를 더욱 인형처럼 보이게 했다.

무엇보다 레티시아는 웬만해선 입을 열지 않았다. 표정도 바꾸지 않는다.

그런 연유로 벨 푸페belle poupée, 아름다운 인형이라 불린다.

오를레시앙 공작가의 인형 공녀로 사교계에서는 유명했다.

황자답지 않게 방탕해 주변 사람들을 애먹이고, 끊임없이 여자 문제를 일으키는 질베르와 레티시아의 약혼이 결정됐을 때는 누구나 귀를 의심했다.

"너에게는 감정이라는 게 없나? 나는 미술품으로서 아내를 원하는 게 아니야. 계약 파기를 제안해 준다면 당장이라도 사인을 하지. 잘 기억해 둬."

레티시아는 그의 말에 스커트 자락을 들며 조용히 머리를 숙였다.

주위에서 웅성거림이 새어 나왔다.

질베르에 대한 비난과 레티시아에 대한 연민으로 가득했다.

그것도 당연하다. 사교계에서 두 사람의 평판은 하늘과 땅 정도의 차이가 있었다.

레티시아는 미소 뒤로 기괴한 생물이 다 있다며 고개를 갸웃거렸다.

'대충 미리 들은 평판대로군. 창관에 드나드는지는 나중에 확인해 보기로 하고, 이런 자리에서 경솔한 발언을 하면 어떻게 될지는 뻔히 알고 있을 텐데. 다소 연기처럼 느껴지기는 했지만, 아무 생각도 없이 한 짓이라면 그냥 바보일 테지.'

인형 공녀가 질베르의 약혼자가 된 경위는 모든 이가 황자와의 약혼을 사양하는 와중에 레티시아만이 거절하지 않았다는 지극한 단순한 것이었다.

그러나 실은 또 다른 이유가 있었다.

'아니, 마이너스 부분만 늘어놔 봤자 별수 없지. 얼굴은 봐 줄

만해. 아름다운 것은 그것만으로도 가치가 있어. 좋다, 좋아. 미술품으로서 아껴 주면 되겠지! 나는 남편이 미술품이라도 전혀 상관없으니!'

…그렇다, 소녀라기에는 너무나도 초연했던 것이다.

벨 푸페란 만들어진 모습.

그 강인한 정신과 웬만한 것에는 겁먹지 않는 대담한 성격, 그러나 자신의 신조는 결코 굽히지 않는 완고함과 아이다운 오만함도 겸비한, 뒤에서 나라를 좌지우지한다는 소문이 있는 오를레시앙 가문의 일원들마저도 연이어 함락시킨 여걸이었다.

남모르게 레티시아 님 팬클럽이라는 것이 존재하며, 저택 내에서 일하는 모든 자들뿐만 아니라 아버지와 어머니를 제외한 가족들도 거기에 가입했다고 하던가.

그렇기에 양친도 이 아이라면 문제없이 해낼 수 있을 거라는 신뢰 아래 보내 준 것이었다. 아마도.

마지막으로 슬쩍 '더는 네 고삐를 못 쥐고 있겠다'라고 부친이 말한 것 같기는 하지만. 레티시아는 사소한 일 같은 건 기억하지 않았다. 그런 것은 쓰레기와 함께 뭉쳐서 버리는 편이 가장 좋다.

레티시아는 자기 할 말만 하고 떠나려는 질베르의 뒤를 쫄랑쫄랑 따라 걸었다. 성가시다는 듯한 시선을 받았지만 강철 같은 정신에는 흠집조차 나지 않았다.

약혼자가 됐으니 상대에 대해 더 알아야 한다.

싱긋 웃어 보이자, 그는 아예 포기한 것 같은 한숨을 내쉬고 레티시아에게서 시선을 돌렸다.

'흠, 한마디쯤은 타박할 줄 알았는데. 의외로 세게 나오는 상대에게는 약한 모양이군. 이대로 밀어붙여 볼까. 부부 사이가 좋아서 손해 볼 것은 없으니.'

완전히 거절당하지 않은 것을 구실로, 레티시아는 질베르를 빤히 관찰했다.

걷는 자세, 잔을 잡는 손, 내빈에게 가볍게 인사하는 모습. 단정치 못한 복장과는 달리 그 동작은 저도 모르게 빠져들 만큼 아름다웠다.

의식하지 않는 몸가짐에 본질이 나타나는 법. 꽤나 엄격한 교육을 받은 모양이라며 감탄했다.

아니면 스스로 원해서 배운 것인가.

어쨌든 간에 소문을 그대로 믿어서는 안 된다는 것을 새삼스럽게 깨달았다.

'뭐, 나도 남의 일이라고 할 수는 없지만. 정말이지, 꽤나 성가시군.'

이야기를 나눠 보는 게 가장 편하겠지만, 입을 열면 순식간에 들통이 날 것이다.

"부탁이니 남들 앞에서만은 얌전히 있어 주렴." 어머니가 그렇게 울면서 매달리면 별수 없다. 친어머니라 해도 여자의 눈물에는 약하다는 것이 레티시아의 설명이었다.

열 글자 정도의 말이라면 그나마 내숭을 떨 수 있지만, 그래서야 대화는 불가능하다.

이것이 벨 푸페라고 불리는 이유였다.

"그래서, 언제까지 날 따라올 생각이지? 어미 오리와 새끼 오리 같잖아."

"오리? 후후."

"…뭐야, 평범하게 웃을 줄도 아는군. 큭, 그게 아니라! 따라오지 말라는 뜻이라고!"

목소리를 높이는 질베르. 쑥스러움을 감추기 위해서라는 것은 쉽게 짐작할 수 있었다.

레티시아는 입가를 가리고 "실례했습니다."라고 말하며 눈을 가늘게 떴다.

'어미 오리와 새끼 오리라. 너무 귀여운 그림이 머릿속에 떠올라서 웃어 버렸군. 아, 위험했어. 하지만….'

바늘처럼 아프게 꽂히는 시선들.

질베르의 목소리가 생각보다 크게 울려, 온 파티장의 관심이 일제히 쏠리고 만 것이다.

정말이지 성가시군.

아름다움을 칭송하기만 한다면 불만이 없지만, 갖가지 험담이 따라붙는 것은 불쾌하기 짝이 없다. 설령 그것이 자신이 아닌 다른 이에게 향하는 것이라 해도.

아니, 자신이 아니기에 더욱 기분이 나쁘다고 말할 수도 있을 것이다.

벨 님, 불쌍해. 왜 저런 난폭한 자가 제2황자지? 아무리 황제 일족과 혼인 관계를 맺을 수 있다 해도 저래서야. 오를레시앙 가문도 참 대단해. …귀에 거슬리는 속삭임이 듣기 싫어도 들려왔다.

남의 사정 따위는 내버려두면 될 것을.

레티시아는 벌써부터 파티장을 떠나고 싶은 충동을 느꼈다. 그러나 정작 질베르는 신경도 쓰지 않는 얼굴로 와인 잔을 빙글빙글 돌리고 있었다.

'타인의 평가에 관심이 없는 건가. 익숙한 건가. 익숙하다면 삐뚤어진 성격이 된 것도 어쩔 수 없겠지. 왜냐하면 그는….'

"저주받은 황자 같으니."

누군가가 말했다.

그 순간, 질베르의 얼굴이 분노로 일그러졌다.

그는 손에 들고 있던 잔을 난폭하게 테이블에 올려놓고 말없이 출구로 향했다.

새하얀 테이블보에 검붉은 얼룩이 퍼졌다.

"질베르 님."

"난 기분이 상해서 이만 가 봐야겠어. 너는 마음껏 즐겨."

"어디로 가시죠?"

"여성은 절대로 즐길 수 없는 곳이야. 내 평판을 들었다면 자연스레 추측할 수 있을 텐데. 만약 그래도 데려가 달라고 한다면 데려가 줄 수도…."

레티시아는 망설임 없이 그의 팔을 잡았다.

"이봐, 설마…."

오히려 바라던 바다.

창관에 다닌다는 소문의 진위도 궁금했던 차였다.

시시한 파티에서 빠져나갈 구실도 되고, 게다가 의문도 해소할 수 있다.

응하지 않을 이유가 없었다.

표정이 일그러진 질베르와는 달리, 레티시아는 눈을 반짝이며 더욱 강하게 그의 팔을 잡았다. 놓치지 않겠다고 말하듯이.

* * * * * * *

여성은 절대로 즐길 수 없는 곳이라고 주의를 주기에, 어떤 곳인가 싶어 레티시아는 마음의 준비를 했지만….

'뭐야, 여긴! 천국이잖아!'

레티시아는 지금 무척 흥분해 있었다.

어두컴컴하지만 차분한 가게 내부, 푹신한 소파, 맛있는 과일, 게다가 양쪽에 앉은 아름다운 여성들이 정성스럽게 돌봐준다는 옵션까지.

이곳을 천국이라고 부르지 않으면 뭐라고 부를까. 할렐루야. 뻔질나게 드나들어도 별수 없는 일이다. 이해해. 이해하고말고. 살살 녹는다고 생각하며 레티시아는 입가에 내밀어진 포도를 덥석 물었다.

싱싱하고 상큼한 단맛이 입 안에 퍼졌다.

생글생글 웃으며 금발 벽안의 미녀 알리샤를 응시하자 주변에서 귀 아픈 비명이 터져 나왔다. 귀여워, 다음은 나, 벨 님, 사랑스러우셔, 들려오는 갖가지 찬사에 기분이 나쁠 리가 없었다.

사랑스럽다는 듯 머리와 뺨을 쓰다듬어 주는 손길과 부드러운 가슴에 파묻혀 흐물흐물해지도록 귀여움을 받았다. 실로 감미로운 경험이었다.

질베르의 아내가 되면 당당하게 이런 곳에도 따라올 수 있다는 뜻이다. 최고잖아?

창관에 다닌다는 것은 오히려 장점 중 하나일지도 모른다.

"…넌 대체 뭐야."

알리샤를 사이에 두고 맞은편, 불만스럽다는 듯 다리를 꼬고 앉은 질베르가 있었다.

질베르는 옆자리에 앉혀 놓은 요염한 미녀들에게는 손가락 하나 대지 않고 지루하다는 듯이 가게 내부의 모습을 관찰하고 있었다.

얼굴이 보이지 않도록 벽과 식물로 가려진 공간.

멀리서 담소를 나누는 목소리가 들려오는 것으로 보아 다른 손님도 있는 듯했다. 가끔 손을 맞잡은 남녀가 가게 안쪽으로 사라지니, 그런 가게로서의 기능은 하고 있는 거겠지.

하지만 대부분의 손님은 대화와 식사를 즐기는 정도인 모양이었다.

가게 안은 청소가 잘되어 있어 무척이나 청결했다. 전체적으로 어른스러운 분위기는 있지만 퇴폐적이고 불건전하지는 않다. 여러모로 문란한 곳일 거라 예상했는데, 좋은 의미로 예상이 빗나간 꼴이었다. 손님층도 나쁘지 않았다.

"그런데 왜 벨 푸페 님이 이런 곳에 오신 거죠?"

"내 약혼자래. 오늘 소개받았어."

"벨 님이 질베르 님의 약혼자?!"

알리샤는 과장스럽게 놀라고는 레티시아와 질베르를 번갈아 보았다. 주변 여자들도 모두 경악과 불안이 뒤섞인 표정을 짓고 있었다.

아마 남편이 될 인물이 다른 여자에게 정신을 팔지는 않을까 걱정되어 따라온 갸륵한 약혼자처럼 보이는 모양이었다.

실제로는 질베르보다 더 이 가게를 만끽하고 있었지만, 인형처럼 가녀린 용모 덕분에 멋대로 좋은 쪽으로 해석해 주었다.

역시 벨 푸페. 아주 편리하다.

"벨 님, 안심하세요. 질베르 님은 이 가게 아이에게 손을 댄 적은 한 번도…."

"이봐, 쓸데없는 소리 하지 마. 어차피 이런 약혼은 금방 파토 날 거야. 오를레시앙의 인형 공녀가 일부러 내게 시집올 이유가 없어. 아니면 어딘가와 결탁해서 나를 없애고 오라는 말이라도 들었나?"

질베르는 일어나서 레티시아의 턱을 붙잡고 빤히 눈을 응시했다.

그 안쪽의 속셈을 읽으려는 듯, 의심에 찬 붉은 눈동자가 흔들렸다.

빨려 들어갈 것만 같다.

희미한 불빛이 지배하는 어두운 실내에서도, 그 눈만은 고귀하리만큼 환하게 빛나고 있었다.

'아아, 정말 아름다운 눈동자다.'

레티시아는 황홀감에 눈을 가늘게 떴다.

"진짜, 넌 대체 뭐야? 그런 눈으로 보지 마!"

"무척 아름다워서요."

"…크, 거, 거짓말하지 마! 나는 이런 것! …파내고 싶을 만큼 싫어. 너도 마음속으로는 기분 나쁘다고 생각하면서!"

질베르는 레티시아에게서 손을 거두고 칸막이를 지나 안쪽 문으로 들어갔다. 몇 명의 남녀가 사라졌던 그 문이다. 가게 아이에게 손을 대지 않았다고 한 것은 레티시아를 배려한 착한 거짓말이고, 사실은 그도 누군가를 기다리게 하고 있었던 걸까.

소파 위에서 무릎을 세우고, 질베르가 사라진 문을 빤히 바라보았다.

약간의 바람기를 용서하지 못할 만큼 마음이 좁지는 않았다.

뭔가에 매달리지 않으면 견딜 수 없을 환경이라는 것도 이해하고 있다.

'…저주받은 황자인가.'

국가 전복을 꾀한 자, 자신이 왕위에 오르기 위해 형제를 독살한 미치광이, 어떤 공주를 사랑해서 전쟁의 방아쇠를 당긴 우둔한 왕.

나라가 기우는 원인이 된 황족들은 모두 붉은 눈을 갖고 태어난 이단자였다.

부모가 둘 다 평범한 색의 눈동자여도 어째서인지 일정 주기로 태어나는 돌연변이. 처음에는 우연이라고 코웃음을 치던 이들도 반복되는 우연에 공포심을 품게 되었다.

그렇게 마치 악마에 홀린 듯한 선혈색 눈동자를 가진 이는 어느새 저주받은 아이라고 불리게 된 것이다.

'어리석기는. 조사해 봤지만 어느 경우든 감정을 표현하는 게 서툴렀던 것뿐이었어. 고삐를 잘 쥐고 신경을 써 주면 문제는 없었겠지. 그걸 저주라고 하다니. 멀찍이서 눈치를 살피며 조심조심 다루는 건 역효과라는 걸 왜 모르나.'

레티시아는 짜증 섞인 한숨을 내쉬고 소파에 고쳐 앉았다.

"자아, 자, 벨 님. 질베르 님은 금방 돌아오실 거예요. 그때까지 제가 상대해 드릴 테니 편히 쉬세요."

"뭐야, 알리 언니만. 치사해! 나도 벨 님을 모시고 싶은데!"

"어머나, 이 테이블에 불러 주신 건 나인걸. 질베르 님이 오셨다며 모두 모여들어서 벨 님도 많이 놀라셨죠?"

"끄으응!"

"자, 다들 일하러 가야지."

알리샤가 손뼉을 치자, 주위 여자들은 차례로 자기가 담당하는 자리로 돌아갔다.

레티시아로서는 이대로 단독 하렘 상황 또한 웰컴이었지만, 일을 방해할 수는 없었다.

눈물을 머금고 종업원들을 보내기로 했다.

미녀들만 모아 놓은 이 가게에서도 눈에 띄게 아름다운 이가 알리샤였다. 침착한 태도, 우아한 동작, 가게에서도 톱클래스의 인기를 자랑하는 모두의 리더나 다름없는 존재.

그런 알리샤가 전담해서 곁에 있어 준다면 전혀 문제는 없었다.

레티시아는 이미 처음 목적은 잊은 채, 이 가게를 마음 가는 대로 만끽할 생각이었다.

“평소에는 지명되지 않으면 테이블에 앉거나 하지 않지만, 질베르 님은 이 가게의 은인이시거든요. 그래서 모두 모여든답니다.”

“맞아요! 질베르 님이 오시기 전엔 꽤 열악했거든요!”

조금 전에 알리샤에게 대들었던 여성이 레티시아의 옆에 앉아 머리카락을 빙글빙글 말았다.

붉은 기가 도는 갈색 머리카락에, 아직 앳된 티가 남은 얼굴.

알리샤와는 정반대의 타입이었다. 이 또한 좋지.

“라우라.”

“뭐 어때요. 벨 님 상대가 한 명이라니, 실례인걸요! 게다가 질베르 님은 솔직하지 못하시니까 우리가 호감도를 올려 줘야죠! 벨 님도 질베르 님에 관해 듣고 싶으시죠?”

포크로 딸기를 콕 찍어 “앙~” 하며 익숙한 손길로 내밀어 주었다. 그것도 가장 단 머리 부분을. 이 라우라라는 아이, 뭘 좀 아는군.

레티시아는 주저 없이 딸기를 덥석 물었다.

미세한 산미와 녹아내리는 단맛. 무척 맛있다.

“꺄~! 먹어 주셨다!”

“라~우~라~? 너, 벨 님을 뭐라고 생각하는 거니?”

“알리 언니도 최근 본 것 중에서 가장 눈부신 미소를 지으면서 벨 님, 벨 님, 하며 과일을 계속 날랐잖아요.”

“…하지만 너무 귀여우신걸.”

우물쭈물하며 창피한 듯이 양손을 문지르는 알리샤.

‘너희가 더 귀여운걸.’

레티시아는 두 사람의 시선이 다른 곳을 향한 걸 확인하고 입술을 핥았다.

어디, 모처럼 질베르에 관해 알려 주겠다고 하니 호의를 받아들이는 게 좋겠지.

라우라의 옷을 가볍게 잡아당긴 뒤, 눈을 위로 뜨고 고개를 갸우뚱했다.

“알려 주실 건가요?”

“…크, 베, 벨 님! 아니…. 저 같은 거라도 좋으시다면 얼마든지! 더! 많이! 부탁해 주세요!”

“진정해! 이렇게 사랑스럽고 아름답고 귀여우셔도 벨 님은 오를레시앙 공작가분이셔! 원래는 우리 같은 사람들이 감히 건드려서도 안 되는 분이야!”

그대로 쓰러트려 뺨이라도 비벼 댈 기세인 라우라를 한 손으로 말리며, 레티시아를 지키듯이 뒤에서 끌어안는 알리샤.

보호받는 건 오랜만이었다.

금이야 옥이야 온실에 갇혀 답답한 생활을 강요받는 것은 고통스러울 뿐이다.

아무리 레티시아가 벨 푸페라고 불리며 보호 본능을 자극하는 아련한 용모라 해도, 알맹이는 달랐다. 웬만한 기사 따위는 발끝에도 미치지 못하는 담력의 소유자인 것이다.

레티시아에게는 어떠한 위기 상황에서도 혼자 헤쳐 나갈 자신이 있었다.

그런 이유로 오를레시앙 공작가에서는 레티시아의 행동에 제한을 두지 않고, 웬만한 상황이 아닌 이상 호위를 붙이지 않게 되어 있었다.

그래서 지금 이 자리에 오를레시앙 가문의 호위가 없는 것은 평상시와 다름없는 일이었지만, 질베르 측 호위도 없는 것은 예상 밖이었다.

아무리 건국 기념행사 도중이라고 해도, 제2황자가 시가지에 나와 있으면 무리를 해서라도 호위 몇 명은 따라붙는 것이 도리일 것이다.

그래서 눈에 띄었다.

마치 갑작스러운 죽음을 바라는 것 같아서….

'뭐, 내가 호위를 대신하면 된다만.'

레티시아는 문을 힐끔 바라보았다. 질베르가 나올 낌새는 없었다. 되도록 시선이 닿는 범위에 있으면 좋겠는데. 너무 간섭

해도 짜증스럽겠지.

선을 지키는 건 어렵다.

"죄송해요, 벨 님. 얘가 조금 바보라서."

"으으, 하지만 벨 님이 너무 사랑스러우신걸~!"

아아, 어렴풋이 그럴 것 같기는 했지. 됐다, 됐어, 신경 쓰지 말라고 말할 수도 없고 해서, 일단 미소를 지었다.

별수 없지. 이곳은 질베르가 자주 드나드는 가게.

위험은 없다고 가정하고, 지금은 정보 수집에 힘써 볼까.

"라우라 님, 질베르 님에 대해서 얘기해 주시겠어요?"

"아, 죄송합니다! 음, 어디서부터 얘기해야 하나. 벨 님은 용병 기사 제도에 대해 자세히 아시나요?"

고개를 끄덕였다.

용병 기사. 그 이름대로 나라와 직접 계약을 맺은 기사와 달리, 개별로 계약을 맺은 자유 기사다. 보통 기사와는 다르게 일의 내용은 다양하다. 자료 조사부터 호위, 마을에 해를 가하는 마수 토벌 등 여러 분야에 걸쳐 있다.

받을 수 있는 일은 랭크에 따라 결정되며, 가장 낮은 것이 F, 가장 높은 것이 SS로 정해져 있다.

SS랭크쯤 되면 한 나라에 몇 명밖에 없고, 전쟁이라도 일어나면 기사단장이 머리를 숙여 조력을 구할 수준이다.

"아아, 다행이다! 그럼 그 부분은 쳐내고 가 볼게요!"

"라우라?"

"아, 저기, 얘기해 드릴게요!"

알리샤의 성모 같은 미소 뒤에 희미하게 괴이의 표정이 비쳐 보였다.

평소의 관계를 매우 잘 알 수 있는 그림이었다. 재미있군.

"저희 가게는 원래 저랭크 용병 기사들의 아지트나 마찬가지였어요. 랭크가 낮은 사람일수록 행동거지도 거칠어서, 그때는 정말 힘들었죠. 하지만 그때 질베르 님이 오신 거예요!"

라우라는 눈동자를 빛내며 몸을 앞으로 내밀고 목소리에 힘을 주었다.

알리샤가 즉시 떼어 내려 했지만, 라우라의 기세는 수그러들 줄 모른 채 질베르가 얼마나 멋있고 의리 있는지를 장황하게 늘어놓았다.

"질베르 님께서 자주 찾는 가게라는 소문이 퍼지면서, 점점 고랭크분들도 많이 이용하게 됐어요! 역시 황족 브랜드라는 게 대단하더라고요! 뭐, 내용물이 따라 주지 않으면 그런 것도 금방 식겠지만, 저희 가게엔 알리 언니가 있었거든요!"

"어머."

"알리 언니가 첫 접객을 담당하고 어떤 아이가 어울릴지, 조금 실수해도 용서해 줄 사람인지 아닌지, 그런 걸 꿰뚫어 보고서 정확하게 분배해 줘요. 그때는 힘들었지만 즐거웠어요! 동시에 예법이나 화술 같은 것도 철저하게 배워서 점점 성장해 나가는 우리! 손님들도 그걸 기대하면서 가게를 찾아 주시게 됐어요! 아, 진짜 심각했던 접객 애들은 질베르 님이 전부 도맡아서 이것저것 교육해 주셨어요!"

"라우라, 좀 조용히 해…!"

알리샤가 지칠 대로 지친 표정으로 허둥지둥 레티시아의 귀를 막았다. 그러나 때는 이미 늦었다. 질베르가 교육했다는 내용도 확실하게 들었다.

이 가게가 어떤 장소인지에 대한 자각이 있다면, 단어 선택이 좋지 않았다는 것 정도는 미루어 짐작해야 하겠지만.

뭐가 문제인지 모르는 라우라는 눈을 빛낸 채로 알리샤의 명령대로 기다리는 자세를 취하고 있었다. 이 순진함이 라우라의 매력이겠지. 그래서 설명하지 않아도 알 수 있었다. 교육이란 예의범절이나 화술뿐, 잠자리를 함께한 것은 아니라는 걸.

불안한 표정으로 레티시아를 바라보는 알리샤에게 문제없다는 듯 웃어 보였다.

그런 것보다 라우라를 이 자리에 앉혀도 된다고 알리샤가 판단했다는 것.

그 사실이 더 기뻤다.

'아무래도 조금 실수하는 정도는 봐주는 너그러운 인물이라는 것을 한눈에 간파한 모양이군. 이것 참, 쑥스러운데. 하하

하!'

남모르게 기쁨에 잠겨 있는 레티시아의 본성을 알아차리는 것은 아무래도 힘들었던 걸까. 알리샤는 미안하다는 듯 라우라의 설명을 보충한 뒤 "성격 나쁜 척하시지만, 질베르 님은 다정하고 성실한 분이랍니다."라고 레티시아를 안심시키는 표정으로 미소를 지었다.

이들이 이렇게까지 말하는 것을 보니 확실했다.

질베르의 행실을 의심할 이유는 없겠지.

"그럼 이제부터는 제가 대신하겠어요."

"으음, 전 뭘 하면 좋을까요?"

"…글쎄. 식사하시는 걸 돕는 건 어떨까요, 벨 님?"

알리샤의 제안에 고개를 끄덕였다.

라우라는 "과자로 해요, 과자! 이거 맛있어요~!"라고 기쁜 듯이 쿠키가 든 접시를 집었다.

사실은 슬슬 배가 찰 만한 걸 먹고 싶었지만, 역할을 맡아서 신난 강아지 같은 모습을 보고서도 괜한 참견을 하는 건 눈치가 없지.

앙~ 하고 입에 가까이 대 준 쿠키를 한 입 먹었다. 바삭바삭한 식감은 물론, 꿀을 넣은 것 같은 우아한 단맛이 여운을 남겨서 무척 맛있었다.

이건 귀족도 애용하는 유명 브랜드 과자다. 좋은 제품을 들여

놨군.

“정말이지, 얘는….”

“사랑스러우세요.”

“후후, 감사합니다. 벨 님, 그럼 이야기를 마저… 해 드릴까 하는데, 남은 이야기는 그렇게 길지 않답니다. 가게가 가진 특성이라는 것은 중요하지요. 이 가게의 질이 높아질수록 행실이 좋지 않았던 자들은 머물기 어려워져 점차 발길을 끊었답니다. 질베르 님이나 고랭크의 여러분들이 감시해 주신 덕분이기도 합니다만.”

레티시아는 납득하고 조용히 눈을 감았다.

질베르가 창관에 드나든다는 소문. 아마 이들을 챙겨 주느라 그 뒤에도 가끔 상황을 살필 겸 귀찮은 손님이 오지는 않았는지 감시했기 때문이겠지.

황자가 와 있을 때 날뛰는 바보는 없다.

좋은 남편이 될 것 같군. 이거 뒷덜미를 잡아서라도 결혼을 성사시켜야겠어. 레티시아는 만족스럽게 고개를 연신 끄덕였다.

“이봐, 단 음식만 권하지 마. 인형 공녀를 토실토실하게 살찌우려고 그래?”

그때 타이밍 좋게 질베르가 돌아온 모양이었다.

테이블 위에 따끈따끈하게 김이 피어오르는 접시가 놓였다. 오믈렛이었다.

꼼꼼하게도 한 치의 흐트러짐 없이 깔끔하게 정돈된 반달 모양. 눌어붙은 자국 하나 없는 아름다운 황금색에, 새빨간 토마토소스가 색을 더하고 있었다.

완벽하다. 작품이라고 해도 될 정도의 모양새. 그러나 식욕을 자극하는 냄새가 '맛있다구!'라며 위에게 호소했다.

안쪽으로 들어간 건 셰프에게 이걸 부탁하기 위해서였나. 치사하군. 나도 먹고 싶다. 그렇게 생각하며 레티시아는 얼굴을 들고 질베르를 보았다.

그리고 눈을 크게 떴다.

그의 손에는 오믈렛이 한 접시 더 있었다.

설마….

"아, 그건 벨 님께 드리려고 준비하신 건가요?"

"아, 아니야! 딱히 누구 거라고 정해 놓은 건 아니고! …그냥 별생각 없이 준비한 거야."

'뭐야, 별생각 없었나.'

질베르는 알리샤와 레티시아 사이에 끼어들어, 다른 오믈렛도 테이블 위에 올려 두었다.

이렇게 맛있어 보이는 음식을 눈앞에 두고서 참아야 한다니, 고문이 따로 없었다.

레티시아는 오믈렛을 빤히 바라보았다.

무척 매혹적인 존재다. 도저히 눈을 뗄 수가 없었다. 이럴 줄 알았으면 파티장에서 뭐라도 먹을 걸 그랬나 하고 후회해 봤자 이미 늦었다.

다른 누구의 것이 아니라면 졸라 봐도 괜찮을까.

그러나 과자나 과일이면 몰라도, 벨 푸페의 이미지를 깨트리지 않고 밥을 얻어먹겠다며 조를 방법이 떠오르지 않았다.

오믈렛에서 시선을 떼지 않고 빤히 바라보는 레티시아.

"그렇게 배가 고팠어?"

"…아, 네."

"흠~ 그래."

오믈렛 접시를 살짝 레티시아 앞에 두는 질베르. 덤으로 스푼도 놔 주었다. 이건 혹시 먹어도 된다는 뜻일까.

의중을 묻듯이 그의 표정을 살펴보았다.

"너, 날 관찰하느라 저쪽에서는 아무것도 안 먹었잖아. 그래서 그렇게 작고 마른 거야. …제대로 먹어야지."

레티시아 쪽을 돌아보지도 않고 담담하게 말을 이어 갔다.

"고맙습니다."

'배려의 왕인데?'

이 말투. 오믈렛은 딱히 누구 것도 아니라고 했지만, 처음부터 레티시아를 위해 준비했다는 것을 알 수 있었다. 질베르의 호의에 감사하며 의기양양하게 오믈렛에 손을 뻗었다.

그러자 그 전에, 라우라가 접시를 들어 올렸다.

"제가 앙~ 해 드릴게요!"

"어리광 받아 주지 마. 이 사람도 혼자 먹을 수 있을 거야. 그렇지?"

"하지만 제 일이…."

축 처진 귀와 꼬리가 환각처럼 보였다. 시무룩한 라우라에게는 미안하지만, 아무래도 식사마저 하나부터 열까지 시중을 받는 건 좀 쑥스러웠다.

"라우라 님도 편하게 계세요."

그렇게 말한 뒤 접시를 받아 들어 먹기 시작했다.

'이, 이렇게 맛있을 수가…?!'

폭신폭신한 달걀이 혀 위를 미끄러지는 것과 동시에 고기의 감칠맛이 확 퍼졌다. 거기에 토마토소스의 산미가 좋은 악센트가 되어서 얼마든지 먹을 수 있을 것 같았다.

오를레시앙 가문의 셰프에게도 뒤지지 않는… 아니, 레티시아의 취향을 가미하면 이 오믈렛이 더 맛있다고 말할 수 있을지도 모른다.

좋은 셰프를 뒀군.

레티시아는 한눈 팔지 않고 정신없이 먹기 시작했다. 물론 벨 푸페의 연기가 무너지지 않을 정도이기는 했지만.

"…역시 인형 공녀야. 동작이 아름답네."

레티시아에게만 들릴 만큼 작은 목소리로 중얼거렸다. 솔직하지 못하긴. 그런 면도 귀엽다고 생각하고 말았다.

'그런데 정말 맛있는데, 이 오믈렛. 셰프에게 인사를 하고 싶을 정도인걸.'

"맛있죠? 질베르 님이 직접 만든 요리!"

"…큭, 콜록."

삼키려고 했던 게 기도로 들어갈 뻔해, 서둘러 기침을 했다.

지금 라우라가 뭐라고 했지?

질베르가 직접 만든 요리라고 들었는데.

믿을 수 없는 것을 보는 듯한 눈으로 질베르의 옆모습을 빤히 응시했다.

"…그냥 필요해서 어쩔 수 없이 하게 된 거야. 입에 맞지 않으면 먹지 마."

"아뇨. 무척, 맛있어요."

"그, 그래. …그럼 됐어."

아무렇지 않은 척하며 오믈렛을 입으로 옮기는 질베르. 하지만 귀가 빨개져 있었다.

너무 귀여운데? 귀여운 남자는 아주 좋아하지.

자기도 모르게 너무 힘을 줘서 스푼이 L자로 휘어지고 말았다. 아무도 눈치채지 못하도록 자연스러운 동작으로 직선으로 되돌리는 와중, 머릿속에 떠오른 것이 있었다.

제2황자 독살 미수 사건.

즉, 질베르 독살 미수 사건이다.

누가 꾸민 짓인지는 아직도 불명. 그러나 갖가지 증거를 남겼는데도 빠져나갈 수 있을 만큼 제국의 수사 체제도 엉망은 아니다. 거기서 도출할 수 있는 답은 하나. 이 사건을 무마할 수 있는 권력을 가진 자가 범인. 예상대로라면 내부인이다.

로스만의 이름을 가진 황제 일족 중 누군가가 나라의 미래를 걱정해 도모한 것이다.

'그렇게까지 붉은 눈동자가 두려운가?'

그날 이후 황자는 다른 사람이 만든 것을 먹지 못하게 되었다고, 부친인 아돌프 오를레시앙에게 들었다.

지금 생각하니 파티장에서도 잔에 입술을 대는 모습은 보지 못했다.

이렇게 중요한 사안을 떠올리지 못하고 있었다니. 약혼자가 정해져 꽤 들떠 있던 모양이었다. 레티시아는 반성했다.

필요해서였다는 그 의미는 어처구니없을 만큼 무거웠다.

질베르와 레티시아 사이에 존재하는 거리. 그것을 조금이라도 메우기 위해, 닿지는 않을 만큼 자리를 옮겼다. 질베르는 놀랐는지 한순간 어깨를 움찔거렸지만, 그 뒤로는 특별히 신경 쓰는 모습은 보이지 않은 채 조용히 식사를 계속했다.

보호 본능을 자극한다고 할지, 시선을 끄는 남자였다.

그런 생각을 하며 레티시아는 다 먹은 접시를 테이블에 두었다.

"그러고 보니, 벨 님은 오를레시앙 가문분이시죠?"

라우라의 질문에 고개를 끄덕였다.

"얼음의 용제님에 대해 알고 계시나요?"

"얼음의…."

…얼음의 용제竜帝.

알고 있다. SS랭크의 용병 기사 중에 그렇게 불리는 남자가 있었다.

달밤에 눈부시게 빛나는 은색 머리카락. 얼어붙을 것 같은 사파이어 블루 색 눈동자. 남녀를 가리지 않고 미혹시켜 버리는 아름다운 외모는 물론, 그 이름이 가리키는 대로 얼음으로 만들어진 용을 자유자재로 조종해 SS랭크에 어울리는 전력을 보유한 미청년.

갑자기 혜성처럼 나타나 기대를 한 몸에 받는 샛별이었지만, 본명도 출신도 모든 것이 불명. 수수께끼로 가득한 인물이었다.

'뭐, 나지만 말이지.'

레티시아는 아무것도 모른다는 듯 고개를 갸우뚱한 뒤, 생긋 미소 지었다.

"그렇죠! 죄송해요, 이상한 질문을 해서."

"그분이 왜요?"

"팬이 많은 용병 기사님인데, 모든 게 수수께끼에 싸여 있어서 이름조차 아는 사람이 아무도 없어요. 하지만 무척 아름다운 은발이시라서, 오를레시앙 가문과 관련이 있는 분이 아닐까 하는 소문이 돌거든요. 아름다운 은발 하면 역시 오를레시앙 가문이니까요!"

"어머나."

레티시아는 표정을 흐트러트리지 않고 어디까지나 온화하게 한 손으로 입가를 가렸다. …그러나 내심 안심하고 있었다.

레티시아의 오른손에 끼워져 있는 반지.

청자색의 돌이 박힌 그 반지는 오를레시앙 가문의 가보라고도 불리는 '반전反轉의 마도구魔導具'였다.

돌 안에는 희미하게 마법진이 비쳐 보여, 지식이 있는 자라면 단순한 보석이 아니라는 것을 한순간에 간파해 버릴지도 모른다.

아련한 외모에는 어울리지 않게, 얼음 마법에 엄청난 소질이 있었던 레티시아.

그 힘을 혼자 단련하는 것뿐이라면 괜찮았겠지만, 기왕 이렇게 된 김에 변장해서 용병 기사가 되겠다고 선언해서 오를레시앙 가문에는 폭풍이 일었다. 특히 어머니의 반발이 심했다.

만약 정체가 밝혀지면 어떻게 할 것이냐. 시집갈 만한 곳이 없을 거다. 사흘 밤낮을 절절하게 설득했지만 그 정도로 마음이 꺾일 레티시아가 아니었다.

노블레스 오블리주.

남을 도울 힘이 있는데도 썩히는 건 아깝지 않은가. 기사가 되겠다고 하는 게 아니다. 그저 다른 이를 돕고 싶다. 걱정하지 말라. 오히려 이렇게 설득했다.

결국 아버지가 오를레시앙 가문의 가보를 가져옴으로써 겨우 결판이 났다.

'반전의 마도구'.

그 이름대로 사용자를 반전한 몸으로 만들어 주는 뛰어난 보물이었다. 레티시아의 경우 여자를 남자로 반전하는 형태로 사용하고 있었다.

즉, 완전한 남성체.

설마 뛰어난 외모를 가진 용병 기사가 오를레시앙 가문의 인형 공녀라고는 꿈에도 생각하지 못할 것이다.

'…그렇게 낙관적으로 생각했는데, 설마 머리카락으로 오를레시앙 가문 소속이라는 것을 꿰뚫어 보다니. 아름다운 것도 생각해 볼 문제로군. 아직 확신은 없겠지만, 우리 가문의 가보를 아는 자가 나오면 어떻게 될지 몰라. 이것 참, 머리가 아프군.'

레티시아는 반지에 박혀 있는 돌을 쓰다듬으며, 남몰래 한숨을 내쉬었다.

그때였다. 가게 문이 난폭하게 열리고 이 자리에 어울리지 않는 질 나쁜 남자가 다섯 명, 안으로 들어왔다.

가게 안이 웅성거리기 시작했다.

남자들은 내부를 스윽 확인하고는, 한눈 한 번 팔지 않고 레티시아 일행의 테이블… 아니, 알리샤를 향해 걸어왔다. 아는 사이일까.

힐끗 훔쳐본 알리샤가 경악한 표정이어서, 그들이 불청객이라는 것은 한눈에 알 수 있었다.

"오랜만이군, 알리샤. 잘 지냈나?"

"…무슨 일이시죠? 가게를 이용하실 거라면 먼저 접수를 마쳐 주세요."

"이거 왜 이래. 기껏 널 만나러 왔는데 말이야."

쿵 하고 테이블에 발을 올리고 알리샤의 턱을 붙잡았다.

정말이지 예의라곤 배워 먹지 못했군. 레티시아의 이마에 한순간 힘줄이 섰지만, 지금은 벨 푸페의 연기를 무너트려서는 안 된다는 생각에 조금 노려보는 정도로 참았다.

"라우라 님, 이 사람들은?"

"아… 으으…."

"라우라 님?"

조금 전까지 천진난만하게 웃고 있던 라우라가 지금은 어깨를 떨며 두려움을 참듯이 손을 꽉 잡은 채 고개를 숙이고 있었다. 심상치 않은 모습이다.

레티시아는 라우라의 손을 잡고, 안심시키듯이 미소를 지었다.

"벨 님…."

"괜찮아요. 제가 곁에 있어요."

레티시아에게 위해를 가하면 오를레시앙 가문이 가만히 있지 않을 것이다. 게다가 이곳에는 제2황자인 질베르도 있다. 소동을 일으키는 것은 백해무익하다. 그들도 그렇게 바보 같은 짓은 하지 않겠지.

라우라는 그렇게 이해했을 것이다.

실제로는 말 그대로 최강 클래스 용병 기사인 레티시아가 있으니 문제는 없다는 뜻이었지만.

어쨌든 침착함을 되찾은 라우라는 숨을 한 번 내뱉고, 레티시아에게 속삭였다.

그들은 질베르가 이 가게에 드나들기 전, 단골이었던 저랭크 용병 기사들이라고 했다.

질베르 덕분에 가게 질이 오르면서 동시에 요금도 올랐다. 그래서 이용을 못한 지 오래되어 얼굴도 못 봤던 남자들이라고 한다.

애초에 보다시피 질이 나빠 스태프를 고압적으로 대하는 데다, 때로는 폭력을 쓰며 행패를 부려서 얼굴을 보지 않게 되어 안심했다며 라우라는 원망스러운 듯 중얼거렸다.

그렇군. 라우라가 겁을 먹은 것도 무리는 아니었다.

레티시아는 라우라의 머리를 쓰다듬고서 자신의 뒤로 보내고, 그들의 모습을 가만히 관찰했다.

열심히 돈을 모아서 가게를 이용하러 온 것처럼 보이지는 않았다.

지금까지 손을 대지 않았던 것으로 보아, 질베르의 압력은 확실하게 통했을 것이다. 그럼 왜 이제 와서 이렇게 오만하게 쳐들어온 것인가.

"누구 앞에서 행패를 부리는 건지 알고 있나?"

"왜 이러시나. 물론 알고말고요, 질베르 황자님."

알리샤를 잡고 있던 손을 뿌리치고 일어선 질베르. 그러나 남자들은 겁을 먹지도 않고 그의 팔을 잡았다.

제정신인가 싶어 레티시아는 눈을 크게 떴다.

이런 곳에 나와 있다고는 해도 제2황자다. 감히 건드릴 수 있을 리가 없었다. 지금 당장 무릎 꿇고 무례를 사죄해야 할 판인데. 그렇게 생각한 것은 레티시아만이 아니었는지, 이 소동을 멀리서 지켜보고 있던 구경꾼들 사이에서도 웅성거림이 흘러나왔다.

무슨 생각을 하는 거지?

"그만둬요! 내가 상대해 주면 되잖아요? 그 손을 놔요!"

"알리샤, 너는 물러나 있어."

남자들의 태도에 겁먹지도 않고 질베르는 담담하게 눈앞의 남자를 노려보았다.

"그대의 행실은 차마 봐주지 못하겠군. 그에 상응하는 처벌은 각오해 줘야겠어."

"오오, 무서워라. …그래서, 누가 어떻게 처벌할 겁니까, 황자님? 보아하니 호위 한 명 없는 것 같은데요?"

비웃듯이 말하며 주변을 둘러보았다.

만약 호위가 있다면 남자가 질베르를 건드린 시점에서 달려왔을 것이다.

호위 따위는 답답할 뿐이라고 생각했건만, 이 자리에는 오를레시앙 가문 사람을 데려왔어야 했다며 마음속으로 혀를 찼다.

그러나 후회해 봤자 이미 늦은 일이다.

역시 내가 앞에 나서서 호위를 대신할 수밖에 없겠지. 레티시아는 일어서서 질베르의 앞으로 나서려 했다. 그러나 팔을 잡아당기는 힘 때문에 그대로 소파에 도로 주저앉고 말았다.

뭐 하는 거야, 질베르 님. 입술을 삐죽거리며 올려다보자 질베르는 가만히 있으라는 듯 고개를 저었다.

"좋은 판단이다, 황자님. 나는 남녀평등주의거든."

"흥, 어쩌다 호위가 동행하지 않았다고 해서 뭐가 달라지지? 나는 여전히 로스만 제국의 제2황자 질베르다. 그 사실을 알면서도 건드린 것인지를 묻겠다."

"풉! 물론. 알고 있지요. 당신이 오고 나서 가게는 점점 변하고, 우리는 근처에도 못 오게 됐습니다. 아주 거슬리던데요. 그러니 이쯤 해서 당신의 권위를 짓밟으면 우리도 다시 드나들기 좋아지지 않겠습니까?"

남자는 질베르의 붉은색 눈동자를 들여다보듯이 가까이 다가와, 그의 턱을 한 손으로 움켜쥐었다.

무례하기 짝이 없군. 레티시아의 손톱이 소파의 가죽을 찢었다.

오로지 남자의 얼굴만을 노려본다. 벨 푸페의 연기 따위는 반쯤 잊고 있었다. 가까이 있었던 알리샤의 어깨가 움찔 떨렸지만, 신경 써 줄 여유는 없었다.

'이 지경까지 왔는데 뒤에서 기다리고나 있으라는 건가. 당장 얼려 버리고 싶군. 화가 치밀어!'

하지만 정작 질베르는 표정 하나 바꾸지 않고, 그저 눈을 한 번 깜빡였을 뿐이었다.

"어떻게 될지, 각오했겠지."

"그렇죠, 황자님께 손을 대면 큰일이 나겠죠. …뭐, 당신을 진짜 황족으로서 필요로 하는 사람이 있다면 말입니다만?"

남자는 질베르의 뺨을 잡은 채 팔을 크게 휘둘렀다.

저랭크라고 해도 용병 기사. 쓸데없이 근육이 붙은 남자들과 비교하면 꽤나 가녀린 체격인 질베르는 너무나 쉽게 벽에 처박혔다.

"윽!"

"…크! 질베르 님!"

도저히 가만히 있을 수 없었다.

레티시아는 상태를 확인하기 위해 서둘러 질베르의 곁으로 다가갔다.

피는 나지 않았다. 낙법을 쓴 건지, 머리를 부딪친 것 같지는 않아 조금은 안심했다. 그러나 등을 강하게 부딪쳤는지 통증 때문에 몸을 웅크리고 있었다.

조금이라도 아픔이 사라지도록 질베르의 등을 쓸어 주었다. 그러나 필요 없다는 듯 손을 뿌리쳤다.

휘말려 들 수 있으니 물러나 있으라고 말하고 싶은 거겠지.

솔직하지 않은 질베르의 본심 따위는 이제 확연하게 알 수 있었다. 그렇기에 레티시아는 절대로 곁을 떠나지 않으려고 했다. 오히려 휘말려 드는 편이 나았다.

오를레시앙 가문의 힘을 써서 정신적으로 몰아붙여 줄까, 얼려서 물리적으로 벌을 줄까.

'어느 쪽이든 용서해 줄 생각은 추호도 없어.'

"이봐, 이봐. 꽤 귀여운 신입이 들어왔는데? 나한테 알려 주지 그랬어? 안 그래, 알리샤?"

"그만둬요! 그분은 오를레시앙 가문의 레티시아 님이세요!"

"레티시아? 설마 벨 푸페? 하하하! 그런 거짓말에 속아 넘어갈 것 같아? 오를레시앙 가문의 인형 공녀가 이런 가게에 있을 리가 없지. 거짓말을 할 거면 좀 그럴싸하게 하라고. 안 그래, 아름다운 아가씨? 어때, 나랑 놀까?"

남자의 손이 뻗어 와 레티시아의 턱에 닿았다.

인간성은 비열하기 짝이 없고, 차마 봐 줄 수 없는 생김새의 얼굴. 자기보다 힘이 약한 자를 지키는 것이 아니라 위압하는 압도적인 소인배. 어떻게 자신만만하게 '놀까?'라고 떠들 수 있는지 신기하기 짝이 없었다.

그럼, 어떻게 벌을 줄까. 레티시아가 눈을 가늘게 뜬 그 순간, 문득 남자의 손이 뿌리쳐졌다.

그리고 두 사람 사이에 끼어든 것은 다른 누구도 아닌 질베르였다.

왜, 라는 목소리가 흘러나왔다.

"내 뒤에 숨어 있어. 그리고 틈을 봐서 도망쳐."

"그럴 수는!"

"내 약혼자 따위가 될 사람은 찾지 못할 거라 생각했는데, 설마 인형 공녀가 싫어하지 않을 줄은 몰랐어. 어차피 양친의 분부겠지만."

질베르는 옷에 묻은 먼지를 툭툭 털며 체념한 듯 일어섰다.

"필요 없다며 처리된다면 그래도 상관없어. 이제 지쳤으니까. 하지만 너를 휘말려 들게 할 생각은 없어. 약혼은 성에 돌아가면 정식으로 파기할게. 무사히 돌아갈 수 있을지는 모르지만. …미안해. 무서운 일을 당하게 해서.”

어렴풋이 그런 예감은 들었다.

왜 남자들이 제2황자인 질베르를 두려워하지 않는지. 건드린 것뿐이라면 몰라도, 다치게 한다면 극형을 면할 수 없다. 게다가 레티시아와는 달리 ‘황자가 이런 곳에 있을 리가 없다, 그는 가짜’라고 인식하는 것이 아니라 ‘정말로 질베르 황자’라는 것을 알면서도 이렇게 무례한 행위를 저지른 것이다.

그렇다면 답은 하나였다.

이 습격은 나라의 중추에 앉은 자들이 비밀리에 의뢰한 것.

그리고 표적은 알리샤가 아닌 질베르다.

오늘은 건국 기념행사 파티 당일이라, 호위를 거느리지 않았다는 비난을 피하기 좋은 조건. 그때 우연히 폭력배의 습격을 받았다. 이것은 불행한 사고다.

속이 뒤집어지는 각본이었다.

레티시아는 으득 하고 이를 악물었다.

“그럼 우리랑 놀자고, 황자님.”

“마음대로 해. 그 대신 가게에는 피해를 끼치고 싶지 않아. 밖으로 나가지.”

질베르가 내민 팔을 붙잡은 남자들이 그 주변을 둘러쌌다.

그 순간, 레티시아 안에서 뭔가가 끊어졌다.

"…손을 떼라."

동작 하나하나에 이르기까지 우아하게 일어선 레티시아. 그러나 지옥 밑바닥에서 울리는 듯한 목소리로 낮게 으르렁거렸다.

시간이 멈춘 것처럼 고요해진 가게 안. 이곳에 있는 모든 사람이 숨을 삼키고 귀를 의심했다. 방금, 심장이 얼어붙을 것 같은 목소리를 낸 것은 대체 누구인가…라고.

아니, 사실은 알고 있었다. 방향으로 보아 한 명뿐이었다.

그러나 머리가 이해를 거부했다.

신이 만든 최고의 예술품. 찬사에도 빈정거림에도 눈썹 하나 까딱하지 않는, 오를레시앙의 인형 공녀. 아름다운 벨 푸페. 그런 소녀가 냈다고는 도저히 생각할 수 없는, 관록과 분노에 찬 목소리.

모두가 혼란스러워 손가락 하나 움직이지 못했다. 마치 얼어붙은 표본 같았다.

그러나 그 균형을 깬 사람은 다른 누구도 아닌, 레티시아 본인이었다.

"손을 떼라고 한 말을 듣지 못했나. 감히 누구의 허락을 받고 건드리고 있지? 내 서방님이다. 이렇게까지 말했는데도 못 들었다면 그 귀는 장식인가. 베어 내서 돼지 먹이로 던져 줄까?”

천천히 고개를 들고 남자들을 바라보는 눈동자.

얼어붙은 사파이어 블루 안쪽에는 표현할 수 없는 분노의 화염이 피어오르고 있었다.

이 자리에는 고랭크의 용병 기사들도 모여 있을 것이다.

그러나 모두 아무것도 하지 않고 있었다.

질베르의 입지와 사건의 진상을 꿰뚫어 보고서, 나서지 않는 편이 좋겠다고 판단한 것이겠지. 역시 고랭크라고 해야 하나. 머리도 좋다. 올바른 선택이다. 틀리지는 않았다.

그러나 그렇다면, 누가 저 가엾은 남자를 지킬 것인가.

‘벨 푸페? 인형 공녀? 시시하군. 그게 어쨌다는 것이냐. 타인의 눈도, 나의 평판도, 모두 사소한 일에 불과해.’

남자들은 레티시아가 내뿜은 압력에 눌려 질베르에게서 손을 거두었다. 그리고 주춤주춤 뒷걸음질을 쳤다.

나이 어린 소녀에게 겁을 먹은 모습은 비웃음거리였지만, 그 자리에 있는 누구도 웃지 않았다.

쓰고 있던 가면을 벗어던졌다는 표현으로는 부족했다. 아예 가죽을 찢고 호랑이가 튀어나온 것이나 마찬가지였으니, 어쩔 수 없는 일이었다.

“뭐냐, 들렸었나 보군. 그렇다면 즉시 대답을 했어야지, 굼뜬 놈.”

“…크, 뭐, 야.”

“아, 덤으로 알려 주지. 붉은 눈의 황족은 무예보다 지능 면에서 뛰어난 경우가 많다. 네놈들 같은 근육 덩어리를 상대하기에는 다소 연약할지도 모르겠군. 내가 상대해 주마. 뭐, 걱정할 것 없다. 충분히 즐겁게 해 줄 테니.”

이때다 싶어 질베르를 뒤로 피하게 하며, 거리를 두는 남자들을 비웃음 섞인 목소리로 도발했다.

그래도 남자들은 얼굴을 찌푸릴 뿐, 레티시아에게 덤벼들려고 하지는 않았다.

붉은 눈의 황족을 위험하다고 여기는 이유는 그들이 나라에 위협을 가했기 때문만은 아니었다. 나라를 위협할 정도의 두뇌가 있었기 때문이다.

질베르는 모든 것을 포기하고 기력을 잃었지만, 어쩌면 그에게도 절망에 빠져드는 미래가 기다리고 있을지도 모른다.

‘그래도 아무 문제 없지만.’

절망할 틈 따위 없게끔, 녹아내리게 사랑해 주면 될 일이었다.

레티시아는 자신의 발밑에서 얼음 용을 한 마리 만들고, 한 번 쓰다듬어 준 뒤 공격 태세를 취했다.

“레, 레티, 시아…?”

“아, 이제야 내 이름을 불러 주는군, 서방님. 됐다, 뒤로 물러나 있어. 금방 끝내 줄 테니. 이야기는 그때 하지.”

"아, 아니, 잠깐만. 뭐가 뭔지 도대체…."

머리를 손으로 짚고 주저앉는 질베르.

레티시아의 키로도 그의 얼굴에 닿을 수 있는 높이까지 오자, 뺨을 손으로 감싸고 귀엽다는 듯 쓰다듬었다.

"그래. 나도 당신을 마음껏 귀여워해 주고 싶은 마음은 굴뚝 같지만…."

"귀여워해?!"

"지금은 이곳부터 정리해야겠어. 알리샤 아가씨나 라우라 아가씨가 위험해지는 건 바라는 바가 아닐 테지? 문제없어. 빠르게 끝내도록 하지. 그러니 얌전히 기다려 줘."

"하지만."

"기다려 줘."

"…응."

레티시아가 쓰다듬어 준 것이 꽤나 기분 좋았는지, 긴장으로 굳어 있던 눈가가 흐물거리며 풀어지고, 어리광을 부리듯 뺨을 살짝 비벼 왔다.

그 모습이 사랑스러워서 미소를 지으니, 제정신으로 돌아온 질베르는 귀까지 새빨갛게 붉히고 고개를 숙였다.

뭐야, 이 귀여운 생물은.

자기도 모르게 정색해 버린 레티시아.

1분 1초라도 빨리, 그 수줍어하는 얼굴을 구석구석 남김없이 전부 다 사랑해 주고 싶었다. 그런 욕망에 반응한 빙룡氷竜은 살금살금 접근하는 남자의 목을 물어 벽으로 내팽개쳤다.

"크악!"

채앵 하고 얼음이 터져 나가는 소리와 함께 벽에 고정되어 얼어붙은 남자.

남자의 동료들뿐 아니라 가게 이용객들까지 "헉!" 하고 외마디 비명을 질렀다. 알리샤와 라우라 등 가게 직원들은 아예 목소리도 내지 못했다.

"후후, 그 수준의 기습으로 내 빈틈을 찌를 수 있을 거라고 생각했나. 뭐, 반격하려는 기개는 인정하지. 내 용은 자동 반격에 자동 추격도 가능하다. 착한 아이들이지?"

마치 구름 위를 걷듯이 가벼운 걸음으로 벽에 고정된 남자에게 접근했다.

레티시아가 한 걸음씩 내디딜 때마다 발밑에서 얼음 용이 생겨났다.

한 마리, 두 마리, 세 마리, 네 마리… 남자들의 숫자만큼 만들어 내고 감시할 상대를 지시해 갔다.

한 놈도 놓치지 않겠다.

레티시아의 눈동자가 그렇게 말하고 있었다.

"그럼, 네놈들의 처우 말인데… 흐음? 자세히 보니 기억에 있는 얼굴들이군. 폭력 사태를 일으켜 E랭크로 강등당한 머저리 아니냐. 쓸데없는 일을 늘려서는, 정말이지 민폐가 따로 없었지.”

“뭐, 뭐냐, 너는! 게다가 그 빙룡. 마치 그 녀석의….”

“훗, 하하하하하!”

남자의 말에, 레티시아는 숙녀의 얼굴을 유지하는 것도 잊고 크게 웃었다.

“아, 재미있군. 여기까지 보여 줬는데 아직도 모르나! 뭐, 됐다. 그 정도밖에 못 되는 놈이라 이런 저열한 책략의 장기짝으로 쓰이는 것이다.”

“뭣이!?”

“이런저런 정보를 캐낼까 했다만, 이렇게까지 머리가 모자란 걸 보니 어차피 의뢰인의 얼굴도 모르겠지. 아마도 선금이라는 돈과 지시서를 여관 주인에게 받았는데 거기에 귀족의 인장이 있었고, 의뢰가 성공하면 잔금을 내겠다고 쓰여 있었겠지?”

“어째서 그걸… 넌 정말 정체가 뭐냐!”

어처구니없다는 듯 한숨을 내쉰 레티시아는, 흥미를 잃은 눈으로 남자를 보고는 오른손에 낀 ‘반전의 마도구’를 손가락으로 더듬었다.

“설명을 듣지 않았나? 나는 오를레시앙 공작가의 레티시아. 벨 푸페나 인형 공녀라고도 불리고 있다만. 뭐, 네놈들은 이쪽 모습이 더 친근하겠군.”

레티시아의 손가락에 끼워진 '반전의 마도구'가 희미하게 빛났다. 그러자 그 발밑에 마법진이 나타나며 눈부신 빛의 기둥이 떠올랐다.

그 빛이 걷혔을 때 나타난 것은 은빛 머리카락에 서늘한 푸른 눈동자가 인상적인 미청년.

그 모습의 레티시아가 바로, 얼음의 용제竜帝라 불리는 SS랭크의 용병 기사인 것이다.

'후우' 하고 숨을 내쉬고 머리카락을 쓸어 올리자, 가게 안에 비명이 울려 퍼졌다.

공포나 경악보다 감탄이 이겼다. 그만큼 레티시아… 아니, 용제의 외모는 아름다웠다. 그러나 자신의 얼굴이 아름다운 것을 아주 잘 알고 있는 레티시아는, 주변의 반응에 당연하다는 듯 전혀 동요하지 않았다.

'반전의 마도구'는 대상자의 옷조차 '반전'시킨다. 건국 기념 파티용으로 특별 주문한 사랑스러운 드레스는 검은 연미복으로 바뀌고, 그 손에는 흰 장갑이 끼워져 있었다.

그 어떤 복장도 소화할 자신이 있었지만, 상대의 취향일지 아닐지는 다른 문제다.

레티시아는 고개를 돌려 질베르를 바라보았다.

처음엔 놀란 듯 눈을 크게 뜬 그였지만, 곧 눈치를 채고 "오를레시앙 가문의 가보…."라고 중얼거렸으니 특별히 설명할 필요는 없는 듯했다. 지식과 지혜가 있는 자는 훌륭하지.

용제 상태인 채로 질베르에게 미소를 짓자, 그는 부끄러운 듯 고개를 숙였다.

뭐야, 그 반응은.

'벨 푸페 때는 취향이 아니라고 했는데. 설마 이쪽 모습이 취향인가? 그건 그것대로 복잡한 심경이다만. …차라리 내가 남편이 될까? 아니, 그건 좀 아닌가.'

고개를 기울이며 한 손으로 빙룡들을 움직였다.

끄악, 끄억, 히익 하는 개성 넘치는 비명과 함께 벽이나 기둥에 고정되어 가는 남자들.

"너, 얼음의… 대체 어떻게 된 일이지?! 이 계획을 사전에 알아차리고 인형 공녀로 변해서 잠입한 거냐?!"

"아하하! 재미있는 해석이다만, 전혀 아니야. 보는 그대로다. 오를레시앙의 벨 푸페도 얼음의 용제도 모두 나, 레티시아다. 마법으로 모습을 조금 바꿨을 뿐이지."

"조금으로 성별까지 바뀌지는 않는다고…."

남자는 축 늘어져 고개를 숙였다.

이미 전의 상실. 저항할 생각은 없는 듯했다.

"얼음의 용제는 정체불명. …방금 한 설명이 사실이라면, 그냥 그렇다고 받아들일 수밖에 없지. 오를레시앙의 인형 공녀의 알맹이가 이렇다는 걸 알면 쓰러지는 놈들도 있을걸. 그런데

왜 굳이 이런 곳에서 밝혔지?"

"깊은 의미는 없다. 질베르 님의 위엄만으로는 부족한 것 같아 더해 주었을 뿐이지. 네놈들 같은 무뢰한에게는 공작가의 벨 푸페보다도 얼음의 용제에게 싸움을 걸었다… 즉, 권력보다 순수한 힘으로 짓누르는 편이 효과가 있을 거라 생각했다. 그뿐이다."

"뭐?"

질베르라는 황족의 위엄에 더해 오를레시앙 가문의 권력과 얼음의 용제라는 순수한 힘에 저항할 기개가 있는 자가 있다면 잃을 게 아무것도 없는 자뿐일 것이다. 조금이라도 자기 처지를 생각한다면 손을 댈 거라고는 생각할 수 없다.

그 정도는 이 남자도 알 수 있을 것을.

'아니, 이상하게 여기는 건 그 부분이 아닌가.'

레티시아는 재미없다는 듯이 "아아." 하고 중얼거렸다.

"둔한 녀석이군. 서방님이 자신의 몸을 던져서까지 지키려 한 가게니, 아내인 내가 돕는 건 당연하지. 그 이상의 이유가 필요한가? 내 입김이 닿은 것을 알면 손을 대려는 놈들은 웬만해선 없을걸."

"아, 아내?"

"하하! 이 모습으로 아내는 조금 이상한가! 그렇다면 원래대로 돌아갈까."

한 번 더 빛의 기둥이 떠오르고, 다음 순간 그곳에는 사랑스러운 벨 푸페가 서 있었다.

더 이상 의심할 것도 없었다.

오를레시앙의 인형 공녀와 얼음의 용제가 동일 인물이라는 것을 누구나 이해했다.

"어디, 이야기를 마저 하자면 애초에 시집갈 곳이 없어지니 제발 부탁이라며 어머님께서… 오를레시앙 가문이 당부해 정체를 숨겼을 뿐이다. 시집갈 곳이 생겼으니, 나는 가문을 나오게 되겠지. 이 제약도 무효다. 안 그런가, 질베르 님."

"어?"

"날 아내로 삼아 주겠지, 서방님?"

설마 자신에게 말을 걸 줄은 몰랐는지, 질베르는 어깨를 움찔 떨고 불안한 표정으로 레티시아를 보았다.

"나라도, 괜찮아? 이런 저주받은 내가…."

"그 눈은 저주 같은 게 아니야."

레티시아는 무뢰한들이 모두 움직이지 못하는 것을 확인하고 질베르 앞에 섰다.

고개를 숙인 그의 턱에 손을 가져가, 억지로 위를 향해 들었다.

곤혹스러움을 드러내는 듯 흔들리는 붉은 눈동자는 그래도 아름다웠다. 이렇게 아름다운 것을 보고 저주라니. 뭘 모르는 것도 정도가 있지.

“독자적으로 조사해 봤는데, 이 눈을 가진 자는 타고나길 감정을 표현하는 게 서툴다… 다른 식으로 말하자면 응석 부리는 게 서툴다는 것을 알았다. 그래서 자기 생각에 빠지기 쉽지. 나는 당신의 모든 것을 받아들여 줄 생각이야. 마음속에 감정을 쌓아 둘 필요는 없어. 그러니 사양 말고 내게 어리광 부리도록 해. 반드시 행복하게 해 주지.”

“그, 그런, 건….”

“아, 그렇지. 갑자기 그렇게 하라고 해도 어려운가. 하지만 걱정하지 않아도 돼. 어리광 부릴 수가 없다면 내가 어떻게든 그렇게 만들어 줄 테니까.”

“어, 어떻게든이라니…. 어떤 식으로…?”

“글쎄? 어떤 식이려나. 그건 질베르 님의 취향을 알아가 보도록 할까.”

레티시아의 엄지가 질베르의 입술을 쓰다듬었다. 그러자 그의 눈동자에서 서서히 이성이 녹아내리기 시작했다.

이 상대라면 한심한 모습을 보여도, 무거운 감정을 품어도, 자신을 떠나지 않을 것이다. 환멸을 느끼지 않을 것이다. 모든 것을 받아들여 줄 것이다. …질베르는 이제야 약혼자의 그릇이 얼마나 큰지를 이해하고, 희미하게 미소 지었다.

굽히지 않는 강인한 정신과 모든 것을 받아들이는 포용력. 그러면서도 자신의 생각대로 끌고 가려는 오만함과 절대적인 자신감. 그는 "도저히 못 버티겠네."라고 열기 어린 목소리로 중얼거렸다.

이건 억지로 끌어내지 않아도 곧 주변의 눈은 신경 쓰지 않고 어리광을 부려 주겠지. 그렇게 생각하며 레티시아는 기쁜 듯이 눈을 가늘게 떴다.

"저, 저기…. 그런 건 나중에…."

"미안하지만 서방님을 유혹하던 중이라서 말이야. 입 다물고 기다려 주시지. 아니면 절대 영도의 얼음으로 강제 정지당하는 쪽이 취향인가?"

"윽…."

얼굴까지 어는 건 싫었는지 남자는 순식간에 입을 다물었다. 덤으로 가게 안에 있는 질베르를 제외한 사람들도 모두 소리 하나 내지 않겠다고 결심했다.

남의 연애를 방해하면 말에 차인다는 옛말은 틀린 게 하나 없었다.

빙룡에게 덥석 먹혀서 얼음 표본이 될 것만 같은, 그런 묘한 위압감이 지금의 레티시아 주변에 맴돌고 있었다. 모르는 것은 본인뿐이다. 물론 본인이란 질베르를 뜻한다.

그의 눈동자에는 레티시아만이 비치고 있었다. 주변의 얼어붙을 듯한 긴장감 따위는 알아차리지도 못했다.

레티시아가 의도한 대로, 완전한 둘만의 세계가 구축된 순간이었다.

"그럼 이야기를 계속할까, 서방님. 지금 내게 바라는 것이 있나?"

무슨 일이 있어도 절대로 이 남자를 놔줄 생각은 없다.

레티시아는 이것으로 마무리라는 듯, 질베르의 턱을 간질이듯이 다정하게 쓰다듬었다.

"뭐든지 좋아. 당신이 원하는 것, 해 줬으면 하는 것, 숨기지 말고 내게 말해 줘. 나는 그 모든 것에 응할 테니."

"모든, 것…."

몽롱하게 열에 들뜬 표정.

수치심에 거부하는 이성 따위는 이미 녹아 사라졌다. 남들이 보고 있다는 것조차 지금의 질베르는 잊고 있을지도 모른다.

그럴 정도로 오로지 레티시아만을 비추는 붉은 눈동자.

그는 "……면 해."라고 가느다랗게 중얼거렸다.

"응?"

"머리를 쓰다듬어 줬으면… 해."

레티시아의 손을 잡고 뺨을 가져다 댔다.

"항상 칭찬받고 싶었어. 한 번이라도 좋으니까 착하다고… 머리를 쓰다듬고… 여기에 있어도 된다고, 살아 있다고 된다고, 말해 줬으면 했어…."

오싹 하고 등줄기가 떨린 것 같았다.

오래도록 쌓아 두었던 감정을 필사적으로 토로하듯이. 괴로운 듯 찡그려진 눈썹. 젖어 든 눈동자. 레티시아의 손을 잡은 팔은 희미하게 떨리고 있었다.

태어난 순간부터 그 눈동자 색 때문에 두려움의 대상이 되고, 따돌림당하고, 누구에게도 애정을 받지 못한 저주받은 황자.

그런 그가 바라는 것이 '사랑해 줘'가 아니라 '머리를 쓰다듬어 줘'라니.

'아아, 못 버티겠는 건 나야.'

"…정말이지 가엾고, 귀여운 부탁이로군."

사랑스러운 벨 푸페, 가련한 너를 지켜 주고 싶어, 그런 유혹의 문구를 던지는 남자들은 수도 없이 있었다. 레티시아의 대답은 언제나 미소를 지으며 무시하는 것이었지만.

몇 겹이나 가면을 썼던 허상의 인형 공녀.

사실은 귀여운 구석은 털끝만큼도 없고, 보호받고 싶다고 생각한 적도 없었다. 오히려 지켜 주고 싶을 만큼 사랑스러운 남자 쪽이 취향이었다. 그러나 벨 푸페의 이름이 쓸데없이 널리 알려진 지금, 모든 것을 벗어던진 본모습까지도 좋아해 줄 남편을 만날 거라고는 생각도 하지 못했다.

그렇다면 누가 됐든 마찬가지.

조금씩 녹아내리게 만들어 함락시키려 했지만, 설마 이런 인재를 만날 줄은.

어리광을 부리는 게 아니라 오히려 매달리는 것 같은 질베르의 표정에 보호 본능이 천장을 꿰뚫고 하늘 끝까지 닿으려 하고 있었다.

'뭐지, 이 감각은. 이게 설렌다는 것이라면… 그래, 맞아. 나는 견딜 수 없을 만큼 그가 사랑스러워!'

레티시아는 질베르의 머리를 끌어안고, 그가 바라는 대로 머리를 쓰다듬었다.

"당신은 착한 아이야. 정말 착한 아이지. 지금까지 정말 열심히 노력했어. 앞으로는 그 괴로움도, 고통도 내게 나눠 줘. 부부란 그런 게 아닌가?"

"레티시아…."

"그러니 이제 약혼 파기 같은 소리를 가볍게 입에 담지 마. 나는 이제 평생 당신을 지키겠다고 결심했으니까."

"…안 해. 절대로 안 할 테니, 까… 나를, 언제까지나 네 곁에 있게 해 줘."

"그래, 물론이지, 서방님. 앞으로는 황홀해질 만큼 내 사랑에 빠져들어 줘."

귓가에 속삭이자, 살짝 뒤로 두른 손에 끌어안는 것처럼 힘이 들어갔다. 그렇게 매달리지 않아도 멀어질 마음은 추호도 없지만.

서방님을 쓰다듬고 예뻐해 주며, 레티시아는 무뢰한 중 한 명에게 미소를 지었다.

히익, 하는 짧은 비명이 여기저기에서 들렸지만 신경 쓸 레티시아가 아니었다.

“잘 봤겠지. 나는 지금부터 서방님을 예뻐해 줘야 하는 사명이 생겼다. 쓸데없는 일에 시간을 낭비할 수는 없으니, 빠르게 끝내도록 하지.”

“자, 잠깐만! 우리는 이제 반항 못 해! 이 이상 뭘 하려는 거냐?!”

“걱정할 것 없다. 그냥 오를레시앙 가문에 보내려는 것뿐이니까. 이번 사건에 관해서는 아버님께서 추궁하시겠지만, 솔직하게 얘기할 것을 추천하지. 아버님은 나보다 관대하시거든. 물론, 착한 아이에게만 말이다.”

이대로 제국 경비대에 끌려가, 윗선의 압력으로 흐지부지 넘어가게 놔둘 순 없지.

그렇다면 부친인 아돌프에게 맡기는 게 가장 좋을 것이다. 흑막까지 알아낼 수 있을 것 같지는 않지만, 정보 몇 개 정도는 쥐어짤 수 있겠지.

아니 땐 굴뚝에 연기가 나진 않는다. 오를레시앙 가문이 나라를 뒤에서 좌지우지한다는 소문에는 근거가 있었다.

아돌프는 최근 물밑에서 수상한 움직임이 느껴진다며, 어떻게 정보를 입수할지 고민하고 있었다. 기뻐하며 받아 줄 것이다.

질베르와 마주하게 해 준 은인에게 사례 정도는 할까. 레티시아가 딱 하고 손가락을 튕기자 사람의 수만큼 빙룡이 땅에서 생겨났다. 그것은 남자들의 코앞까지 고개를 뻗어, 집어삼키려는 듯 크게 입을 벌렸다.

“저, 저, 저기. 레티시아 님, 저희를 어떤 식으로 보내실 건가요…?”

“하하하! 뻔한 것을 묻는군! 참으로 아둔하구나!”

얼음의 용이 다시 한 마리. 레티시아의 등 뒤에 모습을 드러냈다.

그는 연락 담당이 되어 줄 것이다.

기록을 마력으로 변환해 빙룡에게 새긴다고 해야 할까. 대상자가 빙룡에게 닿으면 주술이 발동해, 전달할 내용이 직접 뇌에 흘러 들어가는 원리였다.

자, 준비는 마쳤다.

레티시아는 마치 천사 같은 미소를 짓고 그들에게 말했다.

“직접이지.”

빙룡들은 남자들을 덥석 문 채로 순서대로 밖으로 날아갔다.

멀어져 가는 비명.

가게 안에는 레티시아의 높은 웃음소리가 울려 퍼졌다.

"그럼 갈까, 서방님."

마력으로 근력을 높인 레티시아는 유유히 질베르를 옆으로 안아 올렸다.

목적지는 가게 안에 있는 방이었다. 가게 손님들끼리 사용해도 되는지 알리샤에게 물었을 때 아무 말 없이 고개를 끄덕였으니, 허락을 받았다고 생각해도 되겠지.

딱히 잡아먹으려는 건 아니다.

허용량을 넘어선 애정에 다리가 풀려 버린 질베르를 쉬게 해 주고 싶은 것뿐이었다. 그것뿐인데, 무슨 착각을 했는지 질베르 본인은 고열이라도 난 게 아닌가 싶을 만큼 얼굴을 새빨갛게 붉히고 쑥스러워하고 있었다.

"그렇게 두려워할 것 없어."

"두, 두려워하는 건 아니야! 하지만, 그… 나는 확실히 이 가게에 자주 드나들었어도, 겨, 경험은 없거든. …부드럽게 해 주면 기쁠… 것 같다고 할지, 그…."

휙 하고 고개를 돌렸다.

귀여워. 너무 귀엽잖아.

사랑스럽기 짝이 없어 감정이 순식간에 폭발할 것만 같았다.

그러나 감정이 격해지면 정색한 표정이 되어 버리는 이가 바로 레티시아 오를레시앙. 남들이 보기에는 온화하게 미소를 짓는 것으로밖에 보이지 않았다. 사실 머릿속에서는 이성과 욕망이 처절하게 치고받고 있었지만, 누구 하나 알아차리는 사람은 없었다.

당연히 질베르를 포함해서였다.

"레, 레티시아…?"

"그런 표정을 지으면 곤란한걸. 지금은 그냥 마음껏 당신의 어리광을 받아 주고 싶을 뿐이야. 그러려면 개인실이 좋지 않겠나?"

"…아무것도 안 할 거야?"

"그래. 어리광만 부리면 돼. 기대에 찬 표정을 지어 주는 건 기쁘지만."

"…큭! 아, 아니, 이건!"

"정말 귀엽군, 서방님. 그럼 미안하지만 잠시 방을 빌리도록 하지."

미세한 차이로 이성이 승리한 모양이었다.

인형처럼 사랑스러운 모습으로, 덩치 큰 남자를 가볍게 안아 올려 걷기 시작하는 벨 푸페.

그 표정은 자애로 넘쳐 나고 있었다.

"질베르 님의 약혼자가 그 벨 푸페 님이라는 걸 알고 처음에는 정말 놀랐지만, 전혀 문제없을 것 같네. 부러워. …질베르 님이."

"알리 언니에게 전적으로 동의해요."

알리샤와 라우라는 안쪽 방으로 사라진 두 사람을 그저 멍하니 지켜보았다.

~ "취향이 아니야."라는 말을 들은 인형 공녀, 참는 걸 그만두니 황자가 푹 빠졌다. 참으로 사랑스럽군! ~

2 사랑스러운 서방님

아름답게 갠 푸른 하늘과, 태양이 눈부시게 내리쬐는 정원.

질베르가 레티시아와 둘만의 시간을 즐기기 위해 성안에 특별히 만든 것이었다. 심은 나무도, 꽃도, 대체로 '사랑'이나 '영원'에 관련된 의미가 있었다. 식물의 역사와 신화, 꽃말 등을 잘 아는 사람이 이 정원을 찾는다면 할 말을 잃을 것이다.

그만큼 진한 감정이 가득 담긴 장소였다.

하지만 정작 레티시아는 식물의 의미를 전부 설명해도 "하하하! 사랑스럽군."으로 끝나곤 해서, 질베르의 사랑이 더 깊어진 것은 말할 것도 없었다.

레티시아를 반려로 받아들인 뒤로 질베르는 활기가 넘치게 되어 저주받은 붉은 눈의 힘, 즉 총명함을 마음껏 발휘하고 있었다.

눈에 띄게 되면 성가신 일에 휘말릴 것이 뻔하기에 질베르가 관여했다는 것을 아는 자는 그의 아버지인 로스만 황제와 오를레시앙 가문의 몇 명뿐이었지만, 역대 당주 중에서도 우수한 축에 드는 부친 아돌프마저 "무시무시하군."이라며 두 손 들고 칭찬할 정도의 활약이었다.

그 덕에 이렇게 레티시아와 달콤한 시간을 보낼 공간을 손에 넣은 것이다.

"레티, 오래 기다렸지? 오늘 티타임에는 쿠키를 구웠어. 전부 네 취향대로 만들었는데, 어떤 게 가장 맛있는지 알려 줘. 참고할게."

"응? 아, 항상 고마워, 질베르 님. 기대되는군."

"무슨 일이라도 있었어?"

"아니, 집에서 편지가 왔거든."

레티시아는 정원 중앙에 설치된 테이블에서 편지를 펼치고 있었지만, 질베르의 모습을 보더니 도로 접어 봉투에 넣었다.

조금 성가신 일이 적혀 있었지만, 지금은 그와의 밀회를 즐길 시간이다.

"나중에 다시 얘기하지. 지금은 이쪽이 더 중요하니까."

"…그건 기뻐. 내가 첫 번째야?"

"물론이지."

고개를 숙인 질베르의 뺨을 손으로 감싸고 사랑스럽다는 듯 쓰다듬었다. 그러자 그의 눈동자는 금세 녹아내리기 시작했다.

마치 보글거리며 끓는 딸기잼 같았다.
참으로 맛있어 보이는군.
레티시아는 질베르의 옷깃을 잡고 끌어당겨, 눈꺼풀에 키스했다.
"레, 레티…."
"아직도 부끄러워하는군. 그런 면도 정말 귀여워, 나의 서방님."
"그럼, 익숙해지면 싫어지는 건…."
"그럴 리가. 익숙해진다면 더욱 적극적으로 나갈 수 있지. 그건 그것대로 좋아."
"지금보다 더?!"
새빨개져서 허둥거리는 질베르를 향해, 레티시아는 눈을 가늘게 뜨고 미소 지었다.
레티시아와 질베르.
두 사람은 이미 약혼자라는 입장이 아니었다.
일은 순조롭게 진행되어, 이러니저러니 하는 사이에 부부가 된 것이다.
아마 건국 기념행사로부터 며칠 뒤, 사건을 자세히 설명하기 위해 부친인 아돌프와 성으로 간 날이 결정적이었을 것이다.
질베르는 공무를 보고 오느라 중반부터 참여했다.
그러나 방문이 열리고 레티시아가 있는 것을 확인한 순간, 그

곁으로 망설이지 않고 다가와 귀여움받는 것이 사뭇 당연하다는 듯 "열심히 하고 왔어, 레티."라며 어리광을 부리는 질베르, 의 모습을 멍하니 바라본 아돌프.

그리고 그런 질베르를 끌어안아 소파 구석으로 몰아넣고 "음, 잘했어, 질베르 님. 착하군. 아아, 정말 사랑스러워."라면서 한껏 어리광을 받아 주는 레티시아를 보고 당황한 로스만 황제.

…라는 혼돈스러운 공간이 순식간에 만들어졌다.

"초, 총명하고 까다롭고 여성 편력이 심하다고 들었습니다만…?"

"…베, 벨 푸페? 저 사나이다운 이가? 어디가 인형 공녀라는 거지?"

두 사람은 얼굴을 마주 보고 고개를 끄덕이며 덥석 악수했다.

"레티시아가 저렇게 평상시 모습으로 대하다니! 아비로서 기쁩니다, 폐하! 딸을 부디 잘 부탁드립니다!"

"아니, 아니, 그건 내가 할 말일세, 오를레시앙 경! 질베르의 모든 것을 저렇게 담대하게 받아들여 주는 사람이 있을 줄이야! 자, 식은 언제 올릴까?"

…이런 식으로 약혼 이후 고작 몇 주 만에 부부가 된 것이었다.

사정을 아는 사람 외에는 황제의 권력으로 억지로 성사시켰다는 이야기가 돌았지만, 사이좋은 두 사람의 모습에 그런 소문은 금방 자취를 감췄다.

“이게 바삭해서 맛있는 플로랑탱, 이게 살살 녹는 스노볼 쿠키, 이 하트는 딸기잼을 가운데에 넣은 쿠키고, 이건 초콜릿칩이야. 레티는 초콜릿을 좋아하지? 위에서 초콜릿을 끼얹은 것도 있어. 뭐부터 먹을래?”

“후후.”

“…레티? 내가 뭐 이상한 소리 했어?”

쿠키를 담은 접시를 양손에 든 채로 고개를 갸우뚱하는 질베르.

그 갸륵한 모습에 웃음이 새어 나왔다.

“아니, 그냥. 더 성숙하고 우아한 여성이 좋다고 하지 않았나?”

“…그랬지. 확실히 그렇게 말했어. 하지만 네가 앞에 있으면 모든 게 과거가 돼. …그러니까 …미안해.”

“됐다, 됐어. 신경 쓰지 마. 나도 내숭을 떨었으니까.”

“내숭이라는 수준이 아니었던 것 같은데.”

벨 푸페의 가면을 쓰고 있던 무렵의 레티시아를 떠올리고 “음~” 하며 미간을 좁힌 그의 손에서 플로랑탱을 하나 집어 들었다.

고소한 아몬드와 바삭한 식감이 더없이 좋았다.

“아, 내가 먹여 주려고 했는데.”

“어리광 받아 주지 마, 혼자 먹을 수 있을 거야, 라고도 했었지.”

“…우으. 레티는 오늘 심술쟁이네.”

“하하, 가끔은 놀리고 싶은 날도 있는 법이야.”

“네가 즐겁다면 별로 상관없지만.”

토라진 듯이 입술을 삐죽거리는 질베르에게서 쿠키를 쏙쏙 받아 갔다.

뭘 집어도 전부 레티시아의 입맛에 맞았다.

무엇 하나를 고를 수 없었다.

황자로서의 입지가 아니었다면 작은 가게를 열어서 평화롭게 사는 선택지도 있었겠지만. 세상만사가 그렇게 잘 풀리지만은 않는 법이다.

“그런데 질베르 님에게 부탁이 있어. 약간 성가신 일이 생겨서 말이지. 한동안 당신 곁을 비워야 하는 날이 생길지도 몰라. 무리하지 말고, 될 수 있으면 밖으로 나가지 말아 줬으면 해.”

“그래, 정보는 들었어. 꽤 교활한 함정을 친 모양이던데. 그 오를레시앙 경이 실각 소동이라니. 하지만 문제는 없어. 슬슬 해결됐을 거야.”

“…뭐라고?”

의아한 듯이 미간을 좁힌 순간, 레티시아의 전속 시녀가 달려왔다. 손에는 오를레시앙 가문의 인장이 찍힌 편지를 들고 있었다.

레티시아는 그것을 받아 든 뒤 즉시 시녀를 물러나게 했다.

질베르는 단둘이 있는 시간을 방해받는 것을 싫어한다. 그것을 알고서도 전하러 온 것을 보면 급한 볼일일 것이다.

서둘러 편지를 꺼내 내용을 훑어보았다.

"그래서 편지에는 뭐라고 쓰여 있어?"

"문제는 없다고."

"후후. 그렇지?"

의자를 끌어와 굳이 레티시아 옆에 둔 뒤, 가볍게 걸터앉고는 테이블에 축 늘어지듯이 기댔다. 그 얼굴에는 의기양양한 미소가 떠올라 있었다.

"나는 별로 신용이 없어서 대놓고 움직여 봤자 의미가 없지. …하지만 탁상 놀이는 자신 있어. 상대가 알아차리지 못하도록 한 수 한 수 착실하게 밀어붙이면 체크메이트 정도는 쉬워. 아무도 놀아나고 있다는 걸 의식하지 못한 채 내 손안에서 놀아나거든. 평화적인 해결책이지?"

"역시 질베르 님이야. 머리가 좋은 건 알고 있었지만, 상상 이상이군."

"1분 1초도 너와의 시간을 방해받고 싶지 않아. 그걸 위해서라면 뭐든지 할 거야. 더 칭찬해 주면 안 돼?"

"기특해. 정말 착한 아이군, 질베르 님은!"

질베르와 레티시아가 사이좋은 부부가 됨으로써, 질베르를 저주받은 아이라고 염려하는 자들이 오를레시앙 가문도 적으로 인식하게 된 모양이었다.

레티시아의 부친도 바보는 아니다.

그럼에도 유능한 인재들이 모인 오를레시앙 가문조차 아주 조금의 빈틈이 실각 소동에 이르기까지 발전하고 말았다.

본인들도 생각 못 한 모양이었다.

처음에 받은 편지에서는 동요의 흔적을 찾아볼 수 있었다.

상대의 머리는 잘 돌아갔다. 그러나 질베르 쪽이 몇 수나 위였던 모양이다. 정말이지, 미래가 기대되는 서방님이란 말이야. 레티시아는 그의 머리를 원하는 대로 쓰다듬어 주었다.

"아… 행복해서 녹을 것 같아."

"이봐, 나를 미망인으로 만들 셈인가?"

"…저기, 레티. 너는 앞으로도 언제까지나 나와 함께 있을 거야? 싫어하게 되진 않을 거야?"

"내가 아닌 다른 누가 당신을 행복하게 해 줄 수 있을까? 게다가 당신이 만드는 요리는 그 무엇보다 맛있어서, 이제 당신이 아니면 만족할 수 없어. 몸도 마음도 떠날 수 없게 됐지."

"입맛부터 사로잡은 건가. 타협하지 않고 실력을 갈고닦길 잘했어."

질베르는 레티시아의 손을 잡아 뺨으로 가져가, 사랑스럽다는 듯 비볐다.

"너만 허락한다면 앞으로도 네가 먹는 걸 만드는 사람은 나뿐이었으면 좋겠어. 사람의 몸은 매일 조금씩 다시 태어나거든. 피부도, 혈액도, 근육도, 뼈도, 내가 만든 것으로 네가 구성될 만큼. 언제까지나 네 곁에서."

"하하. 정말 사랑스럽군, 내 서방님은. 그 말을 들어줄 수 있을지는 상황에 따라 다르겠지만, 열심히 노력해 보지. 나도 당신을 위해서라면 내가 가진 힘을 전부 쓸 각오가 되어 있어."

레티시아가 손가락을 딱 튕기자 땅에서 빙룡이 생겨났다. 그리고 멀리서 날아온 빛을 덥석 집어삼켰다.

아무래도 상당한 마력이 압축되어 있었던 모양이다.

빙룡은 배가 찼다며 만족스럽게 웃고, 얼음이 터져 나가듯 그 자리에서 사라졌다.

정말이지. 뒷공작이 실패했다고 해서 실력 행사로 나오다니. 괜찮은 마술사를 고용한 모양이군.

빙룡의 배로 사라진 빛의 탄환에는 정확히 정원 전부가 날아갈 정도의 마력량이 들어 있었다. 이렇게까지 치밀하게 마력을 조작할 수 있는 자는 몇 되지 않는다.

레티시아는 목을 울리며 쿡쿡 웃었다.

"내가 곁에 있건만 이 정도 어린애 장난으로 습격하려 하다니, 어설프군! 맹세하지, 질베르 님. 이 목숨이 붙어 있는 한 당신을 지키겠다고!"

"레티…."

"그러니 초조해하지 마. 두려워하지 마. 언제까지나 곁에 있을 테니."

레티시아의 말에 질베르는 뺨을 붉히고서 "응."이라며 끄덕였다.

그는 머리가 좋은 만큼 쓸데없는 생각을 하며 불안해하는 일이 많았지만, 그것조차 전부 품고 사랑해 주겠다고 결심했다.

사랑받고 싶고 헤어지기 싫어 두려움을 느낀다면, 생각했던 것 이상으로 사랑을 쏟아 줄 뿐이다.

레티시아의 사랑은 무한했다. 끝없는 사랑에 빠져들면 되는 일이다.

"아내로서 당신의 바람, 당신의 생각, 모든 것을 받아들이고 이뤄 주지. 황제로서 군림하고 싶다면 옥좌에도 앉혀 주겠어. …하지만, 당신은 그런 걸 바라지 않을 것 같군."

"그래. 나는 작은 집에서 너와 느긋하게 사는 게 더 이상적이야."

"후후, 그건 옥좌에 앉는 것보다도 어려울 것 같은걸. …하지만 나쁘지 않아."

미래를 그리듯이 눈을 가늘게 떴다.

"죽을 때까지 곁에 있어 주겠나?"

"…죽어서도 곁에 있고 싶은데."

"하하하! 너무 진지한걸, 서방님! 그런 면도 참으로 사랑스러워!"

다른 사람이 보기에 그들의 앞길에는 문제가 산더미 같을 것이다.

그러나 레티시아의 무력武力과 질베르의 두뇌 앞에서는 모든 것이 사소해졌다. 정반대라서 잘 지내는 부부라고 생각하기 쉽지만, 그들에게는 공통점이 하나 있었다.

적은 일절 봐주지 않는다.

서로가 서로의 약점을 보완하면서 모든 방해를 이겨 내고 행복하게 지낸다. 이것은 그런 미래에 도달하기 위해 전력을 다하는 신혼부부의 이야기다.

~ "취향이 아니야."라는 말을 들은 인형 공녀, 참는 걸 그만두니 황자가 푹 빠졌다. 참으로 사랑스럽군! ~

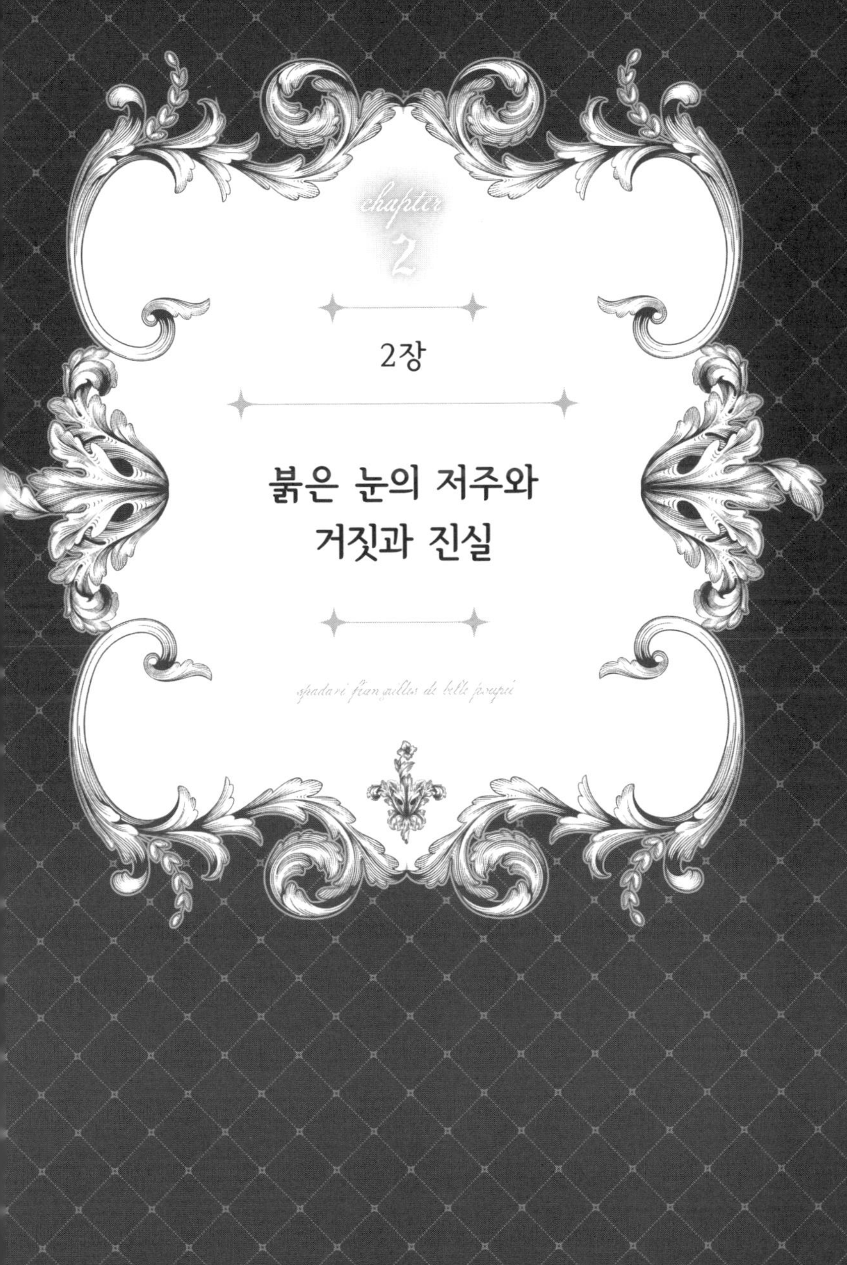

chapter 2

2장

붉은 눈의 저주와 거짓과 진실

1 그것은 밀담으로부터 시작됐다

'안녕, 질베르.'

'잘 자, 질베르.'

'잘 지내? 질베르.'

그런 사소한 인사로 얼마나 구원받았는지.

나를 평범한 인간으로 대해 준 유일한 사람.

당신이 있어서 나는 그나마 앞을 볼 수 있었다. 당신이 있어서 나는 그나마 나를 유지하고 있었다. 당신이 있어서 나는 그나마 세상을 저주하지 않을 수 있었다.

그리고 지금, 이 손에 넘칠 정도의 행복을 손에 넣을 수가 있었다.

고마워. 아무리 감사해도 모자라.

아아, 하지만.

슬프게도 이 감사의 말을 평생 당신에게 전할 수 없겠지. 그

후회만이 빠지지 않은 가시처럼 따끔거리면서 아직도 가슴을 욱신거리게 하고 있다.

* * * * * * *

램프의 불꽃이 수상하게 흔들리는 어두운 실내.

질베르는 가죽 소파에 앉아 한쪽 팔꿈치를 짚은 채 다리를 꼬고 있었다. 꽤 스스럼없는 자세였으나, 테이블을 사이에 두고 맞은편에 있는 것은 황제 폐하였다.

이곳은 폐하의 집무실.

질베르는 불만스럽기 짝이 없다는 듯 흥 하고 코웃음을 쳤다.

"그래서? 제게 할 말이라는 게 뭡니까? 이런 눈부신 날에 크리스토프 황태자 전하가 아닌 제 얼굴을 보고 싶다니, 제정신이신지 의심스럽군요."

"그리 매정하게 굴지 마라."

"무슨 말씀을. 아드님의 경사스러운 날이 아닙니까. 어서 연회장으로 돌아가시죠."

크리스토프 로스만.

이 나라의 차기 황위 계승자이며, 질베르의 이복형이다. 오늘은 그의 빛나는 어떠한 경력을 축하하기 위한 파티가 성대하게 열리고 있었다.

본래는 질베르도 참가해야 했다.

그런데 행사장에 도착하기 전에 불려 와서 집무실까지 강제 연행된 것이다. 덕분에 파티에는 레티시아 혼자 참가하고 있다.

질베르의 기분이 좋지 않은 이유는 이것이었다.

'빨리 레티를 보고 싶은데.'

벗어나려고 빙 돌려 빈정거렸는데도 눈 하나 깜짝하지 않았다. 그러기는커녕 여유 있게 팔짱을 끼고 이야기를 나눌 자세까지 취했다. 질베르는 '이 너구리 같은 아버지가'라고 마음속으로 투덜댔다.

"하하, 매년 황비가 의욕에 넘치니 말이다. 화려한 파티를 열었겠지."

"그럼 빨리…."

"이런 날이기에, 라고는 생각하지 않느냐?"

이런 날이기에.

그는 그 의미를 순식간에 이해하고 인상을 찌푸렸다.

빛이 강할수록 그림자는 짙어진다.

크리스토프의 빛나는 공적에 모두의 시선이 끌려 있는 지금이라면, 수상한 대화도 어둠 속에 섞여 들어 눈에 띄지 않는다. 밀담을 하기에 딱 좋다는 거겠지.

즉 지금부터 할 말이란, 다른 사람이 들어선 안 되는 비밀.

질베르는 짜증스럽다는 듯 한숨을 내쉬었다.

"성가신 일은 사양하겠습니다. 전 한시라도 빨리 레티 곁으로 돌아가고 싶어요."

"자, 잠깐만!"

일어서서 파티장으로 향하려고 했지만, 팔을 붙잡혀 도로 앉게 되었다.

놓아줄 생각은 없는 모양이었다. 생각보다 필사적인 모습에 조금 숨을 삼켰다.

질베르의 두뇌에 매달려야 할 정도로 급한 안건인가.

그렇다면 이 손을 뿌리친다 해도 어차피 이런저런 수단을 써서 끌어들이려 할 것이 분명했다. 그 정도의 뻔뻔함과 오만함이 없으면 일국의 주인 자리에 있지 못한다.

성가시긴.

질베르는 어쩔 수 없다는 듯 머리를 긁적이고 다시 소파에 앉았다.

"정말이지. 폐하에 대한 의리라면 이미 충분하고도 남을 만큼 일해서 갚았다고 자부하고 있습니다만? 조금 다루기 편해졌다고 해결사처럼 부려 먹는 건 썩 기분이 좋지 않군요."

"이 건은 알고 있느냐?"

질베르 앞에 종이 다발이 놓였다. 표제는 없었다. 그저 'V'라고만 적혀 있었다.

얼마나 기밀이라는 거지. 애초에 사람 말은 제대로 끝까지 들으라고. 그게 부탁하는 태도냐. 입을 열면 불만이 분수처럼 뿜어져 나올 것 같았다.

관심 없다는 듯이 손에 들고, 내용을 팔락팔락 넘기며 확인했다.

"바이스 공화국과 마석에 관한 것 말이죠."

"흠, 알고 있었군."

"딱히 기밀로 할 정도도 아니지 않습니까, 이런 건."

질베르는 표지를 검지로 툭 튕겼다.

마석이란, 그 이름 그대로 마력이 담겨 있는 돌이다.

평상시에는 사람들의 생활을 풍족하게 하기 위해 이용되지만, 전투 도구 또한 마석에 의해 만들어지고 있었다.

사용법에 따라서는 천사도 악마도 될 수 있다.

그야말로 이 세상을 살아가는 사람들에게 핵심이 되는 존재. 그것이 마석이었다.

참고로 레티시아의 손가락에 끼워져 있는 '반전의 마도구'도 마석의 아종이다.

불을 뿜거나 물이 나오는 간이적인 것이 아닌, 특수한 능력이 숨겨진 것을 그 희소성으로 구별해 '마도구'라고 부르는 것이다. 판별 방법은 간단한데, 마석 안에 마법진 형태의 마술 문양이 그려져 있으면 그것은 특별한 힘을 가진 '마도구'가 된다.

이야기를 되돌리자면, 로스만 제국은 마석 산지로서 최고의 산출량을 자랑했고, 그것이 이 나라의 확고한 지위로 이어지고 있었다.

그리고 앞서 이야기한 바이스 공화국은 근래 인접 국가에 전쟁을 선포할 거라는 소문이 돌고 있으며, 국제회의에서 마석을 유출해서는 안 된다고 결정한 지 얼마 되지 않았다.

그 조약을 깨면 순식간에 세계의 적이 된다.

그러나 그러한 결정 후에도 바이스 공화국은 평정을 유지하고 있어, 어느 나라가 조약을 어기고 그 나라에 비밀리에 마석을 유출하려 하는 게 아닌가 하는 문제가 떠오르는 중이었다.

그 대상으로 언급되는 나라 중 하나가 로스만 제국.

증거는 나오지 않았지만, 타국에 뿌릴 만큼 마석에 여유가 있는 나라라 후보로 거론된다는 듯하다.

그 정도의 정보는 질베르의 귀에도 들어왔다.

"그러니까 불명예스러운 소문을 부정하기 위한 대책을 세우라는 겁니까? 하지 않았다는 것을 입증하는 악마의 증명. 그런 번거로운 증명을 해 봤자 뭘 얻을 수 있습니까? 쓸데없는 일에 힘을 쓰기보다, 본인이 각국에 흔들림 없는 신뢰를 얻어 내시면 될 일입니다. 신뢰만큼 좋은 연막은 없지요. 뒷수습은 사절하겠습니다."

"그렇게 단순한 일이 아니다, 질베르."

진절머리 난다는 표정으로 머리를 싸쥔 황제 폐하.

이렇게까지 약한 모습을 보이는 건 처음이었다.

질베르는 그 심상치 않은 모습에 서둘러 자료를 다시 펼치고, 마지막까지 천천히 훑어보았다. 그리고 다 읽은 동시에 테이블 위에 던지고서 눈을 몇 번 깜빡였다.

"…잠깐만, 제정신인가?"

"유감스럽게도. 보고가 올라왔을 때는 나도 심장이 멎는 줄 알았다."

자료 마지막에는 조사 결과가 첨부되어 있었고, 거기에는 바이스 공화국으로 마석을 밀수출하려는 자가 우리 로스만 제국 내에 존재할 가능성이 높다는 내용이 면밀한 증거와 함께 적혀 있었다.

이것을 작성한 자는 실로 우수한 인물인 모양이었다. 용케 눈에 띄지 않고, 상대가 알아차릴 수 없게 이만큼 조사해 내다니, 감탄할 정도로 상세한 내용이었다.

그러나 보고서 마지막에는 '수상한 인물을 십수 명까지 좁혔으나, 이 이상의 조사는 실질적으로 불가능'이라고 분한 듯한 필치로 적혀 있었다. 아직 계획 단계라서 실제로 바이스 공화국에 마석이 넘어간 건 아니지만, 만약 저지하지 못하면 심각한 사태가 될 것이다.

폐하는 힘없이 한숨을 내쉬었다.

심적인 피로가 심한 모양이었다. 이해한다.

"대대적인 수사망을 깔 수도 없으니, 솔직히 손쓸 도리가 없다. 여기저기 알아보고는 있지만 이 건을 밝힐 정도로 신뢰할 수 있는 인물은 몇 없어. 부탁한다, 질베르. 힘을 빌려주지 않겠느냐."

"하하, 신뢰? 무슨 말씀을. 저주받은 황자인 제게 이런 중요 안건을 부탁해도 되는 겁니까? 나라를 기울게 할 가능성이 가장 높은 자인데."

"레티시아와의 신혼을 만끽하고 있는 네가 말이냐? 만약 그럴 가능성이 있다면, 레티시아가 너를 꼬드긴 경우겠지. 그 외에는 생각할 수 없는 일이다."

뭐라고. 그 사람이 이런 바보 같은 일을 계획할 리가 없잖아.

뚱하게 얼굴을 찌푸리는 질베르.

"그러나 레티시아의 기질을 생각하면 그럴 리가 없지. 만약 나라에 무슨 불만이 있다면 이런 번거로운 방법을 취할 것 없이 정정당당히 정면으로 부딪칠 거다. 네가 고른 반려는 거침없는 데다 참으로 시원시원하고 쾌활한 여성이 아니냐?"

그렇다. 레티시아는 세상에서 가장 멋있고 훌륭한 여성이다.

만족스럽게 고개를 끄덕이는 질베르.

"참고로 이것도…."

"글쎄요. 그렇게까지 말한다면 생각해 볼 수도…."

건네받은 자료를 팔락팔락 넘겼다.

그러나 어떤 페이지에서 손이 멈추고 시선이 그곳을 빤히 응시했다.

"이건."

"이쪽에서 독자적으로 조사한 용의자 후보들이다. 반드시 이 가운데 있다고 확신할 수 없는 것이 난점이다만. 눈이 가는 자가 있느냐?"

"아뇨, 좀. …후후, 그렇다면 조사해 보도록 할까요. 내키면 목에 밧줄이라도 걸어 선물해 드리죠."

"그러냐, 고맙다."

"뭐, 기대는 하지 말고 기다리세요."

기대된다는 듯이 눈을 가늘게 떴다.

그 표정은 마치 재미있는 장난을 생각해 낸 어린애 같았다.

그는 자료를 내려놓고, 테이블 위로 몸을 내밀고서는 소름 끼칠 만큼 요염한 미소를 지었다. 팔을 뻗어 손등을 폐하의 뺨에 가볍게 가져다 댔다.

"그럼 이만. 아, 버, 님."

그리고 목소리에 맞춰서 몇 번 찰싹찰싹 두드린 뒤, 기분 좋게 방을 나섰다.

테이블 위에 남겨진 자료들.

가지고 가지 않아도 한 번 읽으면 모두 머리에 입력되는 것이겠지. 역시 저주받은 붉은 눈의 힘. 보기 드문 두뇌를 가진 남자다. 이것은 나중에 태우든지 해서 파기해야겠군. 외부에 새어 나가면 큰일이다.

현 황제는 종이 다발을 모아 테이블 위에서 툭툭 쳐 정돈했다.

꺼림칙할 만큼 기분이 좋아진 질베르.

불길한 예감이 들기는 하지만, 그의 두뇌는 말하자면 최후의 보루이자 한 줄기 빛. 레티시아라는 안정제를 얻은 지금의 그만큼 든든한 인물도 없을 것이다.

하지만….

"질베르는 변했군. 친아들에게 품을 감정은 아니다만…."

어두운 실내.

희미한 빛을 흡수해 반짝이던 붉은 눈동자는 등줄기가 서늘해질 만큼 아름다웠다.

맑은 인형 공녀의 매력과는 또 다른, 강제로 시선을 돌릴 수 없게 만드는 그 눈동자는 그야말로 마성이라고 하는 것이 적절할지도 몰랐다.

그런 표정을 짓는 자가 아니었을 텐데.

“레티시아는 그 녀석에게 평소에 어떤… 아니, 그만두지.”

그는 갖가지 의혹을 한숨으로 바꾸어 잊으려는 듯이 내뱉었다.

* * * * * * *

화려하면서도 어딘가 차분한 분위기의 파티장.

구球 안에 가둬 놓으면 사락거리며 섬세하고 아름다운 소리를 연주할지도 모른다.

레티시아는 벽에 등을 기댄 채 질베르가 돌아오기를 기다렸다. 말을 걸고 싶어 하는 기척이 주위에서 느껴졌지만, 모르는 척 시선을 내렸다.

오늘은 모건 황비가 주최하는 크리스토프 황태자 전하의 불사신을 기념한 파티였다.

그렇다, ‘불사신’.

이유는 단순하다. 크리스토프 황태자는 한 번 죽었다고 알려져 있었기 때문이다.

그 충격을, 온 나라를 덮친 슬픔을, 아직도 선명하게 기억하고 있다. 그날은 아침부터 비가 내렸다. 황태자가 회합에서 돌아오는 길에 험한 산길을 말을 달려 빠져나오다 땅이 무너지며 추락한 것이다.

모두가 생존은 절망적임을 알고 있었다. 그 후 이어진 조사에도 시신조차 찾지 못한 채, 수색은 모건의 부탁으로 빠르게 중지되었다고 들었다. 그 기간이 고작 2주일.

살아 있다는 희망을 계속해서 품는 것은 괴로운 법이다. 마음을 정리하고 싶었다면 이해할 수 있었다. 비정하다고 비난할 수는 없었다.

그런데 그 반년 뒤, 크리스토프는 귀환했다.

처음에는 다른 사람이라는 의심을 받았지만, 얼굴도 목소리도, 행동조차 본인 그 자체. 게다가 모건이 아들이 틀림없다고 단언해, 의심하는 자는 사라졌다.

사고의 영향으로 피부가 경련을 일으켜, 때때로 표정이 굳는 점 외에는 더없이 건강했다.

그래서 불사신 크리스토프.

오늘은 그의 귀환 기념일이다.

낮에는 시민들과 함께하는 대대적인 퍼레이드 등의 행사가 있었다고 하지만, 밤에 열리는 파티는 황족이나 유력한 일부 귀족 등 참석자가 제한되어 있어 지극히 소규모였다. 그렇다고 해도 공을 들이지 않은 것은 아니었다.

모든 것이 고르고 고른 최고급품인 파티였다.

레티시아는 질베르의 아내로서 참석을 요청받았다. 그러나 아무리 화려한 파티라 해도 질베르가 없으면 즐길 것은 아무것도 없다.

얼굴을 들자 크리스토프의 연설이 시작되어 있었고, 모두의 시선이 그쪽으로 향했다.

설탕 공예를 연상시키는 빛나는 금발에, 투명한 라임 그린색 눈동자. 옷 위로도 알 수 있는 단단한 체구는 질베르와는 달리 선두에 서서 모두를 이끄는 타입이라는 것을 알 수 있었다.

성실하고 고결한 인물로 보이나, 살짝 미소 짓는 모습은 영애들 사이의 소문대로 동화에서 빠져나온 왕자님 같기도 했다. 이제 부상의 후유증은 전혀 보이지 않았다.

'전하가 돌아온 것은 이 나라에도… 질베르 님에게도 행운이겠지. 축하하는 마음 정도는 가져 둘까.'

레티시아는 멀리서 그를 바라보았다.

현 황제 폐하의 아들은 크리스토프와 질베르 둘뿐이다. 크리스토프가 없어지면 계승권은 필연적으로 질베르에게 넘어간다.

그러나 누구도 질베르가 황태자의 자리에 앉는 것을 원하지 않았다.

저주받은 황자가 황제 자리에 앉으면 이 나라는 끝장이다. 그런 속삭임을 들은 적도 있었다.

그렇다고 그를 폐위시킬 만한 이유를 댈 수 있는 이도 없었다. 여성 편력이 심한 정도야, 혈연 앞에서는 작은 하자에 불과했다.

질베르 독살 미수 사건이 일어난 것도, 마침 그 무렵이었다고 기억한다.

'서방님은 총명하니, 미소를 지은 피부 아래로 숨기지 못한 적의를 평소에 느낀 것이 틀림없어.'

당신이 필요하다고 떠드는 그 입으로, 사라져 버리기를 원하는 것이다. 질베르의 아내가 되고 나서 처음으로 그가 놓인 상황을 마음 저리도록 잘 알 수 있었다.

그의 마음이 망가지지 않았다는 게 기적이라고까지 느껴졌다.

'전하가 돌아오지 않았다면 질베르 님은 짓눌려 버렸을지도 몰라. 아니, 그뿐만이 아니야. 그의 두뇌를 생각하면 어쩌면….'

벌레의 날갯짓에 수면이 떨리는 것보다도 희미하게, 밤하늘에서 빛나는 별이 남모르게 타올라 사라지는 것보다도 흐릿하게, 안쪽에서부터 조금씩 좀먹어 들어갔겠지.

적으로 돌리면 무엇보다 두려운 사람임을 알고 있었다.

자각 없이 진행되는 병과 마찬가지다. 돌이킬 수 없게 되고 나서 처음으로 자신들이 타고 있던 배가 가라앉고 있었다는 것을 깨닫는 것이다.

그가 나라의 우환이 되었다면, 대치對峙하는 미래도 존재했겠지.

레티시아를 뜨겁게 바라보던 눈동자가 길가의 잡초를 보듯이 얼어붙은 시선으로 바뀌는 모습을 상상하고, 서둘러 고개를 저었다.

'그런 눈으로 바라본다면 가슴이 아픈 것으로 끝나지는 않겠지. …하지만 이제 그런 미래는 존재하지 않아. 질베르 님은 내 손을 잡고, 아내로 선택해 주었다. 반드시 행복하게 해 주겠어. 누구보다도!'

혼자 결심을 다지는 레티시아.

그 순간, 문득 그림자가 드리워졌다.

질베르의 기척은 아니었다. 대체 누구지. 고개를 들자 남자가 레티시아를 내려다보고 있었다.

"평안하십니까, 레티시아 님."

칙칙한 갈색 머리카락에 헤이즐 색 눈동자. 딱히 이렇다 할 특징이 없는 생김새지만 본 기억이 있었다.

마석 가공 분야에 정통한 오즈웰 백작가의 장남 로랑이었다.

예전부터 호의를 숨기지 않고 뜨거운 시선을 보내는 것 정도는 알아차리고 있었지만, 설마 유부녀가 된 지금도 말을 걸 줄은 몰랐다.

무슨 일이 있었던 걸까. 유약해 보였던 예전과는 다르게 지금은 묘하게 자신감에 찬 느낌이었다.

'이미지 체인지인가?'

"벨 푸페로 이름 높은 당신이 벽에 붙은 꽃이라니. 질베르 황자께서는 어디 계십니까?"

"볼일이 있어서. 금방 돌아오실 거예요."

담담하게, 억양 없는 목소리로 말했다.

"그, 그럼, 제가 그때까지 이야기 상대를…."

레티시아는 작게 고개를 젓고서 몸을 숙인 뒤, 옆을 빠져나가듯이 그의 곁을 떠났다.

아쉽다는 듯한 시선이 등에 꽂혔지만 상대할 생각은 없었다. 로랑이 보고 있는 것은 레티시아가 아닌, 연약하고 아름다운 인형 공녀. 이 세상 어디에도 존재하지 않는 환상이다.

나는 질베르 님의 아내. 빨리 이해하고 잊어 줬으면 했다.

레티시아는 작게 한숨을 내쉬었다.

'그런데 아직도 벨 푸페 연기를 해야 하다니. 성가시긴 하다만….'

창관에서 활극을 벌인 그날, 용제의 정체는 당장 세간에 알려질 거라고 생각했다.

하지만 가게 종업원이나 그 자리에 있었던 손님에게, 질베르와 아돌프가 손을 써 입막음을 하여 그 사실은 일절 알려지지 않게 됐다는 것을 나중에 알았다.

일부, 입막음을 하지 못한 자들이나 용병 기사가 재미로 외부에 흘리려 한 적이 있는 모양이지만, 모두 웃음거리로 끝났다고 들었다.

덕분에 얼음의 용제가 레티시아임을 아는 자는 얼마 되지 않았다.

드디어 벨 푸페의 가면과도 작별인가 싶어 개운했었는데, 실로 유감스러웠다. 그러나 두뇌파인 두 사람의 의견이 '레티시아와 용제를 하나로 연결 짓는 것보다 별개의 인물로 여기게 하는 쪽이 비장의 수단으로서는 강력하다'였기에, 고개를 끄덕일 수밖에 없었다.

아버지의 의뢰는 때와 경우에 따라 달랐지만, 사랑하는 남편의 부탁이라면 즉시 받아들이는 것이 레티시아였다. 최근의… 특히 책략을 짤 때의 활기찬 그 미소. 그것을 위해서라면 인형공녀를 연기하는 것 정도는 아무것도 아니었다.

'게다가 나쁜 점만 있는 건 아니지.'

황비 모건이 질베르를 좋게 여기지 않는 것 같다고 느낀 적은 여러 번 있었다.

레티시아를 아내로 맞이한 이후, 질베르는 자신의 능력을 최대한으로 발휘해 황제 폐하의 총애를 받고 있었다.

크리스토프의 모친으로서 썩 유쾌하지는 않겠지.

몇 번 인사를 하러 갔을 때도 마치 품평이라도 하듯이 눈동자 안쪽이 얼어붙어 있던 것을 기억한다. 조금이라도 빈틈을 보이면 목덜미를 물어뜯을 것만 같았다. 오늘 파티는 몸이 좋지 않아 참석하지 않는다는 걸 들었을 때는 '좋았어!' 하고 주먹을 하늘로 치켜들었다.

혼자서는 아무것도 할 수 없는 아름다운 장식, 그런 인형 공녀로 있는 편이 쓸데없는 수 싸움을 하지 않아도 된다.

레티시아는 기본적으로 직설적이다. 질베르와는 달리 상대의 마음을 읽으며 견제하는 것은 서툴렀다.

'정면으로 부딪치는 편이 더 자신 있다만…. 하아.'

오를레시앙 가문, 그것도 아돌프에게 직접 받은 교육으로 평균 이상의 대처를 할 수는 있어도, 그건 그것. 또 다른 문제였다.

하지 않아도 된다면 안 하는 편이 나았다.

"저기, 레티시아 님."

"…네. 왜 그러시죠?"

돌아보자 로랑이 있었다. 설마 따라온 건가.

불쾌함에 얼굴이 찌푸려질 것 같았지만, 미소로 견뎌 냈다.

"아뇨, 조금 궁금해서 말입니다. 아까 전부터 아무것도 드시지 않았지요?"

"그건…."

질베르를 위해서였다.

아내의 입으로 들어가는 것은 전부 자신이 만들고 싶다는 귀여운 부탁을 기꺼이 받아들인 레티시아. 레티시아 역시 질베르가 직접 만든 요리를 무엇보다 좋아했다.

곁에서 기쁜 듯이 미소 짓는 귀여운 남편을 안주 삼아 맛있는 요리를 먹을 수 있는 것이다.

이 이상의 사치가 있을까.

"지금은 속이 좋지 않아서요."

아무래도 진심을 말할 수는 없어, 준비한 핑계를 댔다.

레티시아는 몸집이 작고, 벨 푸페의 연기를 무너트리지 않도록 소식인 척하고 있었다. 그래서 그렇게 말해 두면 대부분은 납득하고 화제를 바꾸곤 했다.

그러나 로랑은 포기하지 않았다.

의심하는 듯이 눈을 가늘게 뜨고 '역시'라고 중얼거렸다.

"질베르 황자에게 아무것도 먹지 말라는 명령을 받은 게 아닙니까? 자기가 먹지 못한다고 해서 아내에게까지. 너무하지 않습니까."

"아뇨. 결코 그런 건."

"부인하시지 않아도 됩니다, 아름다운 벨 푸페. 질베르 황자와의 결혼 이후 당신은 사교장에서 일절 음식을 입에 대지 않으셨죠. 가련한 당신을 독살하려는 자가 있을 리 없는데. …이런 것은 사랑이 아니라 단순한 속박입니다."

멋대로 단정 짓고 납득하는 로랑.

이쪽의 말을 들을 생각도 없어 보였다.

내뱉는 말 여기저기에서 왜 질베르 따위의 아내가 되었냐는,

연약한 레티시아를 지켜야 한다는 뉘앙스가 전해졌다.

“그러니까.”

“걱정 마십시오, 레티시아 님.”

‘…걱정되는 건 네 머리다만.’

남의 말을 좀 들어. 망상이 너무 심하다고.

몇 번을 부정해도 그의 안에 존재하는 ‘남편에게 학대받는 불쌍한 벨 푸페’는 흔들릴 줄 몰랐다. 레티시아도 반복되는 대화에 진절머리가 나기 시작했다.

무엇보다 사랑하는 서방님의 험담을 이 이상 듣고 싶지 않았다.

불쾌하기 짝이 없다. 조금 압박을 가해 볼까. 레티시아의 발밑에서 냉기가 피어오르기 시작한 그 순간, ‘뚜벅’ 하고 구두 소리가 잡음을 헤치고 귀에 밀려들었다.

“오즈웰 백작가는 자식을 자유분방하게 가르치는 모양이군. 발정난 개라도 이보다는 진중할 것을. 천박하기 짝이 없어.”

짜증이 묻어 나는 목소리. 질베르였다. 이제야 돌아와 준 것이다. 그가 곁에 있다는 걸 알게 된 것만으로, 어깨의 힘이 풀리는 기분이 들었다.

그는 레티시아와 로랑 사이에 끼어들고는 견제하듯이 노려보았다.

“무, 무슨 말씀입니까? 저는 그저, 혼자 외로워 보여서….”

"호오? 정말로?"

모든 것을 꿰뚫어 보는 듯한 붉은 눈동자가 쏘아보자, 로랑은 견디지 못하고 시선을 피했다.

레티시아에게 부정한 마음을 품지 않았다면 당당한 태도를 취하면 될 것이다. 그러나 시선을 피했다는 것은 그렇지 못하다는 뜻이겠지.

질베르는 도망치지 말라는 듯 로랑의 턱에 손가락을 대고 정면을 향하게 했다.

"자각이 없나? 그렇다면 거울을 가지고 다니도록 해. 네 얼굴이, 표정이, 눈이, 다른 사람에게 어떻게 비치는지 파악해 둬서 손해 볼 건 없을걸. 군침을 흘리기 전에 깨달을 수 있을 테니까."

"…내, 내 얼굴이 어디가."

"이런, 처음부터 끝까지 설명해 줘야 하나? 욕심만 많군. 누구의 아내에게 수작을 부렸는지를 묻는 거다. 그에 어울리는 각오가 되어 있다는 뜻이겠지?"

"큭."

훌륭한 도발이다. 불씨에 기름을 들이붓고, 마른 장작을 던져 넣고, 하늘을 꿰뚫을 것 같은 모닥불 앞에서 더욱 바람을 불어넣어 불을 키우는 수준이었다.

'캠프파이어라도 할 생각인가, 서방님.'

조금 가슴이 개운해진 것은 비밀이었다.

그러나 크리스토프를 축하하는 파티에서 이 상황은 다소 곤란할 수 있다.

수치심에 얼굴을 붉히고 질베르를 노려보는 로랑과, 그 시선을 받으면서도 경멸하는 표정을 무너트리지 않는 질베르. 두 사람을 중심으로 험악한 분위기가 돌기 시작했다.

원인을 따지자면 레티시아가 능숙하게 넘기지 못해서였다. 이것이 질베르의 악평으로 이어지기라도 한다면, 아내로서 한심한 일이다.

여기서는 어떻게든 손을 써야 하나.

'나와 질베르 님이 얼마나 서로를 사랑하고 사이가 좋은지를 보여 주면, 저자도 납득하고 포기하겠지. 음. 그거라면 자신 있다!'

레티시아는 질베르의 손을 잡으려고 손을 뻗었다. 그러나 그때, 갑작스럽게 한 남성이 끼어들었다.

"축하연 자리에서 다툼이라니. 부적절하군요."

질서정연하고 딱딱한 목소리. 규율이 옷을 입고 다니는 것 같은 자세.

흰머리가 조금 섞인 흑발을 뒤로 넘긴 신사는, 질베르와 로랑에게 날카로운 시선을 던진 뒤 '크흠' 하고 기침을 했다.

아이비스 공작이었다.

품행 단정, 공명정대, 그림으로 그린 듯 성실한 가풍에, 대대로 이 나라의 사법 제도에 깊이 관여하고 있다. 그렇기에 수상한 소문이 끊이지 않는 오를레시앙 가문, 특히 부친 아돌프와는 그다지 사이가 좋지 않았다. 얼굴을 마주치기만 하면 완곡한 언어를 구사한 설전이 벌어져, 주위에는 블리저드가 휘몰아친다는 이야기가 있을 정도다.

"흥, 남의 아내에게 수작을 부렸으니 못을 박는 건 당연하지. 주제를 알라고 말이야. 이 작자가 아내에게 경망스럽게 접근하지 않는다면 아무래도 좋아."

"그렇다면 이만 마치셔도?"

질베르가 레티시아를 끌어당기고, 이야기는 그것으로 끝내자는 분위기가 흘렀다. 크리스토프의 얼굴에 먹칠을 하지 않도록, 실로 관대하고 평화적인 마무리였다.

그러나 그것에 제동을 건 자가 있었다.

"기, 기다려 주십시오, 아이비스 공!"

로랑이었다.

"죄송하지만 한말씀 올려야겠습니다. 진위를 확실히 해야만 하는 일이 있지 않습니까? 부디 용서하십시오."

"진위?"

"네, 레티시아 님의 건강에 관해서입니다."

로랑은 의기양양한 표정으로 그렇게 진언했다.

질베르는 불쾌한 듯이 "레티의?"라고 미간을 찌푸렸다.

"흠? 자세히 말씀하시죠."

"황자님과 결혼한 뒤, 레티시아 님이 사교장에서 일절 음식을 입을 대지 않으신다는 소문은 알고 계십니까? 질베르 님께서 명령하신 것이라면 당장 철회해 주십시오. 이렇게 가녀린 몸으로는 쓰러지실지도 모릅니다."

마치 공주를 지키는 기사처럼, 자신이 옳다고 믿어 의심치 않는 목소리. 그의 눈동자에는 아무런 망설임도 떠올라 있지 않았다. 편집적이라 할 만큼.

'한 끼 거르는 정도로 쓰러질 만큼 연약해 보이는 건가. 사람을 뭐로 보고.'

오를레시앙 가문에 관련된 자가 이 자리에 있었다면, 참지 못하고 웃음을 흘렸을지도 모른다. 유감스럽지만 이번에는 볼일이 있어 아무도 자리에 오지 못했다.

불행인지 다행인지.

용제로서 각종 의뢰를 해결해 온 레티시아에게 식사를 거르는 정도는 아무 문제도 없었다. 심지어 하루 종일 아무것도 먹지 못한 적도 있다.

가련한 외모와는 달리 웬만한 남자는 상대도 안 될 만큼 강건한 육체였다. 연약함과는 정반대의 존재다. 겉모습의 이미지만으로 그렇게 주장할 수 있다니, 어처구니가 없었다.

"그건…."

하지만 질베르는 이 건에 관해 찔리는 게 조금 있는지 괴로운 듯 시선을 내렸다.

“역시 그랬군요. 사랑을 일방적으로 강요하는 건 추하다고 말할 수밖에 없습니다. 황자님, 부디 재고를.”

“멋대로 단정 짓지 마. 나와 레티는….”

“당신의 그 저주에, 이번에는 레티시아 님까지 휘말려 들게 하려는 겁니까.”

“…큭!”

질베르가 눈을 크게 치떴다. 경악…은 아니다, 분노도 아니다.

저것은 분명 아픔을 견디는 얼굴이었다.

‘이번? 대체 무슨 말이지?’

주변에서 웅성거리며 “레티시아 님은 다정하시니까요.” “역시 그 소문은.” “정말 너무하는군요.”라는 목소리가 들려왔다.

질베르는 반론하려고 입을 열었지만, 결국 입술을 깨물고 아무 말도 하지 않았다.

처음 만났을 때와 마찬가지.

자각 없는 악의에, 그는 항상 이를 악물며 견뎠다.

평상시의 질베르를 말로 이길 수 있는 상대는 웬만해서는 없다. ‘저주’라는 말은, 그야말로 저주처럼 아직도 그의 마음을 깊숙이 좀먹어 들어가고 있었다.

'…누가 추하다는 거냐. 부부 사정에 참견하다니, 무례한 것도 정도가 있지. 저 입들을 전부 빙룡으로 막아 버리고 싶을 정도다! 더는 못 참겠군!'

겨우 아물어 가고 있는 상처를 비집어 열고 소금을 뿌리는 행위에, 분노를 넘어선 뭔가가 뱃속에서 날뛰었다. 그러나 일을 크게 만드는 것은 질베르가 원하는 바가 아니다.

그 정도는 알고 있었다.

레티시아는 흘러넘치려는 분노를 억누르듯이 숨을 들이쉬었다.

아이비스 공작은 아무 말도 하지 않고 두 사람의 모습을 빤히 관찰하고 있었다. 법은 공명정대. 필요한 것은 소문이 아닌 진실을 말하는 입이다. 그는 파악하려 하고 있었다.

'그렇다면 원하는 대로 진실을 보여 주지. 벨 푸페 나름의 방식으로 말이다!'

이제 혼자 이를 악물고 참게 놔두지는 않을 것이다.

사랑하는 서방님을 위해서라면 검도 방패도 되어 주지. 당신의 옆에는 아내인 내가 있다. 그것을 알리려는 마음을 담아 질베르 앞에 섰다.

"면목 없습니다, 아이비스 공."

레티시아는 스커트를 들며 고개를 숙였다.

벨 푸페란 그저 외모가 아름답기만 한 게 아니었다. 손끝의 움직임부터 머리카락의 흔들림, 표정에 이르기까지. 어떻게 하면 이 모든 것이 다른 이의 눈에 가장 아름답게 비치는지 몸에 깊이 새겨져 있었다.

진심으로 임하는 레티시아에게 회장의 시선을 단번에 모으는 것 따위는 어깨에 앉은 파리를 쫓아내는 것보다 쉬웠다.

"제 잘못입니다. 제대로 설명을 드리지 못해서."

"그럴 리가요! 레티시아 님 탓이 아닙니다!"

당황하며 항변하려는 로랑. 그러나 레티시아는 그에게 시선도 주지 않고 질베르에게 살짝 기댔다.

"이건 제가 바란 일이니 걱정하실 것 없답니다. 전 이제 서방님이 직접 만드신 요리가 아니면 만족할 수 없는 몸이 되어 버렸어요."

"…레티."

매달리는 것 같은 시선에 답하듯, 레티시아는 그에게 손을 내밀었다.

질베르는 레티시아를 안아 올리고는 꼬옥 끌어안았다. 이제야 사랑하는 서방님의 체온과 닿자, 자연스레 미소가 새어 나왔다.

레티시아는 그의 목에 팔을 두르고, 귓가에 입술을 갖다 댔다.

"미안하군, 질베르 님. 나 때문에."

"이 정도는 아무것도 아니야. 그런 것보다도…."

불안한 표정으로 얼굴을 가까이 가져오는 질베르. 이마가 툭 닿았다.

걱정하지 않아도 이러한 사소한 일로 싫어하게 되지는 않는다. 힘들다는 생각조차 하지 않는다. 그걸 확실히 알려 주기 위해, 레티시아는 그의 뺨에 손을 대고 눈동자를 깊이 들여다보았다.

"사랑하는 서방님이 애정을 담아 직접 만든 요리를, 당신의 얼굴을 보며 먹는 것. 이 이상의 행복이 있다면 알려 줬으면 좋겠군. 공복 정도는 향신료에 불과해."

"정말?"

"당연하지."

"레티, 사랑해."

"나도, 서방님. 빠져나갈 구실은 생겼어. 얼른 물러나도록 할까."

"…그래."

인형처럼 희미한 미소를 띠고 무슨 일이 있어도 감정을 겉으로 드러내지 않는 벨 푸페. 그러나 질베르를 앞에 둔 레티시아의 얼굴엔 자애의 미소가 흘러넘치고 있어, 참석자들은 모두 황홀하게 한숨을 내쉬었다. 질베르 쪽도 레티시아를 향한 눈동자에는 녹아내릴 듯한 열기가 가득했고, 그의 매력에 여성들의 뜨거운 시선이 모였다.

파티 참석자뿐만 아니라, 로랑과 아이비스 공작조차 방치한 둘만의 세계.

'의도한 건 아니었지만.'

레티시아는 자신이 얼마나 서방님을 사랑하는지, 또 소중하게 생각하는지 모두에게 절절하게 말해 납득시키려고 했지만 아무래도 필요 없어진 모양이었다.

말 따위는 처음부터 불필요했다.

표정이, 행동이, 무엇보다 열렬하게 말하고 있었다.

이 두 사람의 모습을 보고 레티시아의 말이 거짓이라며 의심하는 자는 없을 것이다.

누구나 넋을 놓고 바라볼 애정 깊은 부부. 로랑만이 분한 듯이 이를 악물고 있었다.

"무례를 저질렀군요. 죄송합니다, 레티시아 님."

"알아 주시면 되었어요, 아이비스 공."

"충분히 알았습니다. 사이가 좋으시군요."

"후후."

이것으로 겨우 이 시시한 소동도 끝이 났다.

질베르는 레티시아를 끌어안은 채, 가볍게 가슴에 손을 얹고 인사하는 자세를 취했다.

"소동을 일으켰으니, 저희는 이만 물러나겠습니다. 여러분은 계속해서 느긋하게 즐기십시오. 크리스토프 황태자 전하께서 앞으로 더욱 활약하시기를 기원하겠습니다."

얼굴을 들고 크리스토프 쪽을 보았다.

단상의 그는 그저 조용히 소동의 전말을 지켜보고 있었지만, 질베르의 시선에 '짝' 하고 손뼉을 쳤다. 그것이 종료의 신호. 잔향처럼 남아 있던 술렁임조차 뚝 그치고, 구경꾼들은 이전처럼 파티를 즐기기 시작했다.

단 한 번의 행동으로 파티장을 장악했다. 이것이 크리스토프 황태자 전하인가.

질베르가 이 촌극을 끝낼 인물이라며 신호를 보낸 것도 이해가 갔다.

'그런데 지금까지 조용히 지켜본 게 마음에 걸리는군. 주최자 측이면서 소동을 가라앉히려는 척도 하지 않았지. 아이비스 공에게 일임할 생각이었나?'

"레티?"

"…아뇨. 아무것도."

생각해 봤자 소용없는 일이다. 왜냐고 따져 물을 수도 없으니.

지금은 그저 서방님과 단둘이 디너를 즐길 생각으로 기대하면 될 뿐이었다.

"그럼 돌아갈까. 오늘 저녁은 평소보다 더욱 널 향한 애정을 듬뿍 담을게. 내 모든 걸 구석구석 전부 다 맛봐 줘."

"…! …후후. 기대되네요."

'녹아내리는 표정으로 그런 표현을 쓰는 건 좀 그렇지 않나, 서방님!'

질베르의 자각 없는 유혹에, 자기도 모르게 벨 푸페의 가면이 벗겨질 뻔했다.

가진 기술을 전부 발휘해서 맛있는 저녁 식사를 만들겠다고 말하고 싶은 모양이지만, 이래서야 다른 의미로 들릴 수도 있었다. 레티시아로서는 어느 쪽 의미로도 대환영이지만, 그건 그거고.

간신히 남은 이성을 끌어모아 필사적으로 표정을 관리한 레티시아는, 질베르에게 끌어안긴 채로 항의의 목소리를 흘렸다.

"주변 시선을 신경 써야 하지 않나?"

"아내를 향한 사랑을 말하는데 남의 눈을 신경 쓸 필요가 있어? 아니면 내가 너 말고 다른 여자에게 정신이 팔릴 거라고 생각해?"

"…그렇게 대답하는 건 치사한걸."

"너 정도는 아니지."

레티시아의 머리카락을 쓸어 올리고 입술을 가져다 대며 장난스럽게 미소 지었다. 살짝 잠긴 채 속삭이는 목소리는 그 어떤 숙녀나 소녀라도 유혹해, 늪 밑바닥으로 가라앉혀 버릴 것 같은 요염함이 감돌고 있었다.

정말이지 아름다운 서방님이다.

크리스토프의 단정한 매력과는 또 다른, 사람의 마음을 유혹하는 야릇한 매력이 넘쳐흐르고 있었다. 이러면서도 자각이 없다는 게 무서웠다.

"재료 손질은 다 해 놨어. 바로 준비할게."

"기대하지, 서방님."

아무런 아쉬움도 없이 파티장을 나온 두 사람. 질베르가 온 힘을 다해 만든 요리를 상상하면 자신도 모르게 얼굴이 풀렸다. 이제 벨 푸페를 연기할 필요는 없겠지.

'너무 기대되는걸! …응?'

문이 닫히는 순간.

찌릿하게 타들어 가는 듯한 살기를 등에서 느끼고 레티시아는 뒤를 돌아보았다. 차분한 음악이 흐르고, 사람들이 우아하게 춤추는 그 안쪽에서 쏘아진 시선.

단상에 서 있는 크리스토프의 눈동자가 유난히 서늘하게 두 사람을 바라보고 있었다.

'저건 대체.'

그 시선을 가로막듯이 '쿵' 소리를 내며 문이 닫혔다.

2 서방님의 비밀

레이스 커튼이 사뿐히 날렸다.

이곳은 성안에 있는 레티시아와 질베르의 침실.

촉감이 좋은 실크 시트 위에, 남자치고는 조금 긴 흑발이 흐트러져 있었다.

최근에는 꽤 바쁘게 지내다 보니 피로가 쌓인 것이겠지. 지난밤에는 뺨을 쓰다듬는 것만으로도 흐물거리다 녹아내리듯이 잠에 빠져들고 말았다.

얇은 셔츠만 한 장 걸친 무방비한 모습의 질베르. 아주 사랑스럽군.

레티시아는 그의 앞머리를 쓸어 올려 잠든 얼굴을 만끽했다.

젖은 까마귀 깃털 같은 흑발. 긴 속눈썹이 백자를 연상시키는 피부에 요염한 그림자를 드리우고 있었다. 작게 벌어진 입술에서는 얕은 숨소리가 흘러나왔다.

벨 푸페로 이름 높은 레티시아의 옆에 있는 탓에 아주 조금 가려지지만, 그래도 충분히 빼어난 조형이었다.

게다가 사랑은 눈을 흐려 놓는다. 눈동자에 사랑이라는 막이 쓰인 레티시아에게는 세상에서 가장 사랑스럽고 아름다운 서방님이었다.

그렇기에 사실은 아내로서 너무 무리하지 말라며 건강을 챙겨 줘야 했지만.

온전하게 사흘, 누구에게도 방해받지 않고 레티시아와 둘이서만 보낼 시간을 확보하기 위해서라고 부탁하는데 안 된다고 고개를 젓는 것도 눈치 없는 짓이었다.

"그럼, 어떻게 한다."

머리카락을 빗어 내리고 뜨거운 시선을 보내도 그는 일어날 것 같지 않았다.

물밑에서 수상한 움직임이 있다고, 부친 아돌프는 편지에서 지나치듯 말했었다.

머리가 좋은 서방님이 동원되었을 가능성은 지극히 높았다.

통상 업무에 더해 들키지 않도록 비밀스럽게 이런저런 준비를 하고 있다면 상당히 피로가 쌓였을 것이다. 충분히 쉬었으면 하는 마음도 있지만, 단둘이서 보내는 시간을 확보하고 싶다며 노력한 질베르를 위해서라면 깨워야 하나.

"나로서는 이대로 잠든 얼굴을 바라보고 있는 것도 나쁘지는 않지만… 후후. 빨리 당신의 그 아름다운 눈동자에 내가 비쳤으면 싶기도 해. 안 그래? 질베르 님.”

손등으로 뺨을 스윽 쓰다듬었다.

그러자 눈꺼풀이 움찔 떨리고, 입술에서 ‘으음’ 하고 코로 빠져나가는 듯한 달콤한 목소리가 흘러나왔다.

“레티…시아…?”

“잘 잤나, 질베르 님. 더 자지 않아도 돼?”

“…응. 푹 잤더니, 몸은… 가벼워.”

잠이 덜 깼는지 눈을 연신 깜빡이고 있었다.

대답도 어딘가 멍한 듯이 어눌한 모습이다.

“지금 몇 시….”

“글쎄. 점심쯤일 거야.”

“점, 심… 점심?!”

질베르는 놀라 벌떡 일어나서 창밖을 보았다.

구름 하나 없이 눈부신 푸른 하늘. 내리쬐는 태양. 마침 그때 두 마리의 흰 새가 사이좋게 나란히 지나갔다. 무척이나 느긋한 풍경이었다.

멀리 보이는 마을은 분명 활기 넘치고 있겠지.

질베르는 한 번 더 이불 위에 몸을 던지고, 원망스럽게 레티시아를 올려다보았다.

“내 잠든 얼굴을 계속 보고 있었어? …레티, 엉큼해.”

조금 토라진 기색을 보인 뒤, 도발하듯이 가늘어지는 눈동자.

사랑받는 것을 알지 못했던 예전과 달리, 사랑을 듬뿍 받은 지금의 질베르에게서는 자신감이 내비쳤다. 그 어떤 자신도 사랑해 줄 것이다. 그것이 그의 자신감으로 이어지고, 나아가서는 야릇한 매력마저 생겼다.

타고난 퇴폐적인 분위기에 더해, 레티시아 앞에서는 몸을 태울 듯한 색향을 피우기 시작한 서방님. 사교계에서도 주목도는 올라 있었다.

아내로서의 콩깍지도 있을지 모르지만… 아니, 최근 질베르가 어리광부리듯이 '레티'라고 부를 때, 항상 주위 여성들에게서 열기 어린 시선이 느껴진다. 크리스토프의 파티에서도 그랬다. 절대로 기분 탓은 아닐 것이다.

애초에 원인은 레티시아에게도 있었지만.

명석하게 타고난 두뇌 덕에 어떻게 하면 레티시아를 동요시킬 수 있을지 이해가 되고 만다. 그래서 사랑받고 싶은 서방님은 그걸 실행에 옮기는 것이다.

주변에 어떤 식으로 비치는지는 생각도 하지 않고.

오로지 레티시아에게 사랑받고 싶다는 일념으로 말이다.

"정말이지, 못 말리는 서방님이야."

"하지만 좋아하잖아? 이런 거."

레티시아의 손을 잡고 뺨을 비비듯 기댔다.

'그래, 좋아하지!'

이성을 녹여 버리려는 듯 달콤하게 도발하자, 빨라지는 고동을 막을 수가 없어졌다. 오로지 질베르에게만 품는 감정이었다. 그 여유로운 표정을 전부 무너트리고, 용서해 달라고 수치심에 울며 애원할 때까지 꼼꼼하게, 천천히, 예뻐해 주고 싶었다.

레티시아가 강철의 정신을 겸비하지 않았더라면, 이제 막 일어난 그를 즉시 침대에 쓰러트리는 결과로 이어졌을지도 모른다.

내 인내력에 감사하라고. 레티시아는 미간을 좁혔다.

잘못해서 이성의 끈이 끊어지면 큰일 나는 건 본인이라는 걸 알고 있는 걸까. 모르는 것 같다. 정말이지 못 말리는 서방님이었다.

그러나 그는 단 하나, 착각하고 있었다.

요염하게 유혹하는 그도, 사랑스럽게 쑥스러워하는 그도, 귀엽게 어리광을 부리는 그도, 전부. 질베르라면 레티시아는 모두 사랑스러웠다.

즉, 존재 자체가 약점.

그냥 옆에서 숨을 쉬는 것만으로도 만족스럽지만… 얘기해 봤자 똑같겠지. 뭐든 아무렇지 않게 해내는 것처럼 보여도, 사실은 연구를 게을리하지 않는 노력가였다. 레티시아가 기뻐한다는 것을 알면 열심히 실행에 옮길 것이 분명했다.

"…당신 앞에서는 뭘 숨길 수가 없군."

레티시아는 웃음을 짓고서 질베르의 얼굴 옆에 손을 짚고 빤히 내려다보았다. 은색 실 같은 아름다운 머리카락이 위로 사라락 흘러내렸다.

한 손으로 질베르의 가슴을 건드렸을 때, 문득 어떤 사실을 깨달았다.

"그러고 보니, 꽤 탄탄해진 것 같은데."

"그냥 어리광만 부리면서 레티의 사랑을 받아먹기만 하면 반려 실격이잖아? 너에게 오랫동안 사랑받기 위해서 나도 할 수 있는 일을 하려고."

질베르는 알아봐 준 것이 기쁜지 미소를 지었다.

"원래 먹는 것엔 신경을 쓰고 있어서 불필요한 지방은 없었지만, 그뿐이었어. 아름다운가 하면 긍정할 순 없었지. 몸을 움직이는 건 좋아하지 않았었고. 하지만 그래서는 네 총애에 걸맞지 않잖아? 그래서 조금 노력해 봤어."

"요즘 묘하게 열심히 단련한다 했더니, 그런 생각을 했나. 정말이지 당신이라는 사람은…."

"싸우기 위해서가 아니라 잘 보이기 위해서지. 자, 레티를 위해서 만들어 낸 몸이야. 이것도 저것도 모두 네 거야. 전부 마음대로 해도 돼."

내보이듯이 가슴팍 부근의 옷을 잡고 아래로 끌어내렸다.

잠깐만. 누가 이런 걸 가르쳤지. 설마 독학인가. 장래가 두려운걸, 서방님.

머릿속에 욕망의 선제 펀치가 들어왔지만, 강철의 이성이 그것을 억눌러 어떻게든 간신히 승리했다.

레티시아라서 견딜 수 있었던 것이다.

레티시아가 아니었다면 견디지 못했을지도 모른다.

"…질베르 님은 내 이성을 시험하고 싶은 건가?"

"후후, 언제나 올곧은 네 눈동자를 흔들리게 만들었다면 그걸로 충분해."

"큭… 차려진 밥상을 앞에 두고 기다려야 하다니."

고문에도 정도가 있었다. 레티시아는 축 늘어졌다.

이 나라에서는 15세부터 혼인을 할 수 있지만, 그 이상은 17세가 된 이후라고 법률로 정해져 있었다. 모체의 안전을 고려해서라고 한다. 질베르에게 시집을 왔으니 황족의 일원이 된 것이다. 경솔하게 어길 수는 없었다.

"그런데 네가 아직 열일곱도 안 됐다니, 처음에는 무슨 착오인 줄 알았어. 뭐, 그래서 이렇게 몸을 만들 시간이 생겼지만. 생일이 될 때까지 더욱 네 취향이 될 테니까, 기다려 줘."

레티시아의 머리카락을 장난치는 것처럼 검지로 빙글빙글 감고서 사랑스럽다는 듯 입술을 가져다 댔다.

이런 걸 별 뜻 없이 하는 걸 보면 정말로 장래가 두려웠다. 레티시아는 목 안쪽으로 쥐어짜듯 "질베르 님."이라고 그를 불렀다.

"응? 왜 그래, 레티? 표정이 무서운데?"

"알면서 묻는 거라면 악취미야, 서방님."

"후후, 가끔은 이런 것도 나쁘지 않은 것 같아서. 연상인 내가 리드당하기만 하는 것도 한심하잖아. 어때? 두근거렸어? 오늘은 내가 이긴 거야?"

"그래, 내가 졌어. 완패야. 인정하지. 하지만…."

레티시아의 입술이 호를 그리며 비틀렸다.

"시합에는 졌지만 승부에는 이길까 해."

"승부? 대체 무슨…."

참는 것도 한계였다.

질베르의 턱을 휙 들어 올리고, 엄지로 입술을 쓸었다.

그러자 순식간에 그의 눈동자가 어리광부리듯 흐려지고, 창피한지 귀까지 새빨갛게 물들며 "잠깐만." 하고 눈을 내리깔았다.

"당신은 머리가 좋으니 이미 알 텐데? 그 기대로 가득한 표정에 답해 주지. 미안하지만 조금 전에 한 말은 철회하겠어. 차려진 밥상을 걷어차는 건 여자답지 못하다고 생각하지 않나, 질베르 님?"

심해를 연상시키는 푸른 눈동자.

그러나 레티시아의 눈동자 깊은 곳에는 어둠이 아닌 이글대는 욕망이 불타고 있었다. 벨 푸페라 불리며 표정 없는 인형 공녀라고 비웃음당하는 면모는 티끌도 보이지 않았다.

마치 짐승 같은 패기에, 질베르는 자기도 모르게 레티시아의 어깨를 잡고 밀었다.

"레티, 내가 잘못했어. 너무 들떴어. 그러니까 잠깐… 으읏!"

"왜 그러지, 질베르 님?"

"흣, …으, 가, 간지, 러워…."

옷 위로 복근을 더듬고 옆구리 주변을 다정하게 쓸어 올렸다. 그러자 질베르의 몸이 과장스러울 정도로 크게 튀어 올랐다.

"레, 티…."

"전부 내 것이야. 마음대로 만져도 된다면서?"

"그렇게 말은 했지만…."

"만지는 것만으로는 문제없어. 당신의 유혹을 알아차리지 못한 생각 짧은 아내를 용서해. 자, 오늘은 평소보다 더욱 예뻐해 주지. 마음껏 그 몸으로 받아들여 줘."

"그, 그런, 생각으로 한 말이… 아!"

당황해서 입을 막는 질베르.

수치심에 눈물이 고이고, 가늘어진 새빨간 눈동자가 이쪽을 바라본다.

창관에 수도 없이 드나들면서도 그냥 순수하게 직원을 지도 했던 남자다. 정사에는 익숙하지 않다는 걸 알았지만, 너무나도 순박해서 웃음이 나올 것만 같았다. 동시에 아주 조금, 어두운 욕망이 고개를 들었다.

그가 우는 얼굴을 더 보고 싶다.

바보 같은 생각이었다. 마음껏 예뻐하고 행복의 바다에 잠기게 해 주고 싶은데. 질베르를 상대하면 보호 본능과 가학심으로 마음이 엉망진창이 되곤 한다.

'너무 귀여워서 괴롭히고 싶다니, 마치 어린아이 같지 않나. 내게 이런 감정이 존재했다니.'

젖어 든 눈동자. 상기된 뺨. 흐트러진 호흡. 흰 피부에 비치는 붉은색은 무척이나 아름다웠다.

레티시아의 오른손 하나, 손끝 하나로 이렇게 쉽게 흐트러지는 사랑스러운 서방님.

'이 이상은 곤란하겠어.'

슬슬 그만두지 않으면 선을 넘을 것 같아 이성이 제동을 걸었다. 어쩔 수 없지. 아쉬운 듯 그의 앞머리를 쓸어 넘기고 이마에 입을 맞췄다.

그런데 순간….

"…엇!"

팔을 붙잡힌 채로 당겨져, 품 안에 꼬옥 안겼다.

"질베르 님? 싫었나? 미안하군. 너무 심했어."

"아니야."

"아니라고?"

얼굴을 들었다.

그러자 주의를 주듯이 레티시아의 입술에 검지를 가져다 댔다.

"이 이상은 내가 못 참게 되니까… 안 돼."

마지막의 '안 돼'라고 하는 목소리는 개미 소리처럼 가늘었다.

탐스러운 딸기처럼 얼굴을 붉게 물들이고, 안타깝게 찡그려진 눈썹이 한계를 알리고 있었다. 아무래도 참을 수 없다고 느낀 건 레티시아만이 아니었던 모양이다.

그러나. 하지만.

'내 서방님, 너무 귀엽지 않나?'

홍수처럼 몰려오는 사랑스러움의 탁류에 사고가 순식간에 표백됐다. 이성이나 욕망조차 쓸려 나갔다. 머리가 새하얘진다는 말은 그야말로 이것일 것이다.

아무 말도 하지 못하고 멍하게 굳은 레티시아.

그 모습에 무슨 생각을 했는지, "싫지 않아! 전혀 싫지는 않아! 하지만, 정말, 이 이상은…."이라고 질베르는 필사적으로 해명을 시작했다.

"아니야. 그게 아니라, 너무 사랑스러워서 말이지…."

"사랑…? 누가?"

"내 눈앞에는 질베르 님밖에 없을 텐데?"

"한심한 게 아니라?"

"만에 하나라도 그건 있을 수… 푸읍!"

레티시아의 대답에 안심한 듯, 질베르는 끌어안은 팔에 더욱 힘을 주었다. 덕분에 한창 자라나는 중인 흉근에 얼굴이 파묻히는 결과가 되고 말았다.

평소에는 질베르의 어리광을 받아 주는 일환으로 레티시아가 끌어안아 주는 쪽이었지만, 이렇게 사랑하는 사람의 체온에 감싸이는 것도 나쁘지 않았다.

오히려 좋군. 아주 좋아.

레티시아는 뺨을 비비며 서방님의 품속을 만끽하고, 고개를 들었다.

"하지만 내가 열일곱이 되면 각오하도록 해. 이렇게 도발한 답례로 한껏 녹아내리게 예뻐해 주지. 멈춰 달라느니 하면서 눈치 없이 도망칠 생각은 하지 마."

"그, 그건… 물론이지. …하지만 상냥하게, 해 주면, 기쁠 것 같다고 할지…. 그…."

고개를 돌리고 한껏 쑥스러워하는 질베르의 모습에 '안 되겠는데!'라고 이성이 목소리를 높여 외치는 것 같았지만, 안 들리는 척했다.

일찌감치 패배를 인정하고 불안하게 만들면 아내 실격이다.

부끄러워 그런다면 멈추라고 할 틈조차 주지 않고 이성을 녹여 버리면 그만이다.

어른의 여유가 점점 벗겨져 나가는 질베르는 무척이나 고혹적이겠지. 기대되는군.

"제 이성에 기대해 주셔야겠네요."

레티시아는 인형을 연상시키는 차분한 얼굴로 미소를 지었다.

그 만들어 낸 표정과 음색에 똑똑한 남편은 자신의 운명을 깨달았다.

오늘은 일정이 없다.

이대로 침소에서 둘이 나른하게 뒹굴며 서방님을 다정하게 예뻐해 주는 것 또한 좋겠지. 오랜만에 맛보는 휴일이다. 이런 날이 있어도 좋지 않을까.

레티시아는 무릎 위에 있는 질베르의 머리를 쓰다듬으며 오늘 무얼 할지를 생각했다.

그런데 그때, 침실에 둘러쳐 놓은 레티시아 특제 방벽이 쿵 소리를 내며 흔들렸다.

이 방벽의 이상을 감지할 수 있는 것은 술사인 레티시아뿐.

슬쩍 미간을 찌푸린 레티시아에게 질베르는 "왜 그래?"라고 고개를 기울였다.

“아니, 별일 아니야. 건망증이 심한 아기 새가 벽에 충돌한 모양이군.”

“아기 새? …잠깐만. 확실히 부탁은 했지만 최악의 타이밍이잖아.”

질베르는 양손을 교차해 얼굴 앞에 가져오고서는 “하아아아아….” 하고 길게 한숨을 내쉬었다.

사람이 직접 부딪쳤을 때의 진동이다.

방벽이라고 해도 밖에 쳐 놓은 것이 아니라, 눈에 띄지 않도록 벽 속을 지나게 해 두었다. 이 상황에서 직접 부딪칠 수 있는 건 레티시아가 아는 한 한 사람뿐이다.

레티시아는 미안하다며 질베르의 뺨을 쓰다듬고서, 자신의 귀에 손을 대고 염화를 연결했다.

염화念話란 마법을 쓸 수 있는 이들만이 사용 가능한 무선 통화 마법이다. 사전에 마력 교환을 하고 통신을 연결한 이들끼리 뇌에 직접 울리는 형태로 대화할 수 있었다.

“레티시아다. 항상 말했을 텐데. 침실에는 방벽을 쳐 뒀다고. 이제 그만 학습하지 그래, 포콘.”

「아야야야…. 아가씨, 슬슬 침실에 이런 강고한 방벽 좀 그만 치면 안 돼요? 한 단계만 내려 주면 그냥 통과할 수 있는데요. 기밀문서 보관고보다 엄중하다고요, 여기.」

"무슨 소리야. 널 위해 친 것인데."

「왜 전데요?! 아군이잖아요?!」

포콘은 항의의 목소리를 높였다.

포콘은 본래 오를레시앙 가문을 모시는 자로, 레티시아가 질베르에게 시집오고 얼마 지나지 않아 부친 아돌프가 보내온 밀정이었다.

포콘이 사용하는 마법은 상당히 특수해서 벽이나 기둥, 나무로 침입하는 건 물론 기척 차단 능력에도 뛰어나 온갖 곳이 그의 눈이 되고 귀가 될 수 있었다.

그래서 포콘이 나서면 기밀 정보조차 아기 팔을 비트는 것처럼 쉽게 손에 넣을 수 있었던 것이다.

갖가지 정보원을 두고 있는 오를레시앙 가문에서도 뛰어난 능력으로 특히 인정받았던 그를 왜 레티시아에게 보냈는가. 황제 일족을 조사하려는 의도라도 있는 것인가.

레티시아는 의아하게 생각했지만, 아돌프의 답변은 무척이나 명료했다.

"질베르 황자에게 도움이 될 것 같아서 말이야!"

그 말에 레티시아는 "내 서방님을 혹사하려고 하지 마."라고 어이없다는 듯이 중얼거렸던 것이다.

오를레시앙 가문 실각 소동 때 배후에서 움직인 질베르의 활약을 알게 된 아돌프는 아무래도 그와 그의 두뇌가 무척이나 마음에 든 모양이었다.

더 일찍 질베르에게 정보가 넘어갔더라면 실각 소동조차 일어나지 않고 사건은 가라앉았을 것이다. 그렇다면 공공연하게 정보를 얻기 어려운 그를 위해 오를레시앙 가문이 자랑하는 최고의 밀정을 곁에 붙여 주겠다는 것이었다.

즉 레티시아를 위해서가 아니라, 질베르의 손발로 삼기 위해 포콘을 보낸 것이었다.

이때는 레티시아도 한숨을 내쉴 수밖에 없었다.

본인이 "그래 주면 정말 고맙지!"라며 의욕에 차 있어서 "그렇다면 됐어!"로 정리됐지만.

"레티? 포콘이지? 굳이 우리 둘만의 시간을 방해하러 올 녀석이 아니니까 부탁한 일일 거야. 왜 모습을 드러내지 않아? 무슨 일이라도 있어?"

"아니, 그는 멀쩡해. 평소와 똑같아. 즉시 방벽을 해제하겠지만, 그 전에."

질베르의 팔을 끌어당겨 침대 한쪽에 앉히고 옷매무새를 가다듬었다.

뻗친 머리카락은 가볍게 손으로 빗고, 레티시아를 동요시키기 위해 흐트러트린 셔츠는 목까지 단추를 전부 채웠다.

잠이 덜 깬 채 장난을 치다 촉촉해진 눈동자와 어리광 모드에서 빠져나오지 못한 표정은… 어떻게 해야 하나.

레티시아가 눈을 가늘게 뜬 순간, 질베르는 그의 뺨을 찰싹 때렸다.

"괜찮아. 이제 잠은 깼어. 아무리 포콘이 상대라고는 해도 흐트러진 모습은 주인으로서 위엄이 서지 않지. …고마워, 레티. 항상 미안해."

"신경 쓸 것 없어. 날 위해서기도 하니까."

"레티를?"

"그래, 맞아. 그럼 서둘러 방벽을 해제하지. 기다리게 했군, 포콘."

레티시아의 마법이 풀리자마자, 근처 벽에서 포콘이 굴러 나왔다.

귀 위까지밖에 오지 않는 짧은 애시 그린 투 블록에, 맹금류를 연상시키는 어딘가 귀여우면서도 힘찬 금색 눈동자가 인상적인 청년이었다. 위아래 모두 몸에 딱 맞는 검은 옷을 착용하고, 그 위에 하네스를 차고 있었다.

매라는 뜻의 이름인 포콘을 레티시아가 '아기 새'라고 부르는 것은, 그가 사역하는 마법 생물과 남을 잘 따르는 성격 때문이었다.

그런데 아무래도 기분이 좋지 않은 듯했다.

형식상 무릎을 꿇고는 있지만, 그의 눈동자에는 불만이 가득했다.

"저기요, 아가씨? 어떻게 된 거예요? 왜 절 위한 방벽을."

"그렇게 화내지 마, 포콘. 널 신뢰하지 않은 건 아니야. 하지만 질베르 님의 사랑스러운 모습을 나 외의 다른 이에게 보일 생각은 없어서 말이야. 평상시부터 허락을 받는 공손한 부하라면 문제없다만, 너는 방심하면 세세한 것을 소홀히 하지 않나?"

벨 푸페다운 온화한 미소인데도 그 눈동자에는 일말의 장난기조차 없었다.

포콘의 입에서 "헉." 하고 짧은 비명이 새어 나왔다.

"하, 하하, 하지만, 급한 용건이면 어떡해요!"

"급한 용건이라면 너는 여기로 오는 도중에 연락을 했을 거다. 밀정으로서의 업무 능력은 신뢰하고 있거든. 내 사랑스러운 아기 새는 그런 어리석은 실수는 하지 않지."

"으으. …가, 갑자기 방해해서, 죄송했습니다. 방벽은 치셔도 괜찮아요. 네. …아가씨는 작업꾼이라니까."

"하하, 확실하게 학습해 줘서 고맙군. 담백한 편이라고 자부하고 있었다만, 나도 어쩔 수 없는 모양이야. 질베르 님에 대한 독점욕은 다른 이들에 비할 수가 없거든."

"머리에 새겨 둘게요! 절대로, 무슨 일이 있어도 그런 어리석은 짓은 하지 않겠습니다!"

방벽에 부딪힌 아픔보다 자기도 모르게 부부가 꽁냥거리는 현장에 돌입하는 것이 더 무섭다고 판단한 모양이었다. 참으로 현명하다.

레티시아에게 제국의 기밀문서 따위보다는 질베르의 잠든 모습이나 이런저런 표정이 중요 기밀이었다.

레티시아는 다가가서 포콘의 어깨에 손을 얹고 귓가에 입술을 가져다 댔다.

그리고 톤을 낮춘 음색으로 "네가 착한 아이라 다행이구나." 라고 속삭였다. 순간, 포콘은 어마어마한 속도로 벽까지 물러나서는 양손으로 ×자를 그리며 고개를 마구 젓기 시작했다.

그 귀는 빨갛게 물들어 있었다.

질베르 정도는 아니지만, 포콘 역시 솔직하고 귀여운 남자다.

그래서 놀리는 재미가 있지만, 적당히 하지 않으면 서방님이 토라질지도 몰랐다.

뒤에서 "레티가 나한테, 독점욕…."이라며 기쁜 표정으로 쑥스러워하는 그를 보고, 레티시아는 사랑스럽다는 듯 미소 지었다.

"정말, 그만 좀 해 주세요, 아가씨. 용제 상태가 아니어도 파괴력이 장난 아니니까요. 진짜로!"

"하하하! 그냥 장난이니 진심으로 받아들이지 마라."

"저도 알죠! 물론!"

그는 옷에 묻은 먼지를 툭툭 털고 일어섰다.

"아가씨한테 그런 감정이 있다는 거에 놀랐지만요. 하지만 적당히 하시는 게 좋을걸요. 너무 부담스럽게 굴면 싫어하실 거예요. 그렇죠? 질베르 님."

"어? 이 정도가 부담스럽다고? 잘못 말한 건 아니겠지? 나는 더 심하게 속박해서 꼼짝도 못 하게 얽매고, 나 말고는 눈에 담지 말라고 해 줬으면 할 정도인데. 아예 가둬 줘도 기쁠 거야."

"네에?"

"으응?"

기괴한 생물을 보는 것처럼 질베르를 빤히 보는 포콘. 그런 포콘을 장난기 하나 없이 똑바로 마주 보는 질베르.

두 사람이 미지와의 조우를 이뤄 낸 순간이었다.

"괜찮다면 그게 얼마나 멋진 건지 얘기해 줄까?"

"아뇨, 됐어요, 됐어요! 그런 건 됐다고요! 저는 제 세계관을 소중하게 여기고 싶은 타입이라서요!"

양손을 앞으로 내밀어 벽을 만들었다.

이대로 질베르의 기세에 휘말리면 안 된다고 판단한 거겠지만, 일개 밀정이 황자를 대하는 반응치고는 너무나도 가벼웠다.

원래 고아 출신에, 오를레시앙 가문에서는 타고난 명랑함으로 부친 아돌프가 실컷 어리광을 받아 주었던 포콘.

밀정이라는 입장이라 공공연하게 무대 위에 나설 일도 없이, 어둠 속에서 활약하는 기술만 연마하다 보니 조금… 아니, 상당히 예법에는 어두웠다.

그러나 그것이 거짓과 기만이 횡행하는 귀족 사회에 익숙해진 질베르에게는 신선하게 다가왔는지, "포콘은 거짓말이 서툴러서 귀엽네."라며 오히려 호감을 갖게 된 모양이었다.

지금은 마치 친구 같은 관계가 되었다.

반드시 황자는 포콘을 마음에 들어 할 것이라고 잘라 말한 아돌프는 역시 현 오를레시앙 가문의 당주라고 말할 수 있을 것이다.

즐겁게 장난을 치는 두 사람을 보고, 레티시아는 살짝 웃음을 흘렸다.

"맞다, 그런 것보다 보고할 게!"

"그 안건인가. 움직임이 있었던 모양이지?"

"네. 사흘 동안 절대로 방해할 생각은 없는데요, 급하다고 들어서 어쩔 수 없었어요. 진짜로 어쩔 수 없이!"

"그래. 레티와 온종일 함께 있고 싶어서 손에 넣은 휴가. 네가 아니었다면 즉시 돌려보냈겠지. 그것만으로는 끝나지 않았을지도 모르지만. …뭐, 농담이야."

"어, 어휴, 눈이 진심인데요. 너무 무섭다. 그러면 나와라, 나의 전서 참새!"

포콘이 팔을 뻗었다.

그러자 손바닥 가운데가 반짝 빛나며 작은 참새가 모습을 드러냈다. 참새는 '짹' 하고 작게 운 뒤 질베르의 어깨까지 날아와, 한쪽 날개를 팔락대며 펼치고 그의 귀에 부리를 가져다 댔다.

질베르도 고개를 조금 기울이고 이야기를 듣는 자세를 취했다.

마치 참새와 대화하는 것 같은 광경이었다.

옆에서 보면 '짹, 짹, 짹!' 하고 지저귀는 참새와 "응, 응, 그렇군."이라며 고개를 끄덕이는 질베르의 모습으로밖에 보이지 않았다.

"여전히 네 마법은 훌륭하구나. 참으로 사랑스러워."

"헤헤헤, 칭찬해 주시니 영광입니다! 하지만 내용은 별로 귀엽지 않을걸요. 전 머리가 별로 안 좋아서, 대략 정리하면 중요한 부분이 빠져 있을 가능성이 있으니까 그냥 통째로 녹음해 왔거든요."

"즉, 저 사랑스러운 참새의 목소리는."

"아저씨들끼리 하는 대화에요."

이럴 수가.

귀여움은 순식간에 흔적도 없이 사라지고 말았다.

저 참새는 포콘의 마력으로 만들어진 마법 생물의 일종. 레티시아의 빙룡 같은 존재였다. 단지 빙룡과 달리 전투 능력은 없고, 기록 매체로서의 능력에 특화되어 있었다.

레티시아도 기록을 마력으로 변환해서 빙룡에게 입력하는 방법으로 전달 비슷하게는 할 수 있지만, 포콘의 참새는 그저 보는 것만으로도 대화를 통째로 기록할 수 있는 뛰어난 성능을 자랑했다.

게다가 귀를 가져다 댄 본인 외에는 전부 '짹'으로 들리므로, 남의 눈을 신경 쓰지 않고 정보를 받아 볼 수 있다.

역시 아돌프가 아끼는 밀정이라고 할 수 있을 것이다.

"사실은 영상도 기록하고 싶었는데, 벽에서 참새가 삐져나와 있으면 너무 수상해 보일 테니까요."

"하하하! 그건 귀여운 헌팅 트로피로군! 하지만 안심해라. 목소리 톤이나 떨림, 목이 긴장한 정도 등으로 어느 정도의 속내는 알아낼 수 있어. 나도 그러니 입 밖으로 내뱉은 말이 본심인지 아닌지 정도는 질베르 님이라면 쉽게 꿰뚫어 볼 수 있을 거다."

"와아, 역시 아가씨의 서방님. 인간이 아니네에… 어이쿠!"

참새가 날아와 포콘의 어깨에 앉았다. 아무래도 재생이 끝난 모양이었다.

참새는 할 일을 마쳤다는 듯 가슴을 펴더니, 빛의 입자가 되어 공기 중으로 사라졌다. 정말이지 귀여운 아이다.

한편 질베르는 침대에 걸터앉은 채로 생각에 잠겨 턱에 손을 가져다 대고 있었다.

"레티. 생각해 봤는데, 이 사흘 동안 그냥 게으르게 잠이나 자고 있을 수는 없을 것 같아. 될 수 있는 한 너와의 시간을 확보하도록 노력하겠지만, 최소한 하루는 걸릴… 거야. 하아, 최악이야. 내내 네 곁에 있으려고 했는데, 왜 이 타이밍이지.”

“나는 신경 쓰지 않아도 괜찮아. 하지만 질베르 님은 어떻지? 무리를 하면 곤란해. 억지로라도 침대에 묶어 두고 싶어지니까.”

질베르의 손을 격려하듯이 꼭 쥐었다.

“괜찮아, 레티. 고마워. …나 때문에 여러 가지로 폐를 끼쳤으니 확실하게 마무리를 짓고 싶어. 그리고….”

“그리고?”

“아냐, 자, 포콘. 이쪽으로 참새 세 마리를 넘겨줘.”

“네, 네. 언제나 그렇듯이 전달하시려는 거죠? 어떤 녀석을 누구에게 보내실 건가요?”

“짹이가 폐하, 짹짹이가 아돌프 님, 짹 씨가 알리샤다.”

포콘의 손끝이 빛나더니, 질베르가 펼친 양손으로 참새 세 마리가 데구르 굴러 나왔다.

설마 이름이 있었다니.

레티시아도 다가가서 참새들을 자세히 관찰했다. 듣고 보니 표정이나 무늬가 다른 것 같기도 했다.

“포콘치고는 꽤 귀여운 이름을 지었군.”

“아뇨, 제가 아니라 전부 질베르 님이 지으셨어요.”

"호오?"

참새들은 질베르를 올려다보고는 동시에 한쪽 날개를 꺾어서 경례 포즈를 했다. 손바닥 위에서.

참으로 귀엽군. 귀여운 것 위에 귀여운 것이 얹혀 있다.

"처음에는 참새 1호, 2호, 3호였는데 그러면 조금 불쌍하잖아. 그렇지?"

"짹!"

"째짹!"

"째째짹!"

아마도 오른쪽부터 전 1호, 2호, 3호겠지.

자랑스럽게 가슴을 펴는 모습은 질베르를 향한 감사의 마음으로도 보였다.

이것 참. 빙룡들에게도 각각 이름을 지어 줘야 하나.

질베르의 어깨로 이동해 기쁜 듯이 뺨을 비비는 참새들을 보고 있자니… 앙, 드, 트와, 카트르, 상크, 시스… 라고 숫자로 이름을 붙인 레티시아도 별다를 게 없는 것 같아서 잠깐 머리를 싸쥐었다.

"뭐야. 나보다 잘 따르는데?"

"…안심해라. 나도 마찬가지다."

참새들에게 전언을 불어넣는 질베르를 보고, 용제와 밀정은 동시에 한숨을 내쉬었다.

"좋아, 이 정도면 되나. 다음은."

전언을 다 기록한 참새들은 포콘의 어깨에 앉아 짹짹거리며 지저귀었다.

옆에서 보면 길거리 광대로도 보여서 재미있다. 포콘은 충동적이고 변덕스러워, 그런 말을 꺼냈다간 정말 참새들에게 재주를 가르칠 것 같아서 아무 말도 하지 않기로 했다.

로스만 황제, 오를레시앙 공작, 그리고 사건 이후 창관의 여주인이 된 알리샤. 참새들이 향하는 곳에 있는 것은 만만치 않은 자들뿐.

그들을 이용해 무슨 일을 꾸미려는 건가.

책상에 앉아 펜을 미끄러트리는 질베르를 보며 생각했다.

질베르 본인이 움직일 수 있는 장기짝은 의외로 적었다. 하지만 몇 안 되는 그들의 영향력은 절대적이다. 그의 두뇌와 합치면 불가능한 일이 더 적을 터.

"폐하와 아버님도 움직이는 걸 보니, 꽤 규모가 큰 일인 모양이야."

"아니, 지금 이야기한 세 사람은 어디까지나 가벼운 서포트야. 아주 조금 힘을 빌릴 뿐이지. 메인은 이쪽."

돌아보고는 봉투에 넣은 편지를 살랑살랑 흔들었다.

봉납에는 최근 질베르가 개인적으로 사용하고 있는 문양이 들어가 있었다.

얼음 장미를 본뜬 문장이 누구의 것인지는, 로스만 황제나 오를레시앙 가문의 일부 인사 등 지극히 한정된 자들 외에는 알려져 있지 않았다.

"포콘, 마지막으로 이걸. 국가 조사 부대장 레온 오를레시앙 공에게."

"레온?"

너무나 익숙한 이름이 들려와 눈을 깜빡였다.

국가 조사 부대란 외부의 공격으로부터 나라를 지키는 기사와는 반대로, 안쪽에서 해악이 될 만한 사건을 조사, 입건하는 부대를 말한다.

공명정대를 기조로 황제 폐하 직속이면서 그 폐하조차 조사 대상 중 하나로 보는데, 부패에 빠질 기색을 보이면 진언, 어쩔 수 없는 경우에는 심판하는 권한까지도 가지고 있다.

공공연하게 드러낼 수 없는 사건도 많이 담당하며, 비밀리에 처리하는 경우도 있다고 한다.

단, 힘이 너무 집중되면 위험하다 보니 국가 조사 부대는 황제 일족을 수장으로 하는 황족파와 유력 귀족을 수장으로 하는 귀족파, 두 부대로 나뉘어 있다.

그 귀족파의 부대장이 레온 오를레시앙. 레티시아의 친오빠였다.

성격은 성실하고 정직.

귀족들뿐만 아니라 국민의 지지도 두터운 우수한 남자였다.

그러나 그 또한 오를레시앙 가문에 속한 인물. 얼마 전 실각 소동의 영향을 받아, 그 구심력이 아주 조금 약해졌다고 했다.

설마하니. 레티시아는 아무 말 없이 질베르에게 시선을 던졌다. 그러자 유쾌한 윙크가 되돌아왔으니 그런 것이겠지.

"앗! 레온 님까지 끌어들이실 거예요?! 대체 무슨 생각을 하시는 거죠? 그 편지의 내용은…."

"음… 단적으로 말하자면 밀고서 일까?"

"네에?!"

"하하하! 즐거워질 거야."

"우와, 저 눈부신 표정 좀 봐."

질베르에게 편지를 받아 든 포콘은 "그럼 서둘러 다녀오겠습니다."라며 당연하다는 듯 벽을 통과해 빠져나갔다. 물론 참새들도 함께.

"자아, 준비는 끝났어. 지금은 느긋하게 기다리자, 레티."

"그래도 괜찮겠나?"

"그래. 기껏 얻어 낸 휴일인데, 때가 될 때까지 즐기지 않으면 손해잖아? 그러니까."

일어서서 침대 한쪽에 걸터앉고는, 레티시아의 뺨에 손을 가져다 댔다.

사람을 홀리는 듯한 붉은 눈동자가 요사스럽게 흔들렸다.

레티시아는 그 아름다움에 빨려 들어갈 것만 같다고 생각하며, 그를 빤히 들여다보았다.

“내가 도울 일은?”

“응? 혹시 걱정해 주는 거야? 기뻐. 분명 네가 곁에 있어 주면 천군만마를 얻은 것 같겠지. 정신적인 면으로도, 전력 면으로도. …하지만 이번만은 나한테 맡겨 줬으면 해.”

“그런가….”

“불만스러워 보이네.”

“당연하지. 서방님이 의지해 주는 편이 아내로서는 기쁘니까. 포콘이나 알리샤 양, 아버님에게는 의지하는데 내게는 아무 말도 없는 건가.”

나이에 걸맞게 토라진 표정을 짓는 레티시아.

질베르는 기쁜 듯이 웃었지만, 고개를 끄덕여 주지는 않았다. 이렇게 결심한 서방님은 무척이나 고집스러웠다. 설득하는 것은 몹시 어려운 일이다.

‘…음. 이 찜찜함은 뭐지.’

슬픈 건 아니었다. 분한 것과도 조금 달랐다.

형용하기 어려운 감정에 시달리던 레티시아는 뺨에 닿은 질베르의 손을 꼭 쥐었다.

레티시아의 손은 작다. 어린아이 정도의 크기였다.

그러나 그 손으로 차지한 것은 무엇보다도 많다고 여기고 있었다.

"…알겠다고 지금은 대답하지. 지금은 말이야. 하지만 언제나처럼 빙룡을 호위로 붙일 거야. 그건 양보할 수 없어. 무슨 문제가 생기면 즉시 말해 줘."

"고마워, 레티. 네가 날 언제나 지켜 주니까 요즘은 정말 안심하고 잠들 수 있어. 지금 들고 있는 패로 불안하다 싶으면 반드시 너를 의지할게. 무리는 안 해. 절대로. 그러니까 이번에는 느긋하게 기다려 줘."

질베르는 레티시아의 손을 빙글 뒤집고, 그 손바닥에 입술을 대고는 "뭔가 간단하게 먹을 거라도 만들어 올게. 배고프지?"라고 말하며 가볍게 방을 나섰다.

어리광쟁이 서방님은 의외로 신비주의라 때때로 이런 식으로 레티시아를 혼란스럽게 했다.

평소라면 그것조차 좋아 보였을 테지만, 이번만은 어째서인지 가슴이 술렁거렸다.

"의지할 거라면 내게 해 줬으면 좋겠는데. …하아, 이것도 이기심이겠지. 부부니까 더욱 나를 이용해 주면 좋을 것을."

질베르가 말하는 '폐를 끼쳤다'라는 것으로 짐작 가는 것은 하나.

그를 저주받은 아이라며 위험하게 여기는 자들이 오를레시앙 가문을 적으로 인식하고 공격한 일이다. 그렇게 생각하자 오빠인 레온을 굳이 끌어들인 이유도 납득할 수 있었다.

실각 소동으로 조금 그늘이 진 오를레시앙 가문을, 레온의 공적을 통해 원래대로… 아니, 그 이상으로 복권시키려는 계획.

아마 그것이다.

그러나 공로를 넘기는 것이 레온이 아닌 다른 이라면 그 정도로는 문제가 될 게 없지만, 그래도 레온은 국가 조사 부대장. 배후에서 기다리는 것은 나라를 뒤흔들 일대 사건일 가능성이 높았다.

용제의 힘은 크게 도움이 될 것이다.

그런데….

"나를 의지하지 않는 이유는 뭐지, 질베르 님?"

레티시아는 침대에 등을 대고 털썩 쓰러졌다.

비단실 같은 아름다운 은발이 시트 위로 흩어졌다.

'믿어 주지 않는 건, 아마 아닐 거다. 부부 생활은 원만해. 사랑받고 있어. 그러나 그의 마음에 닿기에는 한 발짝 부족해. 크리스토프 전하의 축하 파티 이후에 더욱 현저하게 느껴졌다. …다가가고 싶은데, 다가갈 수가 없어.'

"뜻대로 되지 않는군."

드물게 내뱉은 마음 약한 소리는, 누구의 귀에도 들리는 일

없이 공기 중에 녹아 사라졌다.

＊＊＊＊＊＊＊

느긋하게 보낼 수 없다고 한 말대로, 사흘 동안 노닥거릴 예정이었던 계획은 무너지고 첫날 종일, 이틀째는 오전 중, 사흘째는 식사와 취침 시간 정도밖에 질베르의 얼굴을 볼 수 없었다.

그 후로는 말할 것도 없었다. 최근 며칠은 얼굴을 보는 시간이 더 적었다.

레티시아는 아돌프가 보낸 편지를 훑어보고 창문 밖으로 내밀었다. 바람을 따라 팔락거리는 봉투.

'용제에게 토벌 의뢰를 예정하고 있던 마수 무리가 하룻밤 사이 갑작스럽게 모습을 감췄다.'

성냥을 그어 불을 붙이고 편지에 가까이 댔다.

천천히 불타며 재가 된 그것은 바람을 타고 날아갔다.

오늘 용제에게 의뢰는 없었다. 그렇다기보다 바로 지금 사라졌다. 애초에 용제에게 연락하는 수단은 제한되어 있어 빈번히 출동 요청을 받는 건 아니었다.

그래서 레티시아는 지금 매우 한가했다.

'신경 쓰이는 내용이기는 하지만… 아버님이 조사하겠다니

무리해서 손을 댈 필요도 없겠지. 음… 뭘 할까.'

용제로서 활약하는 한편, 벨 푸페라고 불리는 만큼 레티시아의 숙녀로서의 매너는 완벽했다. 사교장에서의 예법, 춤과 예술, 어학을 중심으로 한 학문, 황족의 일원으로서의 마음가짐까지 오를레시앙 가문… 정확히는 모친에게 철저하게 배웠다.

제2황자의 아내라고 해서 이제 와 배울 만한 것은 하나도 없었다.

그렇기에 성안에서 레티시아가 뭘 하건, 완전히 자유로웠다.

그러나 질베르에게 전폭적인 신뢰를 얻기 위해서는 더욱 면학에 힘쓰고 각종 정보를 접하는 것도 필요하겠지.

전투 능력뿐 아니라 두뇌도 갈고닦아야 질베르의 아내에 걸맞다.

'더욱 신뢰를 얻어 내 의지할 만한 사람이 되어야겠어!'

그래서 레티시아는 오늘 서고에 가 보기로 했다.

역시 나라의 중추 로스만 성. 본 적도 없는 서적이 산더미처럼 있었다. 레티시아는 관심이 가는 제목을 닥치는 대로 가져와 테이블 위에 쌓아 올리고, 집중해서 읽었다.

그 뒤로 얼마나 시간이 흘렀을까.

꽤나 오랜 시간 같은 자세로 있어서인지 몸이 뻣뻣했다. 어깨를 빙글 돌리고, 고개를 좌우로 기울였다. 그때, 모건 황비를 따르는 시녀가 안으로 들어왔다.

시녀는 몇 권의 책을 꺼내 든 뒤, 이상하다는 듯 주변을 두리번거리며 돌아보았다. 혹시 레티시아가 쌓아 놓은 것 중에 찾는 책이 있는 걸까.

"뭘 찾으시나요? 여기 있다면 드리도록 하죠."

"레티시아 님? …실례했습니다. 그렇다면, 그 위에서 세 번째 책을."

"여기 있어요. 제가 독점해서 미안하군요."

"아뇨, 감사합니다."

시녀는 책을 받아 들고 감사를 표했다. 그러나 그 눈동자는 의문스럽게 가늘어져 있었다.

"왜, 그러죠?"

"아뇨, 감탄했을 뿐입니다. 질베르 황자님에 관해 그러한 소문이 돌고 있는데도 독서라니. 역시 벨 푸페로 이름 높으신 레티시아 님. 우아하시군요."

"소문? 대체 어떤 소문인가요?"

"제 입으로 말씀드릴 수는 없습니다. 불경죄로 처벌받을지 모르니까요."

모건이 좋게 여기지 않는 만큼, 시녀에게서도 말 곳곳에 가시가 느껴졌다.

레티시아는 마음속으로 크게 한숨을 내쉬었다.

최소한의 매너조차 지키지 않는다면 따끔하게 한마디하겠지만, 이 정도로 눈을 부라릴 만큼 마음이 좁지는 않았다.

'하지만 질베르 님에 관한 소문이라고 하니 신경이 쓰이는군. 굳이 아내인 내게 충고할 만한 내용인가?'

포콘에게 캐 보라고 할까. 책을 되돌려 놓기 위해 일어섰다. 그러자 시녀가 위험하니 제가, 라며 나서 주었다. 아무리 그래도 황비의 시녀. 개인감정으로 일을 소홀히 하지는 않는 모양이었다.

시녀가 올 때까지 서고 이용자는 레티시아 한 명이었다.

키가 작은 레티시아는 높은 곳에 있는 책을 꺼낼 수 없었다. 하지만 받침대를 가지러 가는 게 귀찮았던 레티시아는 용제로 반전해 키를 키웠다. 용제 상태가 되면 180센티미터 이상. 가장 높은 곳에도 손이 닿았다. 그러나 지금은 그 방법을 쓸 수도 없다.

고마운 제안에 레티시아는 웃는 얼굴로 책을 내밀었다.

"어디, 이건 역사서 책장이군요. 이건?"

"안쪽에 있는 문학서 책장이랍니다."

"알겠습니다."

시녀는 서고 안쪽에서 낡은 목제 받침대를 가져와, 레티시아의 지시대로 책을 꽂았다. 손이 빠르고 흔들림 없는 동작이었다. 그러나 체중이 실릴 때마다 받침대가 삐걱거리며 불안한 소리를 냈다.

당장이라도 부서질 것처럼, 왠지 공포심을 자극하는 소리였다.

어째 불안하군. 이럴 바에야 내가 하는 게 나았을지도 몰라.

"부디, 조심하세요."

"걱정하지 않으셔도 됩니다. 조금 낡았을 뿐이니까요."

시녀의 손가락이 책등을 밀어 넣고, 마지막 한 권이 책장에 꽂혔다.

이게 마지막. 무사히 버텨 낸 모양이다.

희생자가 생기기 전에 새로운 것을 마련하도록 담당자에게 말해 둘까. 그렇게 안도한 순간, 뚝 하고 불길한 소리를 내며 받침대가 무너졌다.

"꺅!"

눈앞에서 시녀의 몸이 휘청거렸다.

"위험해!"

생각하기보다 몸이 먼저 움직였다.

순간적으로 마력을 온몸에 둘렀다.

아슬아슬한 그 순간. 뻗은 손은 땅에 닿기 직전에 그 몸을 받쳐 들었다.

충격을 줄이기 위해 받아 낸 순간 허리를 숙인 탓이기도 했지만, 그래도 위태로웠다.

"휴우, 늦지 않았군. 다친 곳은 없나?"

시녀를 옆으로 안은 채로 일어섰다. 소위 공주님 안기였다.

레티시아의 질문에 시녀는 마음이 다른 곳으로 가 버린 것처럼 멍하니 천장을… 아니, 레티시아를 바라보고 있었다. 뺨이 살짝 붉어진 것은 안심해서일까.

"왜 그러지? 어디가 아픈가?"

"꺄아?! 아, 아뇨, 아무 데도!"

"그런가. 다행이군. 나 때문에 다치기라도 하면 꿈자리가… 아, 아니. 죄송스러워서 말이죠."

자기도 모르게 본모습이 나오고 말았다. 허둥지둥 벨 푸페의 가면을 다시 썼다.

'넘어가 줄까? 아니, 아무래도 안 되려나….'

공주님을 대하듯이 천천히 발끝부터 내려놓았다.

땅에 닿아도 아파하는 것 같지는 않으니, 발목을 삐지는 않은 모양이었다.

'괜찮아 보이는군.'

한쪽 무릎을 꿇어 시녀의 발목을 살짝 건드려 보고는 몸을 일으켰다.

"아, 저기. 레, 레티시아 님? 감사합니다."

"다친 곳이 없어서 다행이에요. 저야말로 고마워요. 덕분에 도움이 됐어요. 이 받침대는 유감스럽지만."

"이, 이건 나중에 제가 처리를! 보고도!"

"그렇다면 맡기겠어요."

"네, 네!"

아무래도 조금 전까지의 적개심은 날아가 버린 모양이었다.

놀랄 만큼 호의적인 대응에 다소 어리둥절했다. 그러나 기회는 지금이었다. 추궁당하기 전에 빨리 물러나자. 이 이상 정체를 들켜 모건의 귀에 들어가면 성가셔진다.

레티시아는 고개를 숙이고 발걸음을 돌렸다.

"저, 저기, 어디로 가시나요? 혹시 소문을…."

"네. 사랑하는 서방님에 관해서는 알고 싶으니까요."

"저기, 그러시면, 제가 이야기를… 아니! 조금 전에는 그렇게 말씀드리고 말았습니다만, 저라도 괜찮으시다면 답해 드리겠습니다! 꼭 제가 답하게 해 주세요!"

눈을 반짝이며 성큼성큼 다가오는 시녀.

"…괜찮을까요?"

"네, 물론이죠! 뭐든지 물어봐 주세요!"

'왠지 오를레시앙 가문의 시녀들과 같은 눈이 된 게 신경 쓰이지만…. 이걸 보면 황비를 위한 정보 수집은 아닌 것 같군. 분명 예절을 중시하는 아이겠지.'

솔직히 질베르에 관한 정보라면 한시라도 빨리 알아 두고 싶었다. 뭔가를 감추고 있는 듯한 지금은 특히 그랬다. 그의 성격으로 볼 때 정말 아슬아슬한 상황이 되지 않는 한은 의지하지 않을 가능성이 높았다.

손쓸 수 없게 된다면 곤란하다.

아무리 포콘이 우수한 밀정이라 해도, 눈앞의 시녀에게 묻는 편이 압도적으로 빠르겠지.

“정말로 기뻐요.”

“아뇨, 레티시아 님께 도움이 된다면 무엇이든! 실은 소문일 뿐이라 진위는 확실하지 않습니다만….”

시녀는 한 번 심호흡을 하고, 비밀 이야기를 하듯이 입가에 손을 가져다 댔다.

“질베르 님께서 온 나라를 뒤흔들 일대 사건을 일으키려 하신다는.”

“무슨… 뭐라고요?”

놀란 나머지 다시 벨 푸페의 가면이 벗겨질 뻔했다. 이런, 이런, 위험해.

그런데 대체 어떻게 된 일이지? 질베르의 움직임을 봐서는 그가 추적하는 쪽이었다. 왜 주모자로 언급되는 것인가.

‘혹시 질베르 님이 수사에 참여했다고는 꿈에도 생각 못 하고, 죄를 덮어씌우기 좋다는 이유로 희생양으로 삼으려는 건가? 아직도 저주받은 황자라고 불리는 그라면 소문을 흘리기만 해도 모두 곧이들을 거다 싶어서?’

그렇다면 너무나도 허술한 작전이라 머리가 아파 왔다.

지금의 질베르는 황제의 신뢰도 두텁고, 뒤에는 오를레시앙 공작가가 있다. 그런 시시한 소문 정도로 그를 규탄할 수 있을 리가 없었다.

만약 날조한 증거를 준비했다고 해도, 뒤에서 움직이는 건 황자 본인. 게다가 더없이 두뇌가 뛰어난 남자였다.

시시하다며 즉시 묵살하거나, 그것조차 이용해 궁지로 모는 책략에 이용할 것이 분명했다.

그 증거로 소문이 큰 힘을 가졌다면 밀정인 포콘이나 뒷사정에 밝은 오를레시앙 가문의 귀에도 들어갔을 것이다. 그러나 아직 그런 보고는 듣지 못했다.

즉, 불길은 번지지 않았다. 아마 진화될 조짐이 보이고 있을 것이다.

하지만… 질베르를 저주받은 황자라고 혐오하는 파벌이 있는 것도 사실.

작은 불씨까지 끄기에는 시간이 걸리겠지. 성가시군.

레티시아는 상대방을 떠보듯이 눈을 가늘게 떴다.

"출처는?"

"죄송합니다. 저도 다른 시녀에게 들었을 뿐이라. 하지만 레티시아 님과 혼인하신 뒤로 질베르 님께서는 예전처럼 예민하게 굴지도 않으시니, 모두 회의적이지는 않습니다. 애초에 전부 같은 생각인 것도 아닙니다만…."

"붉은 눈의 저주가 아직도 자리잡고 있는 건가요?"

"네. 역시 나이 드신 분들일수록 믿는 경향이 있죠. 그렇게 간단히 끊어낼 수 있을 만큼 역사는 얕지 않다는 것일까요."

난처한 듯이 눈썹을 찌푸렸다.

백문이 불여일견이라고 하건만 떠도는 소문에는 해당되지 않는 모양이었다.

레티시아로 인해 마음이 녹아내린 질베르를 보고 저주를 의심하는 자들도 나타나기 시작한 모양이었다. 그것은 더없이 기쁜 일이다.

그것이 모건을 따르는 시녀라면 더욱 그랬다.

그들도 모두 똑같은 생각을 가진 게 아니라는 것을 알고서 레티시아는 안도했다.

그렇다 해도 모건의 태도에는 아무래도 위화감이 느껴졌다.

크리스토프는 이미 황태자의 자리에 올랐고 그 입지는 안정되어 있을 텐데, 왜 질베르를 그렇게 적대시하는지 통 알 수가 없었다. 덕분에 황비의 시녀들도 기본적으로 이쪽 진영에 적의를 드러내는 것이다.

정말이지 유감스러웠다.

게다가….

"한 가지 더 물어도 될까요?"

"제가 아는 거라면 무엇이든지요!"

"질베르 님과 크리스토프 님 말인데요."

"두 분 일인가요?"

"그다지 돈독해 보이지는 않아서요."

덤으로 하나 더, 모건의 시녀들이라면 잘 알 거라 생각해 물어보았다.

크리스토프의 축하 파티 이후로 신경이 쓰였다.

레티시아가 아는 범위에서 사이가 나쁜 모습은 확인되지 않았다. 그러나 아무래도 마지막에 본 그의 눈이 뇌리에 새겨진 채 사라지지 않았다.

그것은 혐오도 염려도 아닌, 그저 시야에서 얼쩡대 거슬리는 벌레를 보는 듯한… 그런 차가운 눈동자였다.

"음…. 확실히 돈독하다고는 할 수 없을지도 모릅니다만, 특별히 사이가 나쁘시지는… 평범한 형제의 거리감이 아닐까요? 두 분께서 함께 계실 때 다정하게 이야기를 나누는 모습도 몇 번 본 적이 있었으니까요. 단지…."

시녀는 고개를 기울였다.

"뭐라고 할까요. 전하께서 귀환하신 이후로, 두 분의 대화에 조금 위화감이 생긴 것 같은 기분이 듭니다."

"그건, 전하 쪽이?"

"아뇨, 질베르 님 쪽입니다. 정확히 어떻게 말씀드려야 할지 모르겠습니다만, 내내 목에 가시가 박힌 것처럼 걸리는 게…."

"이런, 이런. 나와 동생이 신경 쓰입니까, 인형 공녀?"

책장 그늘에서 누군가가 모습을 드러냈다.

금색 머리카락에 다정해 보이는 라임 그린 색 눈동자. 여자들이 꿈꾸는 왕자님, 크리스토프 황태자 전하였다.

누군가가 가까이 다가오고 있다는 것은 알아차렸지만, 설마 당사자일 줄은 몰랐다.

최악의 타이밍이었다.

놀라 굳어 버린 시녀와는 달리, 레티시아는 감정의 동요를 일절 표정에 드러내지 않고 시녀를 지키듯 슥 앞으로 나섰다.

"제가 수다에 어울리게 해 버렸군요. 일을 방해해서 미안했어요. 이제 괜찮아요."

"하, 하지만."

"책을 빌려 오라는 부탁을 받고, 여기에 온 거죠? 서두르는 게 좋겠군요."

"아… 네, 네! 그럼, 먼저 실례하겠습니다!"

여기는 내게 맡기고 자리를 떠라. 시녀는 레티시아의 의도를 정확하게 파악하고 테이블 위에 쌓아 두었던 책을 끌어안고서 빠른 걸음으로 서고를 빠져나갔다.

"하하, 겁을 줬나. 즐거운 수다 시간을 방해해서 미안합니다. 사과하는 뜻에서 지금부터는 내가 어울려 주도록 하죠."

"아뇨, 그러실 것 없습니다."

단칼에 잘라 냈다.

질베르의 아내인 이상 크리스토프와는 몇 번 접점이 있었지만, 이렇게 단둘이 대화를 하는 건 처음이었다.

그래서일까. 영 가슴이 술렁였다.

'이것이 크리스토프 황태자 전하인가?'

남들 앞에 서는 황태자로서 행동하는 그는, 그야말로 그림으로 그린 듯한 왕자님이었다.

파티장에서 봤을 때도 차기 황제에 걸맞은 위엄과 관록을 갖추고 있었다고 기억한다. …그런데, 지금은 어째서인지 그런 모습은 자취를 찾을 수 없었다.

이 자리에서 대치하고 있는 그를 한마디로 표현하자면 '수상쩍다'였다.

무엇이 그런지는 확언할 수 없다. 단지 그의 표정이나 목소리, 동작, 그 모든 것이 무대에 선 배우 같은, 만들어 낸 것처럼 느껴졌다.

분명 그는 무엇 하나 본심을 말하고 있지 않았다.

꺼림칙한 연극에 어울려 줄 정도로 레티시아는 한가하지 않았다.

실례하겠습니다고 말하며 그의 옆을 지나치려 했다. 그러나 그보다 빠르게 크리스토프의 팔이 뻗어 와 앞을 막았다.

책장에 손을 짚고, 레티시아의 표정을 살피듯이 몸을 굽혔다.

"공녀께서 신경 쓸 일은 아닙니다. 내 사고에 관한 헛소리를 신경 쓰는 것뿐이겠죠."

"전하의 사고?"

"네. 그게 질베르의 저주 때문이라며 근거도 없는 헛소리를 떠드는 자들이 있거든요. 어떻습니까? 신경 쓸 필요 없었죠?"

"…감사합니다."

"그런데 사과하는 뜻이라는 건 어디까지나 구실입니다. 조금만 시간을 빌려도?"

당했다. 레티시아는 내심 혀를 찼다.

선수필승이라는 말이 괜히 있는 게 아니다.

그의 말이 진실이건 거짓이건, 이쪽이 일방적으로 정보를 받은 형태가 되고 말았다. 여기서 쌀쌀맞게 거절하는 건 너무나도 예의에 어긋나는 짓이다.

"알겠습니다."

결과적으로 그에게 어울려 줄 수밖에 없게 됐다.

"뭐, 이쪽도 관심이 가는 소문이 있어서요. 그 고명한 용제님이 오를레시앙 가문과 관련이 있다는."

싱긋 웃은 그 눈동자 안쪽에는 숨길 수 없는 적대심 같은 것이 느껴졌다.

창관에서 라우라에게 질문을 받았을 때와는 달랐다. 분명히 그렇다는 확신을 갖고 있는 음색. 무엇을 힌트로 거기까지 도달했는지는 모르지만 정말이지 성가셨다.

"아는 바가 없습니다."

"게다가 당신의 연줄을 이용해서 질베르를 보호하고 있다고도."

"어머나."

"용제님은 기본적으로 나라에 들끓는 대규모 마수 토벌 의뢰나 시민의 의뢰를 가끔 받는 정도라고 들었습니다. 그에게 직접 개인적인 의뢰를 하는 건 불가능하죠. 그런데 그 전제가 뒤집힌다면…."

입술에 검지를 가져다 댔다.

"나도 의뢰하고 싶은 일이 있어서 말이죠."

속삭이는 듯한 목소리였다.

너무나도 수상해서 코웃음을 치고 싶어졌다.

벨 푸페의 연기를 벗겨 내려 하는 거라면, 합격점까지 앞으로 한 걸음이다. 아깝기도 하지.

'의뢰하고 싶다는 건 거짓. 용제의 정보를 캐내려 한다고 봐야 하나?'

용병 기사가 의뢰를 받는 방법은 두 패턴이 있었다.

하나는 알선소라고 불리는 곳에서 자신의 랭크에 맞는 의뢰를 받는 방법. 다른 하나는 의뢰인과 직접 계약을 맺는 방법이다.

이름이 알려진 용병 기사는 기본적으로 후자의 의뢰만을 받는다. 수입이 많기 때문이었다.

그러나 용제는 그와는 반대로 개인적인 의뢰는 일절 받지 않았다. 애초에 그와 연락하는 방법조차 불명이라, 정확히는 의뢰할 방법이 없는 것이다.

"답례라면 뭐든지 준비하지요. 어떻습니까?"

'흠. 역시 이자는 오를레시앙 가문과 용제가 관련이 있다는 것에 확증을 가지고 있군. 소문의 영역 내에 머물러 있는 정보로 이렇게까지 자신감을 가질 수는 없어. 용제를 끌어내서 뭘 하려는 속셈인지.'

…이를테면.

질베르에게는 항상 수호에 특화된 빙룡 '트와'를 호위로 붙여두었다.

빙룡은 용제가 사역하는 마법 생물로 너무나 유명했다. 만약 질베르를 지키는 트와를 목격했다면, 오를레시앙 가문과 용제의 연결 고리를 확신하기에 충분한 이유가 되겠지.

그리고 빙룡이 질베르를 지키기 시작한 것은 레티시아와의 약혼 이후. 어지간히 둔한 인간이 아닌 한, 그 관계성을 짐작해낼 것이다.

그러나 빙룡은 능력을 쓸 때 외에는 모습이 보이지 않게 투과시키고 있다.

그 모습을 봤다면 그것은 즉 빙룡이 능력을 썼다… 질베르를 수호하기 위해 현현한 상황을 조우했다는 것으로 연결된다. 혹은 그것을 본 누군가가 질베르가 빙룡의 호위를 받고 있다고 크로스토프에게 보고한 것인가.

바보가 아닌 한, 남의 눈이 있는 곳에서 황자를 습격하지는 않을 것이다. 반드시 혼자이거나, 레티시아와 단둘이 있을 때를 노리겠지. 그렇다면 그자는 어떻게 질베르와 빙룡의 관계를 알고 있는 것인가.

그 의미를 생각하면, 질베르를 제거하려는 자들과 크리스토프가 연결되어 있을 가능성도 생기는 것이다.

'방심할 수 없는 남자로군.'

레티시아는 의심을 들키지 않도록 단아하게 미소를 지었다.

"금전이나 권력으로 움직인다면, 이미 개인 의뢰를 받으시지 않았겠어요."

"하하! 확실히 그렇군요. 맞습니다. 레티, 괜히 번거롭게 했군요."

"아닙니다."

레티시아가 동요하지 않는다는 것을 이해하고 금세 포기한 모양이었다. 쾌활한 웃음이었다.

희미하게 떠돌았던 적의는 이미 없었다. 완전하게 사라진 것이다.

'이런, 이런. 물밑 수읽기는 질색이야.'

겨우 해방되었다며 어깨의 힘을 푼 순간, 크리스토프의 손이 레티시아의 턱에 닿았다. 얼굴을 휙 들어 올려서 마주 보는 모양새가 되었다.

"그런데 역시 인형 공녀. 낯빛 하나 바꾸지 않다니. 정말 인간과 이야기하고 있나 싶어지는군. 아니, 감정이 없으니까 질베르도 안심하고 곁에 둘…."

순간, 뭔가가 터져 나가는 듯한 '파앗' 하는 소리가 울렸다.

튕겨 나간 것은 크리스토프의 팔.

"어?"

"저는 질베르 님의 아내입니다."

음색도 표정도 여전히 벨 푸페. 그러나 그 자리를 제압할 정도의 위압감은 용제가 적과 대치할 때보다도 훨씬 더 무거웠다. 아예 살기만으로 사람을 죽일 수 있을 것만 같은 수준이다.

함부로 건드리지 마, 불쾌하다는 마음이 흘러나오고 있었다.

지금까지 여유 있는 미소를 유지하고 있던 크리스토프조차 튕겨 나온 손을 문지르며 한 걸음, 두 걸음 물러났다.

"방으로 돌아가겠습니다."

"…시, 실례했습니다."

"아뇨."

황급히 길을 내주는 크리스토프.

왕의 풍격을 갖춘 사자가 순식간에 새끼 고양이가 된 것이나 마찬가지. 어린 것을 괴롭히는 취미는 없었다.

레티시아는 그의 옆을 우아하게 빠져나가 서고를 뒤로했다.

아무도 없는 서고.

크리스토프는 손으로 얼굴을 감싸며 그 자리에 주저앉았다. 이미 왕자님의 가면은 벗겨지고, 단정치 못하게 책상다리를 한 그 모습은 어디에나 있을 것 같은 청년 그 자체였다.

“저게 벨 푸페? 맹수를 잘못 말한 거 아냐? 뭐야, 저 위압감은. 마수가 그나마 더 애교가 있겠네. 난 감당 못 하겠는데. … 젠장, 귀찮아 죽겠군.”

커다란 한숨과 함께 내뱉은 말은, 그저 조용히 바닥으로 떨어져 내렸다.

* * * * * * *

“포콘.”

레티시아는 주위에 아무도 없는 것을 확인한 뒤 살짝 자기 방의 방문을 닫고, 포콘을 불러냈다. 근처 기둥에 숨어 있었던 그는 “네, 네. 부르셨나요, 아가씨~?”라고 말끝이 늘어지는 대답을 하며 스윽 모습을 드러냈다.

졸린지 눈은 반쯤 감겨 있었다. 아무래도 낮잠을 자고 있었던 모양이다.

정말이지 좁은 곳을 좋아하는 남자였다. 새가 아닌 고양이 같다.

후아암 하고 하품을 하는 포콘의 모습을 확인하자마자 레티시아는 아무 말 없이 거리를 좁히고 얼굴을 가까이 가져오라고 손가락으로 신호를 보냈다.

그에게 묻고 싶은 게 있었다. 캐낼 수 있을지는 모르지만 '불지 않는다면 불게 만든다'가 레티시아의 방식이다. 아무 문제 없다.

"어, 왜요? 일인가요?"

"질베르 님이 현재 관련되어 있는 사안, 네가 아는 정보를 전부 불어라."

조심조심 다가온 포콘의 뒷덜미를 붙잡고 째릿 노려보았다.

"엄청 기분 안 좋으시네! 왜 그러세요?!"

"괜찮다. 조금 불쾌한 일을 당했을 뿐이니 신경 쓸 것 없어. 그보다도 예감이 좋지 않아. 여유를 부렸다간 돌이킬 수 없게 될 것 같아서 말이다."

"그게요, 질베르 님이 아가씨는 얽히지 않게 하라고 하셔서."

"포콘."

찔리는 듯 고개를 돌리기에, 양손으로 뺨을 감싸서 휙 정면을 향하게 했다.

놓칠 수는 없지. 불게 할 방법은 이미 생각해 두었다. 포콘은 용제를 포함한 레티시아의 얼굴에 매우 약했다. 품 안에 들어온 시점에서 끝난 것이다. 깔끔하게 포기하도록.

빈틈을 주지 않고 얼굴을 가까이 들이대자, 계산한 대로 일찌감치 항복했다.

"아가씨, 가까워요! 가깝다고요!"

"불쾌한가?"

"포상이죠! …그게 아니라! 위험했다! 휩쓸릴 뻔했네! 그런데 갑자기 왜 그러세요? 아가씨답지 않게."

"확실히 억지로 불게 만드는 건 내 취향이 아니지. 질베르 님이 아내인 나를 믿고 의지해 주는 걸 기다리는 편이 좋다는 것도 알고 있어. …하지만 불길한 예감이 든다."

포콘에게서 손을 떼고, 생각에 잠기듯이 턱에 손을 가져다 대는 레티시아.

서고에서 방으로 돌아오는 도중.

조금 전에 있었던 일과 얻은 정보를 머릿속으로 정리하자, 갑자기 등을 깃털로 쓸어내리는 것 같은, 오싹한 오한이 들었다.

레티시아의 감은 잘 맞았다. 제6감이라고 해도 좋을 정도였다.

서둘러서 손을 쓰지 않으면 성가신 일로 발전할 것이다.

증거는 없지만 확증은 있었다. 서방님을 위해서라면 무리도 하고 고집도 부릴 것이다. 쓸데없는 짓을 하지 말라고 싫어해도 상관없었다.

가슴이 따끔하게 아픈 기분이 들었지만, 모르는 척하고 손을 꽉 쥐었다.

"…포콘."

"음~ 하지만 저도 자세히는 못 들었어요. 조사하는 곳도 제각각이고. 극장 스케줄을 확인하고 오라고 명령받았다가, 술집에서 밥을 먹고 그때 영상을 찍어 오라느니, 아저씨들의 통 알 수 없는 일상 대화를 녹음해 오라고도 하고. 솔직히 침실에 찾아갔을 때의 의뢰도 이 녀석들의 대화를 녹음하면 바로 알려라, 이 정도라서 내용에 관해서는 진짜 통 모르겠어요. 날씨가 어쩌고, 애완동물이 어쩌고, 정말 이런 일상 대화였거든요."

"…뭐?"

그게 뭐야? 조사 내용이 아리송하기 짝이 없었다.

질베르에게는 어떤 추측에 근거한 의미 있는 행위겠지만, 보이는 게 너무 달라서 힌트조차 되지 않다니. 오산이었다.

"폐하와 아버님, 알리샤 아가씨에게 보냈다는 전언은 알 수 없나?"

"모르죠. 제 참새들도 전언으로 입력한 음성은 한 번 전달하면 잊어버리고, 저도 무슨 말을 입력했는지 몰라요. 뭐, 그러니까 제가 적에게 붙잡혀도 안심이에요. 고문 같은 건 의미가 없고, 오히려 불고 싶어도 불 수 없는 엄청 유능한 밀정 포콘이니까요! 아하하!"

"안심해라. 고문 같은 것을 받기 전에 구할 테니. 내 귀여운 아기 새가 지독한 꼴을 당하게 둘 수는 없지."

"으음, 아가씨, 좋아해요."

"고맙다."

일단 고맙다고 대답하긴 했지만, 일찌감치 막히고 말았다.

역시 오를레시앙 가문이 자랑하는 유능한 밀정이다. 무슨 일이 일어나도 정보를 누출하지 않는 능력은 훌륭했다.

"하지만 그렇게 되면 부탁할 수밖에 없겠군."

레티시아는 입꼬리를 끌어올렸다.

"설마."

"그래, 나의 아기 새에게 명령한다. 질베르 님의 계획을 알아내도록."

"아하하. 악역 같은 얼굴이다."

햇살처럼 따스했던 금색 눈동자가 슬쩍 가늘어졌다.

먹이를 꿰뚫는 사냥꾼, 맹금류의 눈이다. 이걸 보면 확실히 '매'라는 이름에 어울리는 남자라고 납득할 수밖에 없었다.

"뭐, 할 수 없죠. 명목상 저는 아가씨의 것이니까. 부부 사이를 중재하는 것도 밀정이 할 일…은 아닐지도 모르지만 일단 넘어가고."

무릎을 꿇고, 레티시아의 손을 잡아 이마에 가져다 댔다.

"아가씨의 아기 새로서 그 역할, 완벽하게 수행하겠습니다."

평소의 가벼운 말투 따위는 조금도 느껴지지 않는 신의가 깃든 목소리.

아기 새의 가면을 쓴 육식 동물 주제에 말은 잘하는군. 그렇다 해도 레티시아에게 있어 사랑스러운 아기 새인 것은 다르지 않았다.

레티시아는 그의 머리를 쓰다듬고 "부탁한다."라며 미소 지었다.

~ "취향이 아니야."라는 말을 들은 인형 공녀, 참는 걸 그만두니 황자가 푹 빠졌다. 참으로 사랑스럽군! ~

3 언제까지나 함께 있자

'잘 지내, 질베르?'

그리운 목소리에 헉 하고 고개를 들었다.

그 순간, 이건 꿈이라는 것을 질베르는 깨달았다.

흰 벽. 벽에 걸린 역대 황제의 초상화. 새빨간 카펫. 전부 수채화처럼 윤곽이 흐릿했다.

길게 이어지는 복도는 성안이라는 건 알 수 있는데도, 마치 막다른 곳이 존재하지 않는 것처럼 끝이 보이지 않았다.

빛나는 금색 머리카락에 자애가 깃든 신록新緑의 눈동자. 격려하듯 미소를 지으며 눈앞에 서 있는 형은 5년 전에 본 그대로였다. 자신의 몸도 어쩐지 조금 어린 것 같은 기분이 들었다.

꿈이다. 꿈이 분명해.

그렇다면, 이 형은….

'잘 지내면 됐어. 괜히 붙잡았구나.'

'…큭, 잠시만요!'

이런 곳에서 발버둥 쳐도, 현실에서는 아무것도 달라지지 않는다.

하지만 자기도 모르게 손을 뻗어 크리스토프의 옷소매를 붙잡았다.

'질베르?'

'역시 이번 회합은 제가….'

'어라, 내가 제대로 못 해낼 것 같아서 그래?'

'…아뇨.'

'마수 토벌도, 전투도 아니고 그냥 회합이야. 왜 그렇게 불안한 표정을 짓지?'

상냥한 목소리에, 손에 꽉 힘이 들어갔다.

'처음엔 제가 가는 것… 이었으니까요.'

'그쪽이 요청한 거다. 네가 신경 쓸 일은 아니야.'

원래는 질베르가 가야 했던 이웃 나라와의 회합. 그러나 저주받은 황자라는 소문이 퍼진 탓에 불길하다며 크리스토프가 대신 가게 된 것이었다.

어쩌면 저주 때문이 아니라 '붉은 눈의 총명함'에 트집을 잡히지 않으려고 질베르를 꺼렸을 가능성도 있지만, 이제 와서 깨달아도 늦었다.

진상은 어둠 속에 있다.

질베르의 자국 내 입지도 역풍이 되어, 정신을 차려 보니 얌전히 기다리라는 명령을 받았다.

'기운 내, 질베르.'

'…형님은 왜 저 따위에게 마음을 써 주십니까? 어머니는 절 낳은 뒤에 자결하셨어요. 아버님은 마치 불길한 것을 다루듯이 무슨 일이 생겨도 그저 멀리서 바라보실 뿐이죠. 다른 자들도 모두 마찬가지입니다. 하지만 형님은… 형님만은 언제나 말을 걸어 주시죠. 이유가 뭔가요?'

이런 저주받은 내게.

말로 하지 않아도 눈이 말하고 있었다.

모친은 질베르를 낳은 뒤, 그 눈동자를 보자마자 발작을 일으키며 자기 목을 그었다.

선혈이 쏟아지는 중, 모친의 피에 젖은 채 울음소리를 낸 갓난아이. 그 광경은 무척이나 기괴해 저주의 신빙성을 끌어올리기에 충분했다.

저주받은 황자, 질베르.

태어난 순간부터 모친의 손에 그의 운명은 결정지어진 것이다.

그래도 처음에는 열심히 노력했다.

공부도 예법도 태도도 전부.

사랑받고 싶어서, 필요로 해 줬으면 해서, 자는 시간도 아까워하며 익혔다. 그래도 아무도 돌아봐 주지 않았다. '저주받은 아이' 앞에서는 모든 것이 의미가 없었다.

뛰어난 두뇌는 두려움이 더욱 커지게 하는 결과만을 낳았다.

착하게 굴어 봤자 소용없다고 깨달은 것은, 대체 몇 살쯤이었을까.

아무도 질베르를 사랑해 주지 않았다.

아무도 질베르의 존재를 필요로 해 주지 않았다.

크리스토프는 그것을 눈치챈 것이겠지. 질베르의 어깨를 부드럽게 두드렸다.

'나도 저주를 웃어넘길 정도로 담대하지는 않아. 그 악몽은 로스만 제국의 역사에 깊이 뿌리를 내리고 있지. 우연이라고 웃어넘기기에는 너무 많은 사람이 죽었어.'

'그럼, 왜….'

'당연하지 않니?'

사랑스럽다는 듯이 눈을 가늘게 떴다.

'왜냐하면 나는 네 형이니까.'

질베르의 머리를 쓰다듬고 등을 돌려 떠나는 크리스토프.

이때, 억지로라도 손을 붙잡고 말렸다면 뭔가가 달라졌을까.

멀어져 가는 형. 질베르는 달려 나갔다.

언제나 사랑을 쏟아 주었던 것은 아니었다. 보호해 준 것도 아니었다. 그저 두려워하지 않고, 한 명의 동생으로서 대해 준 사람.

‘형님!’

뻗은 손은… 그러나 허공을 붙잡을 뿐이었다.

세상이 일그러지고, 성도, 형의 모습도, 어지럽게 비틀렸다.

그렇게 꿈은 끝을 알렸다.

＊ ＊ ＊ ＊ ＊ ＊ ＊

눈을 뜬 순간, 시야에 들어온 것은 천장과 앞으로 뻗은 자신의 팔이었다.

주먹을 꽉 쥐었다.

꿈에서도 현실에서도, 결국 이 손은 아무것도 붙잡지 못했다.

‘당신의 그 저주에 이번에는 레티시아 님까지 휘말려 들게 하려는 겁니까.’

파티장에서 남자가 던진 말이 뇌리에 새겨져 사라지지 않았다.

처음에는 가슴에 자리잡은 아주 작은 씨앗이었다. 그것은 나날이 싹터서, 지금은 커다란 꽃까지 피웠다.

이런 꿈까지 꾸다니. 자각은 없었지만 상상 이상으로 버거웠던 모양이었다. 불안의 꽃 따위는 즉시 꺾어 버리고 싶지만, 그 뿌리는 마음속 깊은 곳까지 깊숙이 침투해 있었다.

정말이지 지긋지긋해.

'형님의 추락 사고는 나 때문이라고 믿는 자도 적지 않아.'

붉은 눈의 저주는 직접 타인을 해치는 것이 아니다.

고독에 시달린 이가 그 두뇌와 화술로 사람을 유혹해 나라를 서서히 갉아먹어 가는 것. 본인이 타인을 휘말려 들게 하는 경우는 있어도, 저주가 멋대로 타인을 해하는 것은 있을 수 없는 일이다.

있을 수 없는 일일 터였다.

알고 있는데도 씻어 낼 수 없는 불안이 따라붙었다.

저주받은 황족 주변에 이해자는 없었고, 그저 고독을 떠안으며 세상을 저주하는 수밖에 없었다.

과연 정말 그랬던 걸까. 그들 주변에는 처음부터 단 한 명의 이해자도 없었을까.

만약. 만약에. 그들 전부가 사라지고, 어느새 고독이 깊어져 간 것이라면. 원하는 이라고는 없어도 대대로 이어져 내려온 이 붉은 눈이 절대적인 존재의 소행이라면. …이 저주가, 붉은 눈을 가진 자를 강제로 고독으로 이끌고 있는 것이라면.

'내가 마음을 의지하는 사람은 레티다. 레티가 표적이 된다면….'

서서히 불안이 마음을 침식해 갔다.

옆에서 잠든 레티시아 쪽으로 얼굴을 향하자, 그 눈이 살짝 뜨였다.

"질베르 님?"

잠에서 미처 깨어나지 못한 목소리로, 작은 손을 뻗었다.

질베르는 매달리듯이 그 손을 잡았다.

"왜 그러지. 무서운 꿈이라도 꿨나?"

"…응. 무척 무서운 꿈을 꿨어."

더욱 체온을 느끼고 싶어서 레티시아의 손을 뺨에 가져다 댔다. 그러자 그 불안을 느꼈는지, 레티시아는 질베르의 머리를 가슴에 끌어당겼다.

"무섭다면 아침이 올 때까지 꼭 끌어안아 주지. 그래, 착하지. 괜찮아. 내가 곁에 있어. 착하지… 응."

그 말을 마지막으로, 다시 꿈속으로 여행을 떠난 모양이었다.

감정의 동요가 없는 벨 푸페도, 역전의 전사를 연상시키는 강인한 표정과도 달랐다. 천진한 소녀의 얼굴. 아무리 강해도 레티시아는 인간이고, 열여섯 살 소녀다.

조심스럽게 몸을 움직여 지키듯이 레티시아의 몸을 끌어안았다.

"레티. 너는… 너만은, 절대로 어디에도 가지 마."

사랑스럽다는 듯이 머리카락을 빗어 내리고, 뺨을 쓰다듬었다.

나를 믿지 못하는 거냐고 레티시아는 화를 낼지 모른다.

믿지 않는 것은 아니었다. 그저 아주 조금이라도 가능성이 있다면 철저하게 제거해 두고 싶었다.

위험한 모든 것으로부터 멀리하고 싶다.

레티시아가 내내 곁에 있어 주기만 한다면 무엇이든 하겠어.

"할 수만 있으면 아무도 찾을 수 없는 곳에 너를 숨겨 놓고, 나만 보게 하고 싶어. 아무에게도 넘겨주지 않을 거야. 아무 데도 못 데려가게 할 거야. 만약 세상이 내게서 너를 빼앗는다면, 전부 부수고 짓밟아 버리겠어."

달빛이 비추는 어슴푸레한 실내에, 선혈색 눈동자가 흔들렸다.

"그러니까 절대로 날 남겨 두고 가지 마."

질베르는 레티시아의 이마에 키스하고 한 번 더 잠에 빠져들었다.

다음 날.

아직 밤의 장막이 하늘을 덮고 있는 시간에 질베르는 눈을 떴다. 오늘은 바쁜 날이 될 것이다. 사실은 계속 레티시아의 곁에서 잠에 빠져 있고 싶지만, 그럴 수는 없었다.

"좋은 아침, 레티. …다녀올게."

이불을 다시 덮어 주고, 잠든 레티시아의 머리를 쓰다듬고 나서 방을 뒤로했다.

계획의 실행일까지 앞으로 사흘.

솔직히 장기짝의 전력이 불안하기는 하지만, 만점짜리 답안을 목표로 하지만 않으면 방법은 얼마든지 있었다. 몇 점은 빼앗긴다 해도, 근간을 두들기는 데 지장은 없었을 것이다.

'이번에야말로 놓치지 않겠어.'

범인이 누구인지는 일찌감치 짐작할 수 있었다.

애당초 어떤 사건의 관계자. 그때는 꼬리를 잘 숨겨서 증거를 잡지 못했으니, 좋은 기회라며 폐하의 부탁을 승낙한 것이었다.

다행히도 이번에는 일부 감정적으로 움직인 탓에 빈틈을 찌를 기회는 충분히 존재했다. 특히 범행을 질베르에게 덮어씌우려고 소문을 퍼트리기 시작했을 때는, 어이가 없어서 웃다가 숨이 넘어갈 정도였다.

누가 그런 유치한 소문을 믿는단 말인가. 믿는 것은 어리석은 자들뿐이다. 그 정도 녀석들은 가볍게 머리를 짓눌러 입을 막을 능력과 권력이 이쪽에는 있었다.

문제조차 되지 않았다.

하지만 녀석의 목적이 돈이 아니라면….

'불쾌하기 짝이 없군. 그 녀석만은 반드시 감옥에 처넣어 주지.'

낮에는 이런저런 성가신 잡무를 처리하고, 해가 질 무렵 영업시간 전인 창관을 찾은 질베르. 그는 뒷문으로 들어가 대기하고 있을 알리샤를 찾았다.

그러나 알리샤의 모습은 어디에도 없었다.

만나기로 한 시간은 전했다. 지각할 만한 이가 아닌데.

창관의 직원 공간은 소지품 보관소를 겸하는 파우더 룸이 둘, 주방, 휴게실, 창고가 하나씩 있는 정도였다.

이상하게 여기며 모든 문을 열었지만, 알리샤의 모습은 어디에도 없었다.

어떻게 된 거지. 갑작스러운 볼일이 생겨 가게를 나간 건가.

불길한 예감이 들어 "알리샤!"라고 큰 소리로 불렀다. 그러자 가게 안으로 이어지는 문에서 알리샤가 허둥지둥 나왔다.

"죄송합니다, 질베르 님! 일이 좀 생겨서."

그렇게 말하며 쾌활하게 웃는 알리샤. 미안한 기색은 조금도 보이지 않았다.

대체 무슨 일이지?

순간적으로 안심한 동시에, 좋지 않은 예감이 들었다.

"…가게에 무슨 일이 있었나?"

"아뇨, 그런 건."

"그렇다면 대체 뭐가…."

이상하다는 듯 미간을 좁힌 순간, 조금 전 알리샤가 나온 문이 기세 좋게 열렸다. 뒤이어 뚜벅 하고 우아하고 힘찬 걸음 소리가 들려왔다.

알리샤는 길을 비키듯이 살짝 옆으로 이동해 한 손으로 스커트를 들었다.

나타난 자는 눈부시게 빛나는 은발을 사뿐하게 흩날리는, 인형 같은 자애로운 미소를 지은 소녀.

누구나 반해 버릴 만큼 아름다운 그 모습은 틀림없는 질베르의 아내 레티시아였다. 뒤에는 포콘의 모습도 있었다.

질베르는 크게 숨을 삼켰다. 그리고 모든 것을 깨닫고는 시선을 피하며 한 걸음, 두 걸음, 뒤로 물러났다. 도망칠 곳은 없다는 걸 알고는 있지만, 그래도 본능이 '퇴각'을 명령하고 있었다.

저 미소는 안 된다. 매우 좋지 않다. 분명 작전을 들킨 것이다.

화를 내고 있다는 표현조차 부족했다. 식은땀이 멈추지 않았다. 마수 무리에 내던져지는 쪽이 그나마 낫다는 생각조차 들었다.

"자, 질베르 님에게 질문이다. 나는 알리샤 아가씨에게 '이 도둑고양이 같으니'라고 말해야 하나?"

"절대로 사절하겠어요."

웃는 얼굴을 무너트리지 않는 레티시아에게, 정색하고 거부 자세를 취하는 알리샤, 그런 두 사람 뒤에서 '내가 공로자!'라는 듯 손가락으로 V 자를 그리는 포콘. 카오스였다.

'정보는 완전히 차단했어. 레티가 관심을 가질 만한 요소는 없었을 텐데.'

설마 포콘을 동원하면서까지 캐낼 거라고는 예상하지 못했다. 그가 유능한 밀정이고, 레티시아에게 충실한 아기 새라는 것을 고려하지 않았던 건 이쪽의 실수였다.

질베르는 벽에 기대고 그대로 미끄러지듯 바닥에 주저앉고는.

"…변명을 들어 줄래?"

라고 포기한 듯이 한숨을 뱉었다.

* * * * * * *

열 몇 시간 전으로 거슬러 올라가서.

포콘에게 질베르의 조사를 부탁하고 며칠 뒤의 일이었다. 포콘의 참새가 가져온 정보에 레티시아는 자기 방에서 인상을 찌푸렸다.

"확실히 질베르 님과 알리샤 아가씨의 목소리로군."

"네, 그 두 사람일 거예요. 그렇지, 짹순아?"

"짹!"

포콘의 손 위에서 '엣헴' 하고 가슴을 펴는 참새, 짹순이.

아무래도 짹이, 짹짹이, 짹 씨 외에도 참새는 있는 모양이었다. 잘 보니 눈 아래의 무늬가 다른 참새들과 다르게 하트 모양인 것 같은 기분이 들었다.

갑작스러운 새 멤버 소개에 조금 당황했지만, 짹순이가 얻어

온 정보는 무척 유익했다.

"고맙다, 짹순 공. 도움이 됐어."

"짹!"

티없는 눈동자가 올려다본다. 흑요석 같은 눈 안에는 자기 능력에 대한 자신감이 반짝이고 있었다. 정말이지 포콘의 참새들은 기특하고 귀여웠다.

레티시아는 짹순이의 머리를 다정하게 쓰다듬었다.

"후후, 착하구나."

"…짹."

눈을 깜빡인 짹순이는 정색하며 옆으로 툭 쓰러졌다.

"짹, 짹순아? 짹순아아아아?!"

"째, 짹…."

고개를 끄덕이고, 사락사락 모래가 되어 사라지는 짹순이.

"왠지 나도 들어 본 적 없는 목소리로 울고 사라졌는데요?! 엄청 만족스럽게!!"

"만족했다면 다행이지."

"그건 그렇지만요!"

"그보다도 그 아가씨(?)가 가져온 정보가 더 중요해."

"아, 아뇨, 수컷이에요."

"수컷인가."

짹순이는 수컷. 머리에 새겨 두자.

“크흠! 본론으로 돌아와서. 짹순이가 가져온 정보 말인데, 아무래도 질베르 님은 알리샤 아가씨와 어떤 파티에 참가할 계획을 세우고 있는 모양이다.”

“어떤 파티? 표현이 의미심장하네요.”

“그래. 그게 가장 문제야.”

머리가 아프다는 듯 레티시아는 깊이 한숨을 쉬고 팔짱을 꼈다.

“귀족들 사이… 특히 뒷세계에 발을 들인 가문에게는 어떤 의미에서 유명한 가면무도회다. 그 취지가 ‘진정한 사랑을 찾는 자들의 사교장’이니까.”

“지, 진정한 사랑…?”

아무리 포콘이라도 얼굴이 창백해졌다.

귀족에게 결혼이란 가문끼리의 계약 같은 것.

레티시아와 질베르도 처음에는 그랬었다. 그러다 두 사람처럼 서로 사랑하는 관계가 되는 부부도 있으며, 매일 대화도 제대로 하지 않는 부부 역시 존재한다.

그래서 어딘가의 고위 귀족이 하룻밤의 사랑이라는 꿈을 제공하는 자리를 만들어 낸 것이 그 가면무도회였다고 한다. 당당하게 나란히 걸을 수 없는 연인 사이라는 조건만 클리어하면 일반 시민의 참가도 허락된다.

직설적으로 말하자면 ‘정부와 당당하게 참가할 수 있는 사교장'이라고 할까.

하지만 특수한 파티라 초대장을 손에 넣는 것은 매우 어려웠다.

'그렇다면 역시….'

아마도 부친 아돌프에게 보낸 전언은 이 무도회의 초대장을 손에 넣는 것.

아돌프라기보다는 그의 동생, 레티시아에게는 숙부에 해당하는 다비드 백작이 '사랑은 여성의 숫자만큼 존재한다!'라고 외치는 유명인이었기에 그를 경유해서 질베르에게 전해졌다고 추측할 수 있었다.

"하, 하지만, 질베르 님이니까 무슨 생각이 있어서 그러신 걸 거예요."

"그래, 그 정도는 안다. 하지만 내게 비밀로 했다는 게 말이지."

질베르가 하는 일이다.

가면무도회에 참가하는 것도 지금 맡은 사건과 관련이 있기 때문이겠지.

'아무래도 여기까지인 모양이군. 내용만 알면 움직일 수도 있겠지만.'

최근의 불길한 움직임 가운데 레티시아가 파악하고 있는 것은, 국경 근처에 자리잡은 일개 소대 규모의 마수가 하룻밤 사이에 돌연히 사라진 사건 정도였다.

그러나 그것은 확실히 기사단이나 용병 기사가 맡을 만한 사건.

레온이 이끄는 국가 조사 부대와는 관련이 없을 것이다.

'다른 건이겠지.'

대체 어떤 사건을 맡았는지.

왜 비밀스러운 가면무도회에 알리샤와 함께 참가하는 것인지.

알 수 없는 것뿐이었다.

레티시아는 한동안 눈을 감았다.

'뒤늦게 조사하기 시작한 것도 있지만, 역시 질베르 님이다. 포콘을 써도 이 정도의 정보밖에는 얻지 못하다니. 이렇게 되면….'

레티시아는 눈을 반짝 뜨고 발치에서 거대한 빙룡을 출현시켰다. 이동용 빙룡인 '드'였다. 빙룡은 어리광 부리듯이 레티시아의 몸을 스르륵 감았다.

"고민해 봤자 별수 없겠어."

"어떡하시려고요?"

"당연히 창관에 쳐들어가야지, 포콘!"

"저도요?!"

끙끙거리며 고민하는 건 레티시아답지 않았다.

질베르와 알리샤가 오늘 창관에서 만나기로 했다는 것은 짹순이에게 들었다. 일단은 알리샤에게 직접 이야기를 듣자. 그것이 가장 빠를 것이다.

레티시아는 모든 걸 포기한 표정의 포콘을 붙잡고는, 빙룡을 타고 발코니에서 날아올랐다.

그리고 현재에 이른다.

레티시아는 팔짱을 끼고 질베르를 내려다보았다.

"불륜을 걱정하는 게 아니야. 알고 있겠지, 서방님?"

"…이 타이밍에 여기 있으니까 어설픈 거짓말이 소용없다는 건 알아. 그 전에 정보를 대조해 보고 싶어. 레티는 어디까지 파악하고 있어?"

"글쎄…."

포콘에게 캐내라고 한 정보뿐만 아니라, 모건 황비의 시녀나 크리스토프와 이야기한 내용도 전해 주었다. 레티시아에게는 머릿속 한쪽 구석에 남아 있는 정도의 말이라도, 질베르에게는 뭔가를 알아내는 파편으로 변모할 가능성도 있었기 때문이다.

질베르는 일절 끼어들지 않고 바닥에 주저앉은 채 진지한 표정으로 이야기를 다 듣고서는, 마지막으로 크게 한숨을 내쉬었다.

"대상자가 되고 나서 처음으로 알게 된 것도 있어. 나를 조사하고 있다는 건 전혀 알아차리지 못했다고, 포콘."

"아가씨 수준이 아니면 제 눈에서 벗어나지 못하죠. 포콘은 우수하거든요!"

'에헴' 하고 으쓱대는 포콘.

참새들이 모두 같은 포즈를 취하는 이유를 바로 지금 이해했다.

"하지만 무도회 건을 들킬 줄이야…."

"알아낸 건 알리샤 아가씨와 함께 참가한다는 점뿐이다. 왜 이런 짓을 하려고 했는지는 짐작도 가지 않아."

황제 폐하에게 풍기를 어지럽히는 모임을 잡아내라는 명령을 들은… 것일 리는 없겠지.

무도회 자체는 법망을 잘 피해서 위법성은 없다. 확실히 일부 문란한 모임이기는 하지만 하룻밤의 덧없는 꿈이라는 전제하에 소소하게 즐기기만 한다고 들었다.

레티시아로서는 납득도 이해도 가지 않는 모임이지만, 찔러 봤자 성가셔질 뿐이다.

백작인가 하는 자가 마음에 들지 않는다며 짓밟으려 했다가 지독하게 반격을 당한 게 얼마 전의 일이라고 알고 있다.

섣부르게 참견하는 것은 금지되었다.

오를레시앙 공작가의 당주인 아돌프조차 "나도 불쾌하게 여기고는 있지만 그건 집념이나 집착을 뛰어넘은 원념의 영역이다. 손을 대면 중상은 피할 수 없을 거다."라고 할 수준이었다.

질베르가 모를 리는 없을 테지만.

"불륜이 진실한 사랑이라니 우습다만, 눈을 감는 것이 암묵적인 규칙 아닌가? 뭐, 질베르 님이 짓밟고 싶다면 온 힘을 다해 돕겠지만, 황자의 일은 아니지. 물론 국가 조사 부대의 일도 아니야. 레온 오라버니까지 끌어들여서 뭘 하려는 거지?"

"참고로 발을 뺄 생각은?"

"없다."

"…그렇겠지."

질베르는 일어서서 먼지를 툭툭 털었다.

"파티를 망치라는 명령은 받지 않았어. 그런 건 당사자의 자유니까 마음대로 하라고 해. 뭐, 나는 아무리 사랑이라는 대의명분을 내세워 봤자 반려를 소홀히 여기는 건 좋아하지 않지만."

"알고 있다. 나를 아주 소중하게 여겨 주고 있다는 건. 그래서 신경이 쓰이는 거야. 무슨 뜻인지 알아주겠지, 서방님?"

"그렇지. 확실히 네게 말하지 않은 건 잘못했어. …미안, 레티."

레티시아를 빤히 바라보는 질베르.

아무래도 각오가 된 모양이었다.

그는 안주머니에 손을 넣고 진상을 이야기하기 시작했다.

"나무를 숨기려면 숲이라고 하잖아? 그 금지되고 있다는 점이 좋은 연막인 거야. 누가 뭐래도 상부에서 조사하는 일은 없으니까. 참석자들도 자기 볼일에 바빠서 주변에 무관심하고. 수상한… 이라고 하면 어폐가 있지만, 조사 대상 밖에 있는 비밀스러운 모임이라는 게, 뒤가 구린 거래에 적당했다는 거지."

자, 하고 건네준 것은 국제 신문을 잘라 낸 조각이었다.

"바이스 공화국과 마석 건인가."

"그래. 아버님도 꽤 골머리를 앓고 계시지."

"…질베르 님, 설마하니."

"맞아. 심지어 밀수를 획책하고 있는 게 우리 제국 사람인 것 같아. 난처하게도."

"난처한 것으로는 끝나지 않을 문제야! 과연, 그래서 레온 오라버니인가."

"그래, 국가 조사 부대장에게 딱 맞는 사건이지? 이런 추문은 비밀스럽게, 그리고 마석이 그쪽에 넘어가기 전에 처리해야 해."

설마 이런 귀찮은 일이라고는 상상도 하지 못했다.

아무리 레티시아라도 놀라움을 감출 수 없었다.

여차하면 국제 문제로 발전할 수도 있는 사건이었다. 레온에게 보내는 편지를 '밀고서'라고 했던 의미를 겨우 알 것 같았다.

두 사람 쪽으로 시선을 주자, 포콘은 눈을 동그랗게 뜨고 입을 막고, 알리샤는 위가 아프다는 듯이 배를 감싸 쥐고 있었다. 그런 반응을 보이는 것도 어쩔 수 없겠지.

"밀수범이 누구인지는 짐작이 가지만, 그는 매우 겁이 많고 예민해. 그래서 눈에 띄는 증거는 전혀 남기지 않았어. 대화는 기본적으로 암호를 쓰고, 포콘의 참새들이 녹음한 음성은 그냥 일상 대화뿐인 데다, 증거 편지 같은 건 바로 태워서 머릿속에. 아무것도 없다는 거야."

"포콘까지 두 손 들었다는 건가."

"그래. 그러니까 현행범으로 붙잡을 수밖에 없어."

"그렇다면 황제 폐하께 보낸 전언은 뭐지? 힘을 빌릴 건가?"

"설마! 사흘 뒤의 관극은 륀 극장이 아니라 솔레이유 오페라 하우스로 가 달라는 귀여운 부탁을 했을 뿐이야."

그렇게 말하며 한숨을 쉬었다.

사실 로스만 황제는 한 달에 한 번씩 관극을 즐길 정도의 무대 마니아로, 배우가 긴장해선 안 된다며 항상 신분을 밝히지 않고 홀연히 무대를 보러 가곤 했다.

"한 달에 한 번 암행 호위. 게다가 대부분 저녁 무렵부터. 시종들이 항상 고생이 많다고 생각했는데, 이번에는 도움이 됐지. 우연히 일정이 겹쳐서 얼마나 다행인지."

"과연. 륀 극장도 솔레이유 오페라 하우스도 지하에 큰 파티장이 병설되어 있지. 어느 쪽인지 확신을 가질 수 없으니 한쪽을 없애기로 한 건가. 황제 폐하께서 계신 바로 아래에서는 마음이 편하지 않을 테니."

"그런 거지. 역시 레티야."

질베르는 만족스럽게 웃었다.

“내가 독자적으로 분석한 결과, 가면무도회의 주최자는 아무래도 완벽주의 성향이 있어서 참석자가 최대한 마음의 부담을 덜고 즐기게 해 주고 있어. 굳이 폐하가 계시는 바로 아래에서 주최하려고 하지는 않겠다고 생각했는데 아무래도 맞았나 봐.”

그는 품에서 초대장을 꺼내 팔락팔락 흔들었다.

륀 극장은 건물 구조상 병사를 잠복시키기 쉽고 도주 루트도 예상하기 쉬웠다.

관장도 폐하와 가깝게 지낸다는 소문이다. 질베르의 부탁이라면 깊이 추궁하지 않고서도 들어줄 가능성이 높았다.

륀 극장은 체포극을 하기에 좋은 조건이 모여 있어, 이를 놓칠 이유는 없었다. …즉, 적을 함정에 몰아넣기 위해 폐하를 이용했다는 것이다.

이 얼마나 사치스러운 책략인가.

‘폐하에게는 전혀 귀엽지 않은 부탁이었을 테지만….’

극장이 유일한 휴식이라 그것을 방해받는 것은 끔찍하게 싫어했다. 그러나 이번만은 그런 소리를 할 수만은 없었던 것이겠지.

이번 달 륀 극장의 무대는 무척 평판이 좋다고 했다. 관심이 별로 없는 레티시아의 귀에도 들어올 정도였다. 질베르의 부탁이 아니라면 확실하게 그쪽으로 갔을 것이다.

질베르의 모습 뒤로 잔뜩 찌푸린 폐하의 표정이 떠올라, 레티시아는 자기도 모르게 어이없다는 듯 웃었다.

“이 정도로 수습된다면 폐하도 기뻐하시며 펑펑 울걸.”

코웃음 치듯이 내뱉는 질베르.

지금까지의 원한이 뻔히 보였다. 그걸 생각하면 확실히 가볍기 짝이 없는 요구다. 그 정도는 폐하께서도 감당해야겠지.

“…과연. 요즘 바빠 보인 이유는 알았어. 하지만 질베르 님의 얼굴을 아는 자는 많고 눈 색을 감추는 건 어려워. 잘 변장한다고 해도 상대가 알리샤 아가씨라면 당신이라는 것을 알아차리는 자도 나오겠지. 그에 관해서는?”

“조금 오해받는 정도는 감당할 생각이야. 애초에 저주받은 황자라고 불리는 몸, 이제 와서 오명이 한두 개 생겨 봤자 지장은 없어. 그리고 대부분은 우리의 태도와 그 뒤에 밝혀질 사건의 전말을 알면 계략의 일종이었다는 걸 깨닫겠지. 시시한 소문 따위는 단기간에….”

“나는 내가 아닌 다른 이가 당신과 염문이 나는 것을 간과할 만큼 마음이 넓지는 않아. 서방님.”

맑고 차가운 목소리였다.

평소에는 사파이어에 비유되는 투명한 눈동자도, 지금만은 영원히 녹지 않는 얼음을 가둬 놓은 것처럼 서늘했다. 체감상, 실내의 온도가 5도는 내려간 것 같은 기분이 들었다.

그러나 그렇다고 마음이 꺾여서야 레티시아의 남편이 될 수는 없다.

질베르는 의연한 태도를 무너트리지 않았다.

"나와 알리샤가 참가할 거야. 이게 가장 잠입하기 쉽고, 합리적이야."

"그렇다면 질베르 님은 우리 부부의 불화설이 돌아도 좋다는 건가. 조금이라도 빈틈이 있으면 그곳을 찌르려 하는 자가 있을 거다. 당신도 알 텐데. 나는 그 파티에서 우리 사이가 좋지 않다고 알려진 게 무척 화가 났고… 싫었어."

레티시아는 질베르의 옷자락을 꼬옥 쥐었다.

"싫었다고."

"…레티. …확실히, 나도 싫어. 하지만…."

레티시아의 안에서 분노가 사라졌다.

레티시아도 질베르의 생각을 모를 만큼 어린애는 아니었다. 알지만 용납할 수 없는 것도 있는 법이다. 어린아이의 고집이라고 생각한다 해도, 이것만은 양보할 수 없었다.

말 없는 발이 천리 가는 법. 못 본 척하는 게 매너라고 확실하게 이해하고 있는 자들의 모임이라 해도 반드시 비밀이 지켜지리라는 법은 없다.

아끼는 아내가 있는 저주받은 황자가, 다른 여자와 함께 '진실한 사랑'을 속삭이는 모임에 참가했다.

그야말로 선풍적인 화제일 것이다. 호기심에 말실수를 할 가능성도 없다고는 할 수 없었다. 그런 속된 말이 퍼지게 둘 수는 없다.

질베르의 아내는 레티시아. 질베르에게 사랑받는 것도 레티시아.

두 사람 사이는 무엇 하나 의심할 여지가 없고, 거미 새끼 한 마리도 비집고 들어갈 수 없다. 파고들 빈틈이 있다고 누군가가 생각하는 것조차 불쾌했다.

'질베르 님의 모든 건 내 것이야.'

"그러니까 다시 생각하시라고 한 겁니다."

"알리샤…."

"저는 이런 일을 하고 있고, 황자님과의 염문은 오히려 경력이 되어 손님을 더 부를 테니 전혀 문제는 없습니다. …하지만 그걸 레티시아 님께서 용서하지 않으실 거라고 말씀드렸죠?"

손을 허리에 대고 어린아이를 타이르듯이 말했다.

질베르도 찔리는 표정으로 고개를 돌리는 수밖에 없었다.

"그렇다고 해서 나를 바로 배신하는 건 좀 아니라고 보는데."

"어머. 질베르 님은 항상 본인을 악역으로 만들려고 하시니까, 두 분이 이야기를 들으러 오셨을 때 바로 털어놔 버리고 말았답니다. 죄송해요."

"무슨, 부탁할 것도 없이 기쁘게 얘기해 주셨잖아요!"

"어깨에 진 짐을 내려놓은 것 같은 기분이었는걸요!"
"에헤헤, 다행이네요!"
알리샤와 포론은 양손을 들어 '짝' 하고 손바닥을 부딪쳤다.
커뮤니케이션 능력을 상한까지 찍은 두 사람이다. 순식간에 친해진 모양이었다. 그들 주위에만 예쁜 꽃밭이 보일 정도로 훈훈한 공기가 떠올라 있었다.
왠지 진지하게 말싸움을 하는 게 바보 같아졌다.
레티시아의 손에는 아직 비장의 수단이 남아 있었다.
질베르의 합리주의를 꺾어 버리고, 알리샤가 아닌 레티시아와 무도회에 참가하는 게 유익하다고 생각할 수밖에 없는 비장의 수단이.
'문제는 그것만이 본심인 것 같지는 않다는 부분이군.'
아무리 생각해도 알리샤를 데리고 참가하는 것보다 레티시아를 파트너로 고르는 편이 전력으로 봐도 유리했다. 평소의 질베르라면 갖가지 수단을 이용해 그 방법을 택했을 것이다.
'무슨 일이 있어도 나를 데려가고 싶지 않은 이유라도 있는 건가?'
"어쨌든 맞춰 보는 건 이 정도로 충분하겠지. 내게 할 말은 아직 남았나, 서방님?"
질베르의 앞에 서서 아래서부터 노려보았다.
그는 도망칠 곳이 없다고 단념했는지, 소중한 듯 레티시아의 머리를 쓸어내리고 몸을 숙여 입술을 가져다 댔다.

"…휘말리게 하고 싶지 않았어."

"이 나를? 어째서지?"

"알리샤라면 자신을 최우선으로 행동해 줄 거야. 하지만 너는 다르잖아? 레티는 나를 지키기 위해서라면 뭐든지 할 테니까…."

"당연하지. 세상에서 가장 사랑하는 서방님이니까. 당신을 지키기 위해서라면 내 모든 것을 던질 각오가 돼 있어. 설령 적이 신이라 해도 물러나지 않을 거다."

질베르는 뭔가를 말하고 싶은 듯이 입을 열었지만, 다시 다물고 시선을 바닥으로 떨궜다. 평소에는 과할 정도로 혀가 잘 굴러가면서, 중요한 때에는 가슴에 열쇠를 채우고는 틀어박히고 마는 것이다.

분명 그의 출신과 환경이 그렇게 만든 것이겠지.

'반하면 진다는 게 이런 건가. 그런 면도 귀엽게 보이니 심각하군. 뭐, 어리광 부리지 못한다면 내가 억지로라도 어리광 부리게 만들어 주겠다고 그날 맹세했다. 열쇠가 없어도 내 사랑으로 박살을 내 주지.'

레티시아는 질베르의 뺨에 손을 대고 부드럽게 쓰다듬었다.

"나는 방심도 자만도 하지 않아. 상대가 급이 아래라고 해도 최대 전력으로 단번에 짓밟지. 그러는 게 안전하고 효율도 좋

아. 나는 누가 됐든 질 생각은 없어."

용제로서 앞을 막는 자는 모두 물리친 실적과 사랑하는 서방님을 지키려는 확고한 의지에서 오는 자신감.

'말한 것은 반드시 실행한다'는 레시티아에게 좌우명이나 마찬가지였다.

'지지 않겠다'라고 말하면 '패배'는 없다. 절대로.

질베르의 팔이 뻗어 와, 레티시아의 손을 잡았다.

그것은 뭔가를 생각하는 것 같은, 괴로운 표정이었다.

"새장 속의 새는 어울리지 않는다는 것 정도는 알고 있겠지? 만약 내게 위기가 닥친다고 해도, 그런 운명은 전부 비틀어 주지. 나는 강해. 그러니, 부디 당신 아내의 손을 더욱 의지해 줬으면 해. 나는 분명 도움이 될 거다."

"운명조차 비틀겠다고. 그렇지. …그래, 맞아."

질베르를 둘러싼 공기가 문득 부드러워졌다.

"그런 사람이지, 너는."

어린아이의 고집을 어쩔 수 없다며 타이르는 것 같은, 하지만 우는 것이 허용되지 않는 어린아이가 필사적으로 매달리는 것 같은, 그 어느 쪽으로도 보이는 표정이었다.

분명 둘 다 정답이겠지.

질베르의 마음에 지워진 짐을 완전히 부숴 버릴 수 있는 건 아니었다. 그래도 레티시아를 의지하는 방향으로 아주 조금이라도 기울었다면 그것으로 됐다.

아직 뭔가를 감추고 있다는 것은 알 수 있었다.

그러나 여기에는 포콘도 알리샤도 있다. 전부를 드러낼 장소로서는 적절하지 않았다. 서로 얇은 가면 한 장을 쓰고, 이 자리는 무난하게 수습하는 것도 좋겠지.

"납득해 줄 건가, 서방님?"

"그렇게까지 말하는 걸 보면 무슨 생각이 있겠지? 너와 내가 평범하게 참가하면 즉시 쫓겨날 거야. 우리가 얼마나 사이좋은 부부인지는 널리 알려져 있으니까."

"하하하! 그건 잘됐군! 괜한 벌레가 당신에게 접근하지 않아도 될 테니."

"그건 내가 할 말이야, 레티. 너는 누구보다 강하고 아름답고, 귀여우니까."

"나의 내면을 알고서도 귀엽다는 말을 하는 이는 질베르 님 정도일 거야."

"그런가? 내가 만든 요리를 맛있게 먹어 주는 모습이나, 무방비하게 잠든 얼굴이나, 의외로 질투가 많은 것도 그렇고, 귀여운 면은 많잖아?"

"…으, 음."

질베르의 앞에서 그렇게 한심한 모습까지도 보였던 건가.

아주 조금 수치심이 솟아났다. '아름답다'도 '귀엽다'도 귀에 딱지가 앉을 만큼 들어서 익숙하지만, 사랑하는 서방님이 말해 주는 것은 각별하다. 쑥스럽기는 하지만 나쁘지는 않았다.

"하아, 이제야 정리됐군요. 그러면 빨리 다음으로 가죠, 다음. 저는 안 될 거라고 생각하지만요, 아가씨의 작전."

"그럴까요? 저는 대찬성인데요."

질베르를 설득할 비장의 수단, 두 사람에게는 먼저 말해 두었다.

레티시아로서는 이 이상은 불가능한 완벽한 작전을 제안했다고 생각했는데, 포콘의 평가는 어째 좋지 않았다.

"평가가 극단적인데? 뭐지? 레티가 평소와 다른 분위기의 여성이 된다거나? 그것도 어려울 것 같은데. 너는 존재 자체가 눈에 띄니까 나보다 위험이 커."

"후후, 반은 맞고 반은 틀렸다."

"반?"

"눈에 띌 거라면 아예 최대한으로 눈에 띄면 돼. 벨 푸페라는 걸 들키지만 않으면 되잖나."

왼손에 낀 '반전의 마도구'가 희미하게 빛났다. 동시에 레티시아의 발밑에 마법진이 그려지고, 눈이 부실 정도의 빛기둥이 솟아올랐다.

빛이 사그라졌을 때, 그 중심에 서 있는 것은 당연히 얼음의 용제였다.

레티시아와 용제가 동일 인물임을 아는 사람은 극도로 적었다. 이 모습이라면 벨 푸페라는 걸 들킬 걱정은 없다.

게다가 가면무도회의 참가 조건은 '당당하게 함께 다닐 수 없는 연인'이다.

홀로 전황을 뒤집을 수도 있는 고고한 용제님의 인기를 생각하면, 상대를 데리고 사이좋게 길을 걷는 것은 불가능했다. 여차하면 그 자리에서 폭동이 일어날 수도 있었다.

절규하는 사람, 눈물을 흘리며 무너져 내리는 사람, 믿을 수 없다며 정신을 잃는 사람, 아예 우러러보는 사람까지 나올지도 모른다.

평온한 길거리가 순식간에 지옥도가 될 것이다.

다소 변칙적이긴 하지만, 참가의 취지에 어긋나지는 않는다.

이 얼마나 완벽한 작전인가. 칭찬해도 좋아. 레티시아는 그렇게 가슴을 폈다. 그러나 질베르는 절망적인 표정으로 벽에 비틀비틀 기댔다.

"그, 그럼, 알리샤와 네가 함께 참가한다는 건가…? 듣고 보니 확실히 용제님과 둘이라면 당당하게 나다닐 수 없지. 게다가 둘 다 연기력은 흠잡을 데가 없으니 진실한 사, 사… 아아아아, 안 돼! 내가 이런 소리를 할 자격이 없는 건 알지만 안 되겠어! 다른 방법을 생각할 테니까 다시 생각해 줘, 레티!"

"하하, 이제야 내 마음이 전해진 것 같아서 기쁘군. 그리고 아쉽지만 알리샤 아가씨와 참가할 생각은 없어. 아무리 만전을 기한다 해도 위험한 곳임에 틀림없으니까. 굳이 휘말려 들게 할 건 없지."

"그건 맞아…. 그럼 누구를?"

"당연하지 않나."

레티시아는 질베르의 앞에 서서 그 턱을 휙 들어 올렸다.

"당신이 내 여자가 되면 돼, 서방님."

"아, 과연. 그렇군, 내가 용제님의 여자가 되면… 아니, 자, 잠깐만! 내, 내가, 용제님의 여자?!"

"그래."

"아니, 아니, 너무 잘생겨서 나도 모르게 납득해 버릴 뻔했잖아! 위험했어!"

무모한 부탁마저 '알겠어'라고 고개를 끄덕이게 만드는 용제님의 미모도, 서방님에게는 조금 효과가 떨어지는 모양이었다. 가까스로 이성을 되찾았다.

아쉽군. 이대로 무작정 밀어붙이려고 했는데.

'역시 포콘처럼은 안 되나. 그렇다면 성심껏 설득할 수밖에 없지.'

얼굴을 새빨갛게 붉히고 멀어지려 하는 질베르를, 레티시아는 놓치지 않으려 팔을 잡고 허리를 안았다.

얼음의 용제라는 별명으로 불려서 쿨한 지략가라고 착각하는 경우가 많지만, 레티시아의 전술은 기본적으로 '공격이 최대의 방어'였다. 즉 공격하고, 공격하고, 또 공격하는 돌진 타입이다. '설득한다' 앞에는 '물리적으로'가 붙었다.

"레, 레티?! 가, 가까워! 가깝다고!"

"그런가, 그렇다면 더 가까이 가지."

"아니, 그게 아니잖아?!"

"우리는 부부야. 아무 문제도 없지 않나? 자, 하겠다고 말해 줘, 서방님."

"문제가 너무 많아! 확실히 내 몸도 마음도 전부 레티의 것이고 마음대로 해 달라고 생각하긴 하지만! 애초에 나는 남자니까. 여자가 아니라… 아니, 잠깐."

갑자기 질베르는 지금까지 쑥스러워하던 게 뭐였나 싶을 만큼 정색을 하고 레티시아를 빤히 바라보았다. 붉은 눈동자 속에는 어리둥절하게 고개를 기울이는 모습이 비치고 있었다.

"과연, 그런 건가. 그렇다면 일석이조. 아니, 삼조까지도…."

"삼조?"

"아, 아니, 아무것도 아니야! 신경 쓸 것 없어! 용제님의 힘을 빌릴 수 있다면 여러모로 편하다고 생각했을 뿐이야!"

질베르는 당황한 걸 숨기듯이 자세를 똑바로 하고, "그러니까, 내가 여성처럼 행동하면 되는 거지?"라고 물었다. 그 말대로였다.

질베르는 남자치고는 선이 가늘고, 굳이 말하자면 중성적으로 아름다운 생김새였다. 잘 꾸미면 여성으로 보이는 것도 가능할 것이다.

남자 쪽이 레티시아. 여자 쪽이 질베르. 성별을 바꾸면 아무도 두 사람을 알아차리지 못할 것이다. 저질스러운 소문이 돌 걱정도 없어지는 것이다.

"이해가 빨라서 좋군."

"하지만 아무리 용제님이 키가 크다 해도 나도 작지는 않아. 높은 구두를 신으면 더욱 그렇고. 여성으로 보일까? 어려울 것 같은데."

"네? 지금 그게 문제예요?"

유일하게 반대파인 포콘에게서 지적이 날아왔다.

레티시아가 작전을 말했을 때, 포콘이 "여성이란 상냥하고 보들보들하고 좋은 냄새가 난다고요! 질베르 님은 안 돼요!"라고 역설하기에 "질베르 님은 상냥하고 머리카락이 보들보들하고 좋은 냄새가 나. 문제없다."라고 위압적으로 설득해 뒀는데. 역시 납득은 하지 못했나.

그러나 질베르의 걱정은 당연했다.

정확히 잰 적은 없어서 추측이지만, 용제의 키는 187센티미터 전후. 그리고 질베르는 176센티미터다. 그 차이는 약 11센티미터.

그것만 보면 문제는 없겠지만, 질베르 혼자만 보면 여성이라고 하기에는 꽤 키가 컸다.

"그렇군. 160 정도인 포콘이라면 그나마 키가 큰 여성이라고 해도 통할 텐데."

"…포콘?"

레티시아의 한마디에, 질베르는 포콘을 째릿 노려보았다.

"아니, 노려보지 마세요!! 저는 절대로 싫다고요, 그런 바늘방석에 앉는 것 같은 역할!!"

"하하하! 농담이다, 질베르 님. 그 점에서는 철저하게 준비했지."

레티시아는 무릎을 꿇고 품속에서 반지 케이스를 꺼냈다. 얼음 결정의 무늬가 들어간 감색 케이스를 열자, 작은 돌이 하나 박힌 심플한 은반지가 반짝거리며 빛났다.

깊은 바다를 가둬 둔 것 같은 푸른색 돌은 레티시아의 눈동자와 같은 색이었다.

"손을."

내밀어 준 왼손을 정중하게 잡고, 기쁘게 반지를 끼웠다. 물론 약지였다.

"이건, 마석?"

"그래. 체격을 변화시키는 마석을 준비했다. 열대여섯 살 정도의 몸이 될 거다."

“…이런 것까지 준비했다니. 처음부터 내게 선택권은 없었던 거지? 치사해.”

“당신의 옆을 양보할 생각은 없었거든. 용서해 줘.”

“역시 치사해. 그런 소릴 하면 아무 말도 못 하게 되잖아.”

질베르는 반지를 한 번 쓰다듬고서 부끄러운 듯이, 그러면서도 기쁨이 배어나는 표정으로 입을 맞췄다. 왼손 약지는 심장과 이어져 있다고 하며, 그 특별한 장소를 지키기 위해 반지를 선물하는 관습이 있었다.

서방님의 마음을 지키는 부적 같은 반지. 그의 마음에 들어갈 여지는 그 누구에게도 주지 않겠다는 의미를 담아 반지로 만들었는데, 기뻐해 줘서 다행이었다.

‘준비하느라 꽤 무리를 했지만, 그런 보람이 있었군.’

체격을 변화시키는 마석, 통칭 ‘변화의 마석’은 조금 특수해서 채굴량이 극단적으로 적은 희소종이었다.

하나씩만 존재하는 마도구에 비하면 크게 떨어지기는 하지만, 그래도 마석 중에서는 고가인 부류다.

그러나 오를레시앙 가문의 힘을 이용하면 준비하는 것 정도야 손쉬운 일이었다. 물론 시간이 있으면 그렇다는 것이다. 이번에는 당일에 준비해야 했기에 다소 무리를 하기는 했다. 평소 용제로서 아돌프의 힘이 되었기에 손에 넣을 수 있었던 것이다.

레티시아는 그의 손가락에서 빛나는 돌을 보고 만족스럽게 미소 지었다.

대부분의 마석은 마법 소양이 없는 사람도 그것 하나만 있으면 다룰 수 있지만, 변화의 마석은 달랐다. 돌에 마력을 담는 자가 있어야 비로소 사용할 수 있는 물건이다.

참고로 원래는 무색투명. 주술사의 마력에 감응해 표정이 바뀌었다.

질베르는 뛰어난 두뇌를 갖고 있지만 마법의 소양은 전혀 없어서, 돌에는 레티시아의 마력이 담겨 있었다. 그래서 그 눈동자와 같은 아름다운 푸른색인 것이다.

'반지의 의미와도 맞물려서, 마치 소유의 표시 같군. 응, 좋아. 아주 좋아!'

"그럼, 알리샤 아가씨. 부탁해도 되겠나?"

"네. 맡겨 주세요, 용제님."

기다렸다는 듯이 척 앞으로 나서는 알리샤.

"조금 더 시간 여유가 있었다면 특별 주문한 드레스라도 마련했을 텐데, 아쉽네요. 하지만 용제님의 부탁이니 온 힘을 다해 응하겠습니다. 가슴을 채우도록 하죠! 꽉꽉!"

"기대하고 있지."

"네, 아름답고 어른스러운 여성으로 만들어 드리겠어요!"

의욕에 넘치는 알리샤는, 바로 파우더 룸의 문을 열고 '이쪽으로'라며 손짓을 했다. 특별한 인형을 손에 넣은 소녀처럼 눈을 반짝반짝 빛내고 있었다.

"잠깐, 질베르 님. 괜찮으세요? 이대로 가면 진짜 옷 갈아입히는 인형이 돼 버릴 거예요. 거절하려면 지금밖에 없다고요!"

"그건… 그래. 몸이 조금 줄었어도 성별까지 달라지진 않았으니까, 골격은 남자겠지. 남녀 차이는 클 거야. 용제님의 매력은 가면을 써도 건재하겠지만, 어설픈 변장으로는 역효과야. 만약 어울리지 않는다며 수상하게 여겨져 파티장에 들어가지 못한다면 주객전도지."

과연 내가 용제님의 상대로 어울릴까… 하고 불안해 보이는 질베르.

설마 이렇게 뒤통수를 맞을 줄은 생각 못 했다. 포콘은 포콘 나름대로 질베르를 걱정하는 것을 알기에 화를 내지는 않겠지만, 방해받는 건 곤란했다.

"포콘, 쓸데없는 소리 하지 마라. 이게 최선책이야."

"아니, 아니! 용제님은 괜찮지만 질베르 님은 여장이라고요. 여장! 무리라니까요."

"질베르 님의 얼굴 생김새는 원래 아름답고, 변화의 마석과 알리샤 아가씨의 기술을 쓰면 무엇 하나 문제없어. 해 보지도 않고 무리라고 포기하는 건 성급하지 않나."

"굳이 위험을 무릅쓸 필요는 없잖아요? 애초에 저는 질베르 님이 직접 나서는 것도 반대지만요. 위험하잖아요. 질베르 님은 안전한 바깥에 있고, 저와 참새들이 안쪽 동태를 살피기로 해요. 용제님과 레온 님에게 지시하시는 것도 제가 전할게요. 잠입은 용제님만 가는 게 더 안전해요."

"자기 눈과 귀로 파악해야 얻을 수 있는 정보도 있어. 그게 질베르 님이라면 더욱 그렇지. 질베르 님이 참가하지 않는 편이 더 위험하다고 생각한다만. 그리고 예상하지 못한 사태가 발생한 경우, 그를 지키는 것에 가장 적합한 건 나일 거다."

질베르의 관찰력은 유일무이했다.

아무리 말로 설명해도 그 자리에서 눈으로 보고 피부로 느끼는 미세한 위화감을, 질베르와 같은 착안점에서 전달하는 건 불가능하다.

포콘도 그건 알고 있는지, 마지못해 "그건 그렇지만요."라고 투덜거렸다.

애초에 평소에도 책임감이 강하고 무모한 짓을 자주 하는 서방님이다. 위험하니 기다리라고 해 봤자 얌전하게 기다려 준다는 보장은 없었다. 그렇다면 그의 생각을 존중하면서 가장 가까운 곳에서 호위하는 게 안전하고 확실하다. 양보할 생각은 없었다.

레티시아는 팔짱을 끼고 포콘을 내려다보았다.

"으, 용제 상태에서는 사랑스러움이 사라져서 박력이 엄청나!"

그러나 그는 엉거주춤한 자세에서도 포기하지 않고 “그렇다면!” 하고 검지를 세웠다.

“아돌프 님께 부탁해서 오를레시앙 가문에 연고가 있는 분한테 협력을 부탁하는 건 어때요? 그 왜, 두 팀으로 나눠서 참가하면 되잖아요, 두 팀! 강하고 아름다운 누님들이 많으니까, 질베르 님도 지킬 수 있고 용제님 옆자리에서 부족해 보이지도 않을 테니까요! 나중에 아돌프 님의 계략이었다고 하면 이상한 소문이 퍼져도 없애기 쉬울 거예요!”

“포콘, 그건….”

“용제님 옆자리에, 아름다운…?”

두 사람의 말다툼에 난처해하고 있던 질베르의 표정이 갑자기 어두워졌다.

등 뒤에서는 깊은 밤조차 부리나케 도망쳐 버릴 것 같은 시커먼 오라가 넘쳐흐르고 있었지만, 포콘은 알아차리지 못했다. 아쉽게도 승패는 정해졌다. 완전히 자멸이었다.

일단 포콘은 조금 전 자신이 실언했다는 것을 깨달아야 했다.

“후후, 제가 생각해도 나이스 아이디어인데요? 그렇죠, 질베르 님!”

“…알았어.”

각오가 깃든 묵직한 목소리와 함께 알리샤를 바라보는 질베르. 험악한 분위기를 느낀 알리샤가 한 걸음 물러선 순간, 질베르는 눈을 부릅뜨고 힘차게 가슴을 두드렸다.

"나를 아름다운 누님으로 만들어 줘! 알리샤!"

"어라?!"

"용제님의 옆자리는 양보 못 해. 내가 최고의 미녀가 되겠어!!"

"미녀가 지으면 안 되는 표정을 짓고 있는데요?!"

레티시아의 옆자리에 서는 자는 모두 쏴 죽일 것 같은 눈빛. 험악하기 짝이 없는 얼굴이었다.

신뢰하는 알리샤와 포콘까지도 '진실한 사랑'을 말하는 가면 무도회의 상대로 용납할 수 없었던 남자에게, 납득할 수 있는 상대가 존재할 리가 없었다.

그건 완전히 역효과였다.

"그럼, 다녀올게."

전투에 나가는 것 같은 얼굴로 알리샤와 함께 방 안쪽으로 사라지는 질베르.

속이 시원해질 만큼 지뢰를 밟아서 각오와 의욕에 불을 붙여 준 포콘에게는 고마울 따름이었다. 심지어 일부러 그런 게 아닌가 싶을 정도였다.

완벽한 어시스트였다. 역시 나의 아기 새. 그렇게 만족스러워하는 레티시아를 보며 "어째서…."라고 최대의 공로자는 힘없이 고개를 숙였다.

"자, 기분은 어떠신가요? 질베르 님."

몇 시간을 기다린 끝에.

알리샤에게 이끌려 나온 아름다운 여성의 모습에, 레티시아와 포콘은 숨을 삼켰다.

'…상상 이상이로군.'

용제의 옆자리에 부족함이 없는, 진한 푸른 드레스를 입은 요염한 미녀. 긴 흑발을 뒤로 틀어 올려 목덜미를 드러낸 것이 색기에 박차를 가하고 있었다.

아름다움과 고귀함과 요염함. 그 모든 것이 높은 수준에서 조화를 이루어, 붉은 눈동자마저 그를 치장하는 보석처럼 느껴졌다.

이제 그저 멍하게 바라보는 수밖에 없었다.

요즘 몸을 단련하기 시작했다곤 해도 아직 선이 가는 질베르였다. 남자의 골격이라는 게 티가 나는 부분은 모피가 장식된 숄로 잘 가리고 있어, 남성이라고는 믿기지 않을 정도였다.

질베르는 가녀리게 시선을 내렸다.

"코르셋이 너무 조여서 내장이 입으로 전부 나올 것 같아…. 힐이 아파…. 중심을 모르겠어. 세상 모든 여성은 이런 걸 입는 건가? 믿을 수 없어. 존경스러워."

"정말 질베르 님 목소리가 나네?!"

"당연하지. 나니까."

미녀의 입에서 나온 익숙한 남자 목소리에, 놀란 소리가 튀어나온 포콘. 하지만 레티시아도 같은 의견이었다. 목소리와 겉모습의 갭이 엄청났다.

"하아, 엄청나다는 말밖에 안 나온다."

"이, 이봐! 너무 빤히 보지 마. 최고의 미녀가 되겠다고 호언장담하긴 했지만 수치심 정도는 있다고. 게다가 레티의 아름다움에는 발끝에도 미치지 못해서, 용제님 옆자리에 있기에는 부족해."

"질베르 님의 평균점은 어디쯤인가요? 충분히 아름다우세요."

"당연히 레티지."

"그거 100점 만점 중에 평균이 200점이라는 거거든요?! 목표가 너무 높게 설정됐어요!"

질베르가 변장한 미녀는 레티시아와는 방향성이 달랐다.

그저 그곳에 있는 것만으로도 시선이 모이며, 건드리는 것마저도 허용되지 않는 신이 만든 인형 같은 레티시아. 반대로 질베르는 아름답고 성숙한 여성이면서, 어딘가 애수를 불러일으켜 손을 뻗고 싶은 요염한 매력이 넘쳤다.

'사람들 앞에 내놔도 되는 건가, 이건?!'

안 될 것 같은 기분이 들었다. 레티시아는 한 손으로 얼굴을 감쌌다.

제 꾀에 제가 넘어간다는 말이 이런 것인가. 여차하면 남자들에게서 서방님을 지켜야 하는 사태가 벌어질 수도 있다. 무슨 상황이지, 그건.

"레티? 역시, 안 어울려?"

"괜찮아. 부디 안심해, 질베르 님. 당신에게는 그 누가 됐든 손가락 하나 못 건드리게 할 테니."

"어? 아, 그래. 확실히 건드리면 곤란하지. 고마워."

질베르는 깊이 한숨을 쉬었다.

과연 레티시아의 마음이 제대로 전해지긴 했을까.

"조금 전에 한 말은 사과드릴게요. 진짜 대단하다, 남자로 안 보여요. 뭐라고 할까요, 나라 한두 개 정도는 멸망시킬 것 같아요."

"무슨 뜻이지, 포콘."

"경국지색 혹은 악녀?"

"칭찬… 아니지?"

"칭찬이에요. 칭찬이라구요!"

미녀 질베르가 째려보자, 포콘은 허둥지둥 레티시아 뒤로 물러났다. 그런 김에 양손을 들고 '저는 무해한 아기 새예요'라는 포즈를 취했다.

역시. 레티시아의 성격을 잘 알고 있다.

"나 참, 무슨 소리를 하시는 건가요? 이 정도로 경국지색이라니, 우습군요. 그저 아름답기만 하다고 기운다면 모든 나라가 번번이 망했을 거예요."

"알리샤 씨, 말씀을 좀…."

완벽해 보이는 질베르의 여장에, 어째서인지 납득이 안 가는 기색인 알리샤.

알리샤는 질베르 뒤로 이동해 가볍게 등을 눌렀다.

민들레 솜털마저 날리지 못할 듯한 연약한 힘. 그러나 그의 다리는 한계라는 듯 부들부들 떨리기 시작했다. 마치 갓 태어난 새끼 사슴 같았다.

확실히 이래서야 건드리면 곤란하겠지. 쓰러져 버릴 것이다.

"이렇게 사랑스러운 아기 사슴 상태로 용제님 곁에 서는 건 불가능하죠! 아시겠어요, 질베르 님? 옆에 계시는 분은 저 완전무결한 용제님이세요!"

"…네."

"아름다운 건 당연합니다. 서 있는 자세, 머리끝부터 발끝에 이르기까지 완벽한 숙녀여야만 해요. 여성의 질투는 무시무시하답니다. 조금이라도 빈틈을 보이면 먹잇감이 될 거예요. 하지만 괜찮아요. 질베르 님이라면 하실 수 있어요. 자신이 가장 잘 어울린다는 걸 과시하세요!"

"알리샤…!"

"그러지 않으면 곤란해요! 제가!"

대체 무슨 스위치가 켜진 건가.

절절하게 미에 대해 연설하는 모습은 창관 여주인에 어울리는 관록을 풍겼다.

그러나 눈앞에 있는 건 가게의 신입이 아니라 이 나라의 제2황자.

태어나서 여성스러운 행동 따위는 해 본 적도 없는 분이다만. 머리에서 그런 게 쏙 빠져나간 게 아닌가 싶을 만큼 지도에 열기가 깃들어 있었다.

애초에 "맞아." "그래." "맞는 말이야."라며 순순히 듣고 있는 질베르도 질베르지만.

"알리샤 아가씨는 대단하군. 우리 가문에서 고용한 매너 강사조차 혀를 내두를 지식량이야. 하지만 용제는 정체불명. 귀족 설정은 없어. 이렇게까지 행동거지를 깐깐하게 단속하지 않아도…."

"그러고 보니 얘기를 안 했네요. 이건 라우라가 준 정보인데요, 알리샤 씨는 용제님의 엄청난 팬이래요. 아, 제가 말했다는 건 비밀이에요?"

"하하, 그거 쑥스럽군."

즉 용제님 팬의 시선으로, 곁에 설 거라면 완벽한 미녀였으면 하는 알리샤와, 용제… 즉 레티시아의 옆자리에 어울리는 상대가 되고 싶은 질베르.

두 사람의 의견에 일치해서 까마득히 높은 목표를 설정해 버렸다는 건가.

"휴우, 역시 질베르 님이세요. 빠르게 익히시는군요. 겉핥기식 교육이긴 하지만 이미 기본적인 행동거지는 흠잡을 곳이 없습니다. 이제 역시 익숙하지 않은 구두로 몸의 균형을 잡는 법이군요. 체간의 문제입니다. 이건 그냥 적응하는 것 외에는 방법이…."

"그거라면 문제없다."

레티시아는 질베르의 앞에 서서 고개를 한 번 숙이고 손을 내밀었다.

"손을. 서방님을 내조하는 건 아내의 역할. 내가 에스코트하지."

"어? 으앗!"

질베르의 허리에 손을 얹고, 될 수 있는 한 부담이 가지 않도록 그의 몸을 지탱했다.

"어떤가, 질베르 님."

"몸이 굉장히 가벼워. 이거라면 어떻게든 움직일 수 있을 것 같아."

"후후, 다행이군."

급한 대로 한 행동이었지만 볼만하다면 다행이었다.

평소에 여성을 에스코트하는 것에 익숙한… 건 물론 아니고,

전투 속에서 길러 낸 관찰력으로 근육의 신축 여부, 체중을 싣는 방식 등을 판단해 어딜 어떻게 받치면 좋을지 알 수 있는 것이다.

설마 이런 상황에서 도움이 될 줄이야.

무엇이든 극한으로 추구하면 손해는 보지 않는 모양이었다.

"당일에는 내게서 떨어지지 마. 내가 아닌 다른 이에게 기대면 안 돼, 서방님."

"알겠어. 휘청거리지 않게 조심할게."

"그런 게 아니야. 기대려면 아내인 나에게만 기대라는 뜻이지."

"레티…."

질베르의 발이 휘청 흔들리고, 레티시아에게 쓰러졌다. 평소보다 작고 가늘어 받아 주는 건 쉬웠지만, 뭔가에 걸려 넘어진 걸까.

얼굴을 들여다보니 "어… 이, 이렇게?"라며, 질베르는 얼굴을 새빨갛게 붉히고 대답했다.

몸이 뻣뻣하게 굳고 말았다.

그러니까 레티시아가 '나에게만 기대라'고 해서 연습을 겸해 실천했다는 건가.

성실해.

아니, 천성은 누구보다도 성실하다. 잘 알고 있지.

남자를 유혹하는 마성의 모습을 하고 있지만, 알맹이는 확실히 질베르였다.

레티시아를 최우선으로 생각하고, 레티시아에게 사랑받으려고 노력을 거듭하고, 레티시아가 원하는 것을 이뤄 주려고 한다.

즉….

'내 서방님이 너무 사랑스러워서 어쩔 줄을 모르겠군!'

웬만한 자제심이었다면 그대로 안아 올려서 돌아가 버렸을 것이다.

레티시아는 자신의 이성에 깊이 감사했다.

그렇다 해도, 레티시아는 감정이 흐트러지면 흐트러질수록 정색하는 버릇이 있었다. 진중한 시선으로 질베르의 어깨를 잡는 모습에는 뭐라 말할 수 없는 압력이 느껴졌다.

"줄곧 내 옆에서, 다른 남자건 여자건 시야에 넣지도 말고 나만을 바라봐 줘. 여러 가지로 위험해질 것 같아."

"얼굴이 무서워, 레티. 그러면 일을 어떻게 해."

"우음."

"후후, 용제님도 토라진 표정을 짓는군. 귀여운 용제님은 귀중하지. 이 기회에 실컷 감상해야겠어."

"…질베르 님."

이 일련의 대화에 일절 흑심이 없다고 누가 믿을까. 유혹한다고 하는 게 그나마 납득이 갈 것이다. 머리는 좋으면서 왜 이런 부분에는 둔감한 건지.

레티시아는 자세를 낮춰 질베르의 손을 잡고, 손바닥에 키스를 했다. 반드시 지켜 내겠다는 결의를 담아서.

"나도 기대고 싶어…!"

"으악! 갑자기 왜 그래요, 알리샤 씨!"

"너무 부러워서 온몸의 모든 구멍에서 피가 뿜어져 나올 것 같아요!"

"진정해요, 알리샤 씨!"

"하지만 용제님의 소년 같은 표정은 더없이 귀중하죠! 이득 봤다고 생각해야겠어요!"

"전부 목소리로 흘러나오고 있어요, 알리샤 씨!"

가게의 은인이며 얼굴도 잘생겼고 마음을 허락한 사람에게는 서투르면서도 다정한 이 나라의 황자님. 그런 질베르의 상대에게 질투하는 것이 아닌 질베르 본인이 질투를 받는 쪽이라니.

"용제님, 죄 많은 사람이네요…."

작게 중얼거린 포콘의 목소리는 유감스럽게도 오붓한 부부의 귀에는 닿지 않았다.

* * * * * * *

직원들이 출근할 시간이 가까워져, 레티시아와 질베르는 서둘러 본래 모습으로 돌아온 뒤 남의 눈을 피해 창관을 뒤로했다.

가벼운 은폐 마법을 건 빙룡을 타고 침실 발코니에 내려섰다.

방은 조용했다. 아무래도 시녀들에게 늦어질 거라고 이야기해 둔 덕분인 것 같았다. 호위도 없이 밤까지 행방불명되었음에도 소동이 일어나지는 않았다. 분명 시녀들이 여러모로 손을 써 준 거겠지. 고마운 일이었다.

포콘은 알리샤의 권유로 한잔하고 온다고 해서 두고 왔다.

하지만….

"돈은 받지 않을 테니 한잔하고 가지 않겠어요?"

"내가 접대하는 쪽이 되는 거 아니에요?!"

"우리 가게 애들은 귀에 딱지가 앉겠다면서 들어 주지 않아요! 부탁해요!"

라는 대화 뒤에 무료라는 말에 혹해서 고개를 끄덕인 것을 보면, 수상한 분위기로 흘러갈 일은 전혀 없을 거라고 단언할 수 있었다.

오를레시앙 가문에서 어머니의 불평이라는 이름의 염장질도, 아버지의 순수한 염장질도, 전부 고개를 열심히 끄덕이며 잘 들어 줬던 포콘이라면 알리샤의 이야기도 마지막까지 들어 줄 것이다.

레티시아는 창가에 놔둔 램프에 불을 붙이고, 질베르를 돌아보았다.

밤의 냄새가 한층 진해졌다.

"그럼, 질베르 님. 여기에는 이제 나와 당신밖에 없어. 슬슬 마음을 터놓고 이야기를 나눌까."

"…무슨 소리지?"

"함께 있었던 시간은 그렇게 길지 않지만, 난 곁에서 내내 지켜봐 온 아내야. 그 정도는 알아."

사람들이 내는 소음이 가라앉고, 벌레 소리가 조용히 울리는 시간대.

발코니에 선 질베르의 등 뒤에는 온통 별하늘이 펼쳐져 있었다.

아득히 먼 곳. 손도 닿지 않는 곳에서 반짝이는 별들은 자신의 존재를 과시하듯이 강한 빛을 띠고 있다.

그러나 그런 것들은 모두 들러리로 보일 만큼 선혈보다도 선명한 눈동자가 어둠 속에 떠올랐다.

미동도 하지 않는 그 붉은 빛은, 레티시아가 어떻게 나올지를 살피고 있는 것 같았다.

"말했을 텐데. 마음에 감정을 담아 둘 필요는 없다고. 뭐든지 쏟아 내고 기대 줘. 나는 전부 받아들일 거다. 그러지 못하겠다면 억지로라도. 지금은 그게 최선이라고 믿고 있어."

조심스럽게, 서서히. 그렇게 그저 기다리고 있기만 하면 늦어버릴지도 모른다는 걸 안다.

그 구분은 모호하다. 하지만 전장에서 길러 온 모든 것이 호소했다.

지금 당장 그가 품고 있는 것을 쏟아 내게 해야 한다고.

아무리 어둡고 탁한 소원이라 해도, 서방님의 생각이라면 몸을 날려 받아 낼 것이다. 준비는 언제든 되어 있었다. 불안의 늪에 빠져 빠져나갈 수 없게 되어도, 온 힘을 다해 끌어올릴 것이다.

그것이 질베르 로스만의 아내인 레티시아의 긍지였다.

"자, 서방님. 당신의 아내에게 마음껏 어리광을 부리도록 해."

"정말이지. 못 당하겠어. 너한테는."

질베르는 쿡 웃고 난간에 기댔다.

밤바람이 머리카락을 날렸다. 그는 성가신 듯 앞머리를 쓸어넘기고 눈을 내리깔았다.

"네게 사랑받기 위해 매력적인 남편이 되면 좋겠다고 생각했어. 하지만 역대 저주받은 황족 주변에는 부자연스러운 결별이 자주 있었어. 만약 강제로 고독해지는 저주라면…."

흐읍 하고 숨을 삼키는 소리가 들렸다.

"마음이 멀어지게 만들고, 멀어지지 않으면 물리적으로 없애

버리는 거라는. 그런 바보 같은 불안이 내내 마음속에서 사라지지 않아. 상실의 두려움은 알고 있다고 생각했어. 하지만 행복이 무섭다는 건 널 만나고 처음으로 알았어."

레티시아를 바라보는 질베르.

그러나 그 눈동자 안쪽에는 레티시아가 아닌 다른 누군가가 비치고 있는 것 같은 기분이 들었다.

행복하면 할수록, 잃었을 때의 상실감은 헤아릴 수 없다.

그는 이미 상실을 알고 있는 사람이었다.

그것이 누구인지는 모른다. 어쩌면 형 크리스토프일지도 모른다. 그 사건으로 상실의 괴로움을 경험하고, 그 뒤에 어떠한 갈등이 있어 마음까지 멀어져 버린 건가.

레티시아는 아무것도 모른다. 알 수 없었다. 그러나 그 인물이 질베르의 마음에 큰 상처를 낸 것만은 알 수 있었다. 그래서 그는 필요 이상으로 두려워하는 것이다.

무서워. 멀어지지 마. 언제까지나 곁에 있어 줘.

이름도 없는 망령에 사로잡혀 움직이지 못하고 있다.

괜찮다고 머리로는 알아도 저항할 수 없다.

상실의 두려움을 알고 있으니까.

"오를레시앙 가문에 적의가 향한 건 나 때문이야. 내가 수습하고 싶었어. 하지만 동시에 내 저주가 너에게 향하는 게 무서웠어. 그래서 네 협력을 거부했지."

"그런 건…."

"그래. 그런 건 없다고 웃어넘길 만큼 내가 강하면 좋았을 거야. 하지만 네가 내게 정이 떨어져서 멀어지는 망상이, 네 존재가 사라져 버리는 망상이 머리에서 떠나지 않아서, 너무 무서워서, 견딜 수가 없었어…."

질베르는 몸을 숙이고 레티시아의 뺨에 손을 가져다 댔다.

어지럽게 흔들리는 붉은 눈동자는 당장이라도 녹아 흘러내릴 것만 같았다.

"절대로 없어지지 않을 거라고 생각한 사람도, 쉽게 없어져. 레티, 널 잃으면 나는 살 수 없을 거야. 그러니까 나를 향한 악의가 압축되어 있는 이 사건에는 얽히지 말아 줬으면 했어."

"…질베르 님."

'그런가. 그런 거였나.'

겨우 이해가 갔다.

범인의 목적은 불명. 이런 짓을 해도 금전 외의 이득은 떠오르지 않았다. 오히려 손해가 더 많아서 정상적인 판단을 할 수 있는 인간이라면 절대로 손을 대지 않을 건이었다.

하지만 다른 목적이 있다면 이야기는 다르다.

질베르가 이 사건의 수사에 관여하고 있는 것을 모르고, 진심으로 모함하려 하고 있다면.

그런 진부한 소문뿐만이 아니라 실제로 그를 범인으로 만들려고 갖가지 모략을 꾸미고 있다면.

'질베르 님이라면 그 책략을 일일이 가로막고 있겠지만. 궁지에 몰린 쥐새끼는 무슨 짓을 저지를지 몰라. 예상하지 못한 사고가 일어날 가능성도 있어.'

대단원의 큰 무대.

질베르 님에게 향해야 했던 악의를 레티시아가 전부 받아들이고, 그것 때문에 그의 곁에서 걸을 수 없게 된다면… 분명, 그의 마음은 너무나 쉽게 무너지겠지.

붉은 눈은 저주가 고독을 만들어 낸다면, 이 이상 적합한 무대는 없었다.

"너는 강하니까, 괜한 걱정이라고 비웃겠지만."

"서방님의 사랑을 비웃을 만큼 한심한 인간은 아니야."

"…고마워."

붉은 눈의 황족과 가깝게 지낸 이들 모두가 꺼림칙한 결별을 한 것은 아니었다. 이런 건 저주가 아닌 단순한 우연이다. 그렇게 코웃음을 칠 수 있다면 편할 텐데.

'저주의 족쇄는 이렇게까지 질베르 님의 마음을 좀먹어 들어가고 있었나.'

상처 받은 마음은 쉽게 낫지 않는다. 어느 순간 문득 불안의 형태로 표면으로 드러날 것이다.

불안의 싹은 영양분이 없어도 멋대로 꽃을 피우는 법이다. 게

다가 따라붙는 다른 이들의 두려움이 만점짜리 토대가 되고 있었다.

그는 행복이 무섭다고 말했다.

레티시아가 쏟아 준 사랑이, 주변에서 새긴 '저주'라는 말에 사로잡혀 그것조차 양분이 되고 말았다.

결코 찰 일이 없는 그릇.

이 사람을 이렇게까지 상처 입힌 모든 것을 원망해 버릴 것만 같았다.

'그런 짓을 해 봤자 아무 의미도 없다는 걸 알고 있는데.'

"있잖아, 레티."

질베르의 손이 뻗어 와, 레티시아의 뒷머리를 건드렸다. 순간 강한 힘으로 끌어당겨졌다.

마치 자신만 봐 달라고 말하는 것처럼, 서로의 숨결이 섞일 정도의 거리.

코끝이 맞닿았다. 어둠도, 반짝이는 별빛도, 아무것도 보이지 않았다.

붉은 눈동자만이 세상의 모든 것이었다.

"질베르 님…."

"사실은 너를 숨겨 버리고 싶어. 누구도 볼 수 없는 곳에, 나만 보게 만들어 버리고 싶어. 세상에 너와 나만 남는다면 너는 어디에도 가지 않을까. 언제까지나 내 곁에서 나만 봐 줄까."

질척한, 어둠을 압축한 목소리였다.

벌꿀에 불길을 옮겨붙여 불타오르게 한 것 같은, 달콤하게 흔들리는 눈동자의 안쪽. 빛조차 닿지 않는 심연에서 넘쳐흐르는 뭔가가 레티시아마저도 사로잡아 끌어당기려 하고 있었다.

그것은 불안인가, 공포인가.

한번 싹튼 것은 아무리 눈을 돌리려 해도 숨을 죽이고 점점 다가와, 정신을 차리면 마음속 밑바닥에 자리를 잡고 있다. 끊임없이 곁에 있으며 사라지지 않는다.

이 사건이 아무 일 없이 무사히 끝난다고 해도, 마음은 편해지는 일 없이 서서히 좀먹혀, 언젠가는 움직일 수 없게 되어 숨이 막혀 올 것이다.

그는 그 순간까지, '괜찮아'라며 얼버무릴 생각이었을까.

그것은 교수대의 밧줄을 목에 걸며 아무렇지도 않게 웃는 것이나 마찬가지다.

'전혀 몰랐잖아. 이런 상태가 될 때까지 혼자 담아 둔 건가. 얼마나 감정을 잘 숨기는 거야!'

참는 것이 너무 당연해져서 어리광 부리는 법을 모르는 것이다.

설마 이렇게까지 서툴 줄이야.

하지만 늦지는 않았다. 그 사실에 가슴을 쓸어내렸다.

마음이 사로잡혀 있다면 그 덩굴을 잡아 뜯어서 해방시켜 주면 된다. 정면에서 부딪치는 건 무척이나 자신이 있었다. 뿌리까지 뽑아내서 깔끔하게 불태워 주지.

마음의 이별도, 몸의 이별도, 평생 있을 수 없는 일임을 그의 마음에 새겨 주겠다.

'그렇지만, 그 전에.'

레티시아는 질베르에게 손을 뻗고….

"질베르 님."

"레티… 아야앗!!"

온 힘을 다해 박치기를 먹여 주었다.

딱히 지금까지 상의조차 해 주지 않아 화가 난 것은 아니다. 자기 아내에게 기대려고 하지 않은 것에 화가 나지도 않았다. 그냥 조금 힘이 더 들어가 버린 것뿐이다. 화라고는 전혀 나지 않았지. 전혀. …레티시아는 싱긋, 벨 푸페의 미소를 지었다.

"…레티, 아파. 너무해."

원망스러운 눈으로 노려보는 질베르.

"너무한 게 누구지? 떠나지 않을 거냐고? 그렇게 따지면 처음 만난 순간에 더 성숙한 여성이 좋다는 말을 들은 내가 그래야 할 것 같은데? 언제 관심이 다른 여자에게 옮겨 갈지, 처음에는 조마조마했어."

"그, 그건, 이제 잊어 줘! 지금 난 레티만 보이니까!"

"그래, 알아."

레티시아는 만족스럽게 웃었다. 남편의 사랑을 의심한 적은 없었다.

이렇게나 사랑받고 있다면 여한이 없지.

"그러니까, 질베르 님. 나도 마찬가지다."

"너도?"

"앞으로 내 진짜 모습마저 사랑하는 자가 나타난다 해도, 나는 결코 흔들리지 않을 거야. 내가 사랑하는 사람은 앞으로도 오로지 하나, 당신뿐이다. 한눈을 팔지는 않아."

"…레티."

"항상 내 사랑을 받으려고 노력하던데, 그러지 않아도 내가 당신을 싫어하게 될 일은 없어. 나는 말이지, 질베르 님. 당신이 내 옆에서 숨을 쉬고, 심장이 움직이고, 그렇게 살아 있는 것만으로도 행복해."

도움이 되지 않아도 된다. 노력하지 않아도 된다. 사랑받으려 하지 않아도 된다. 그냥 살아 있기만 해도 좋았다.

마치 어머니가 아이에게 향하는 것 같은 대가 없는 사랑.

태어난 순간, 그가 받은 것은 축복이 아닌 저주였다. 그 몸을 채워야 했던 어머니의 애정은 저주의 말로. 다정하게 쓰다듬어 줘야 했을 손은 선혈의 비로 바뀌었다.

그렇다면 한 명 정도, 그것을 주는 이가 있어도 좋을 것이다.

레티시아는 질베르의 뺨에 손을 가져다 댔다. 그의 눈이 크게 뜨이고, 몸이 움찔 떨렸다.

알고 있었다. 이것만으로 구원이 되지는 않는다.

그는 행복이 무섭다고 말했다.

영원한 사랑을 약속해도, 어차피 말에 불과하다.

사람의 마음은 눈에 보이지 않고, 영원 따위는 존재하지 않는다. 이 마음을 전하는 것은 이렇게나 어렵다.

차라리 이 심장을 도려내어 입에 밀어 넣으면 이 사랑은 전해질까. 그런 바보 같은 생각을 하다… 그만두었다.

하지도 못할 일을 생각해 봤자 소용없는 일이다.

"레티, 나는…."

"알지. 아무리 말로 해도 불안은 사라지지 않는 법이다. 이 자리에서 모든 것을 없애 주지 못하는 한심한 나를 용서해 주었으면 해."

"그러니."라고 하며 레티시아는 눈에 한가득 애정을 담고 미소 지었다.

"앞으로 몇 년, 몇십 년 동안 사랑을 속삭일게. 질베르 님은 거리낄 것 없이 불안을 말해 줘. 그때마다 나는 당신에게 사랑한다고 말할게. 당신의 마음이 내 사랑으로 가득 차도록. 가득 찬 뒤에도 언제까지나 계속할 거야."

영원이란 게 없다면 만들면 된다.

조각조각 기운 패치워크라도, 뒤집으면 선명한 사랑의 형태가 될 것이다.

"가끔은 억지로 캐내려 할지도 모르지만. 오늘처럼."

"…정말로 너는."

뺨에 닿은 레티시아의 손에 질베르의 손이 포개졌다.

그의 눈동자 깊은 곳에 자리잡고 있던 어둠은 말끔하게 사라졌다.

그러나 이것은 그저 응급 처치. 불안의 싹이 뿌리까지 사라지지는 않았다.

그가 정말 두려워하는 것은 다른 쪽이었다. 그쪽을 어떻게 하지 않는 이상, 앞으로 내내 같은 일이 반복될 것이다. 아니, 어쩌면 더욱….

'계기는 아마 크리스토프 황태자 전하의 추락 사고겠지.'

왜 불운한 사고가 질베르 탓이 되는 것인가. 신경이 쓰여 조사해 본 결과, 황태자 질베르 대신 공무를 보러 갔다가 추락에 휘말렸다는 것을 알게 되었다.

형은 자기 대신 떨어진 것이다.

그 죄책감은 아직 질베르 안에 남아 있다.

그리고 이번에 파티에서 들은 말이 방아쇠가 되어 레티시아가 다칠 가능성을 극단적으로 두려워하게 된 것이다.

'당신의 그 저주에 이번에는 레티시아 님까지 휘말려 들게 하려는 거냐니. 어처구니가 없군.'

그저 우연히 일어난 사고까지 저주로 연관 짓는 것이 어리석은 짓임을 왜 깨닫지 못할까. 왜 그렇게까지 악을 만들어 내려고 하는 것인가. 그 결과, 누구의 탓도 아닌데 그는 자신을 책망했다.

'정말 성실하고 서툰 서방님이라니까.'

저주가 직접 사람을 덮치는 일은 없다. 그 정도는 질베르도 알고 있을 것이다.

즉.

질베르의 또 하나의 불안, 그것은 레티시아가 없어져 혼자 남는 것이다.

질베르에게 위해를 가하려 하는 자는 레티시아가 방패가 되어 지키는 데다, 용제로서 전장에 나서는 일도 많았다. 무슨 일이 생긴다면 확실히 레티시아 쪽일지도 모른다.

'하지만 그 정도라면….'

"그러면 다음이다. 당신이 걱정하는 또 하나의 불안 말인데. 그건 제거해 줄 수 있어."

"어?"

레티시아는 의미심장하게 미소를 지으며 '따악' 하고 손가락을 튕겼다. 그러자 질베르의 호위로 붙여 준 빙룡이 모습을 드러냈다. 수호 특화 빙룡 '트와'다.

그는 질베르의 왼팔에 감긴 채 레티시아에게 고개를 숙였다.

"항상 호위를 부탁하는 이 아이에게 명령을 하나 추가할까 해."

질베르의 목덜미를 건드리자, 트와는 주인의 생각을 이해하고 그곳을 빙글 감았다.

"명령을 추가해?"

"그래. 내 목숨이 끊어지는 때가 온다면 즉시 당신의 목을 물어서 끊으라고. 허락해 줄 수 있겠나? 서방님."

아무렇지 않게, 마치 아침 인사를 나누듯이 상쾌하게 말했다.

그렇기에 이것이 진심 어린 제안이라는 것을 싫어도 이해하게 되었다. 농담은 조금도 섞이지 않았다. 레티시아의 말을 따라 트와가 고개를 들었다.

수호에 특화되었다 해도 공격 수단 정도는 갖추고 있었다. 사람의 목을 물어뜯어 끊는 정도는 손쉬운 일이다.

질베르가 마른침을 삼켰다.

"죽음이 두 사람을 갈라 놓을 때까지라는 어중간한 소리는 하지 않겠어. 혼자가 무섭다면 내가 데려가 주지. 태어난 시간은 달라도 죽을 때는 함께하는 거다. 천국이건 지옥이건, 그 목덜미에 목줄을 걸어 내 옆으로 데려와 주지."

절대로 당신 혼자 남겨 두지 않겠어.

그것은 레티시아 나름의 맹세였다.

"질베르 님, 부디 나와 함께 죽어 줘. 세상 끝까지 함께하자."

양손을 펼쳤다. 그가 어떤 선택을 한다 해도 전부 받아들일 생각이었다.

이것이 지금 할 수 있는 최선. 서방님이 행복해졌으면 했다. 그 행복이 레티시아의 손으로만 만들 수 있다면, 그의 모든 것은 자신이 받을 것이다. 후처 따위를 맞게 할 생각은 없었다.

"어떻게 할 거지, 질베르 님?"

"…그래."

토해 내는 듯한, 떨리는 목소리.

그것은 끄덕임이 아닌 감탄이었다.

질베르는 레티시아의 팔에 뛰어들어, 그 작고 강한 몸을 힘껏 끌어안았다.

"그래, 기꺼이…!"

꽃이 활짝 피는 것 같은 미소라는 표현이 있다.

선명한 색의 큰 꽃봉오리가 눈앞에 피어났다.

그 미소의 의미는 과연 무엇일까. 행복, 안도, 사랑, 신뢰. 전부 옳고, 전부 틀린 것 같은… 말로는 도저히 형용할 수 없는 표정이었다.

이런 독점욕을 그대로 드러낸 비틀린 맹세마저 기쁘다며 뺨을 붉히는 것인가.

레티시아는 질베르의 머리를 끌어안고 이마를 붙인 채, 코끝을 비볐다.

"언질은 받았다. 이제 내게서 도망칠 생각은 하지 마, 질베르 님."

"문제없어. 어디건 데려가 줘. 지옥이라도 함께할게. 나의 사랑스러운 레티."

"사랑해."라며 레티시아의 양손을 잡아 자신의 이마로 가져갔다.

"정말, 당신이라는 사람은."

어디까지 매료하려는 걸까.

구원받은 것은 질베르뿐만은 아니었다. 레티시아 자신도 자신의 모든 것을 받아들이고 그 사랑을 끌어안아 주는 이 사람을 진심으로 경애하고 깊이, 아주 깊이 사랑하고 있었다.

그가 없으면 살아갈 수 없는 것은 레티시아도 마찬가지였다.

정말이지 좋은 혼담이 찾아왔다고 생각한다.

"레티는 굉장해. 이제 아무것도 무섭지 않아."

"후후, 기뻐, 질베르 님. 하지만 뭐, 안심하도록. 그렇게 쉽게 죽지는 않을 테니. 나는 강해. 이번 사건에서 보여 줄 기회가 있다면 아낌없이 그 힘을 자랑하지. 똑똑히 봐 줘. 사신이 있다면 그 목마저 베어 내 관짝에 처박아 줄 테니."

"하하, 너라면 정말 할 수 있을 것 같아."

마음의 짐을 덜은 것 같은 질베르.

이제 그가 망설이는 일은 없을 것이다. 그의 마음이, 심장이,

레티시아의 손안에 있는 이상 두려워할 것은 아무것도 없었다. 거기 있는 것은 오로지 충족된 안심감과 행복뿐이다.

"자아, 오늘은 피곤하지? 얼른 목욕하고 잘까."

"그래. 그럼 욕조에 함께 들어가겠나, 서방님?"

"뭐?!"

양손을 번쩍 들고, 천천히 뒤로 물러나는 질베르.

지금까지 레티시아 앞에서 녹아내릴 듯한 얼굴을 보이고 있었으면서, 얼굴이 새빨개져서 시선을 이리저리 헤매는 모습이 마치 강아지 같았다. 농익은 요염함은 순식간에 사라졌다.

이 순진함도 그의 매력 중 하나였다.

"아, 아니…. 기, 기쁘지만, 그건 아직 이르지 않을까 싶은데…."

"후후, 정말 귀엽군. 내 서방님은."

"…레티, 날 놀리면서 가지고 노는 거지?"

입술을 삐죽거리는 질베르가 웃겨서, 레티시아는 "조금만이야, 조금만."이라며 목을 울려 웃었다.

"정말이지. 너무 어른을 놀리지 마. …목욕 준비를 부탁하고 올 테니까, 먼저 해. 그동안 저녁 준비를 할게."

질베르는 레티시아의 손을 잡고 실내로 들어가, 창문을 닫고는 빠르게 등불 마석에 불을 붙였다. 그리고 방을 나가려다… 어째서인지 레티시아 옆으로 돌아왔다.

"…레티."

"응? 왜 그러지? 뭘 놔두고 갔나?"

"그래, 맞아. 놔두고 갔다고 할 수도 있겠지."

레티시아의 머리를 사랑스럽다는 듯이 빗어 내리고, 앞머리를 다정하게 젖혔다.

그렇게 드러난 이마에, 질베르는 살짝 입술을 가져다 댔다.

끝이 닿은 정도인 가벼운 입맞춤. 그러나 애정만은 가득 담겨 있었다.

"그럼, 시녀가 부르러 올 때까지 푹 쉬고 있어."

만족스럽게 눈꼬리를 내려트리고 방을 나서는 질베르.

놔두고 간 것. 이건 놔두고 갔다고 해도 되는 걸까.

레티시아는 멍한 발걸음으로 침대 앞까지 가서 한쪽에 걸터앉고는, 질베르의 입술이 닿은 곳을 몇 번이나 더듬더듬 만졌다.

"…당하는 쪽이라는 건 의외로 쑥스러운 법이군."

아주 조금, 도자기 같은 피부에 홍조가 돌았다.

"후후후!"

레티시아는 숨기지 못한 기쁨을 미소로 바꾸고, 그대로 뒤로 쓰러졌다.

* * * * * * *

밤이 깊어지는 시간.

크리스토프는 자신의 방에서 램프 불빛 아래 펜을 움직이고 있었다. 좌우로는 산더미처럼 쌓인 책들. 팔락거리며 페이지를 넘기고, 글자의 나열을 눈으로 훑었다.

정말이지 시간이 부족했다. 머리에 욱여넣어야 하는 정보가 너무 많았다. 자는 시간을 희생해 어찌어찌 처리하고 있지만, 어디까지 버틸지.

그때 노크 소리가 들리고 문이 열렸다.

대답을 기다리지 않고 들어올 인물은 한 사람뿐이었다. 황비 모건. 금빛 머리카락에 의지가 강해 보이는 페리도트 색 눈동자. 황비는 그 눈을 가늘게 뜨고 뚜벅뚜벅 걸어와 크리스토프의 옆에 서더니 그의 뺨을 쓰다듬었다.

"열심히 공부하고 있었군요. 어미는 기뻐요."

"어머님."

"어머, 그게 아니지요? 단둘이 있을 때는… 뭐라고 가르쳤죠?"

"죄송합니다. 모건 님."

"그래요, 당신은 착한 아이군요. 크리스토프. 역시 내 아들이에요."

크리스토프의 머리를 끌어안는 모건.

톡 하는 메마른 소리가 들리고 손에 들고 있던 펜이 굴러떨어졌다. 몸이 굳는 걸 알 수 있었다.

"그 일은 어떻게 됐지요?"

"…그걸 인형 공녀라고 하는 자들이 이해가 안 됩니다."

"후후. 뭐, 좋아요. 벌레도 못 죽일 얼굴이지만 그 아이도 오를레시앙 가문의 일원이니까요. 회유하는 건 어려울 거라고 이해는 하고 있답니다."

낙담도, 분노도 아니다. 담담하게 사실을 말하는 목소리였다.

크리스토프는 가슴을 쓸어내렸다. 황비의 말은 검이었다. 대답을 잘못하면 당장이라도 목덜미에 들이댈 것이다.

"정말이지, 폐하도 난처하신 분이에요. 오를레시앙 가문 출신을 저주의 아이와 맺어 주다니. 괜한 것까지 딸려 오지 않았습니까."

"역시 용제는…."

"십중팔구, 오를레시앙 가문에 연고가 있는 자라고 보아도 되겠지요. 그 아이와 맺어진 이후에 얼음의 용이 방해하게 되었습니다. 그 아름다운 마법은 용제의 것이지요. 그 아이를 지키는 김에 남편도 지키는 걸까요?"

"기척은 느껴지지만 모습은 보이지 않는 그런 겁니까."

"우후후, 역시 용제의 이름은 허울이 아니더군요. 매우 아름다운 남자라는 평판이니, 언젠가 만찬에 초대하고 싶어요."

입술에 손을 대고 쿡쿡 웃는 모습은 그야말로 요부라는 표현에 어울리는 독을 품고 있었다.

어디까지 진심인지. 속내를 전혀 읽을 수 없었다. 역시 현 황제의 정실. 현비賢妃로 이름 높았던 면모는 흐려지지 않았다.

"하지만 될 수 있는 한 신속하게, 저주받은 아이가 입을 열 수 없는 몸으로 만들어야 해요. 그 아이가 입을 다물고 있는 동안."

"역시, 그는 알아차렸을까요?"

"괜찮아요. 괜찮답니다, 귀여운 크리스토프. 어미에게 모든 걸 맡기세요."

모건은 크리스토프의 얼굴을 양손으로 붙잡고 높은 곳에서 물끄러미 내려다보았다. 입술은 어머니의 사랑을 말하고 있지만, 사실 그곳에 사랑 따위는 없었다.

있는 것은 비틀린 집착과 장기짝에 대한 지배뿐이다. 기분 나빠.

"그를 저주받은 아이라고 혐오하는 파벌을 선동해, 불안과 불만을 부추기고 부추겨서 겨우 여기까지 왔건만. 인형 공녀 덕분에 한참을 돌아가야 하게 됐군요."

"모건 님, 저는…."

"문제없습니다. 아무도 우리의 진정한 목적을 알아차리지 못했어요. 그 아이만 사라지면, 진실에 다가간 이는 모두 어둠 속에 있죠.”

밤이 기는 듯한 손놀림으로 크리스토프의 뺨을 쓰다듬었다.

“불가능할 리가 없지요. 왜냐하면 당신은 나의 자식. 뭐든지 완벽하게 해낼 수 있을 겁니다. 그런 저주받은 아이보다도, 훨씬… 훨씬 말이에요.”

그 탁한 눈동자는 아무도 비추고 있지 않았다.

크리스토프는 힘없이 “네.”라고 대답하며 끄덕였다. 과대평가다. 뭐든지 완벽하게 해내는 인간 따위, 있을 리가 없었다.

그러나 끄덕이지 않으면 일이 성가셔질 것이다. 한밤중에 히스테릭한 고함소리를 듣고 싶지는 않았다. 그것이 얼마나 성가신지는 지긋지긋할 정도로 몸에 배어 있었다.

크리스토프는 모건의 시선을 피하듯이 아래를 내려다보았다.

그때, 뭔가가 튕겨지는 듯한 ‘쳇’ 하는 소리가 조용한 실내에 울렸다.

“어머, 무슨 소리죠?”

“글쎄요, 저는 못 들었습니다만.”

“그래요?”

“피곤하신 모양입니다. 부디 푹 쉬십시오.”

“네, 그렇게 하죠. 잘 자요, 크리스토프.”

“네. 안녕히 주무십시오, 모건 님.”

문을 열고 모건을 배웅하는 크리스토프.

크리스토프는 발소리가 멀어져 가는 것을 확인하고는 크게 한숨을 내쉬었다.

"아아…. 최근 몇 년 동안 얼마나 많은 행복이 달아났으려나. …어쩔 수 없다고는 해도 답답하군. 뭐, 그래 봤자지만."

짜증이 치미는 듯 머리를 벅벅 긁고, 한 번 더 혀를 찼다.

테이블 위에 놓인 램프가 불규칙적으로 흔들리고 있었다. 따스한 기운이 도는 오렌지색 불빛을 받은 투명한 라임 그린 색 눈동자. 그 안쪽에서 반짝거리며 빛이 섞였다.

아직 밤은 길다.

크리스토프는 의자에 다시 앉아 펜을 쥐고 글자를 써 내려갔다.

4 용제의 진심

해가 완전히 지기 전에 창관으로 향해 준비를 했다.

포콘이 있으면 설령 바로 옆에서 걸어도 용제라는 것을 들키지 않고 파티장까지 도착할 수 있으니, 지금 여기에서 옷을 갈아입을 참이었다.

포콘의 은폐 마법은 레티시아와는 비교도 할 수 없을 만큼 정교했다.

평범한 술사라면 얼굴이 희미해지거나 지인이 낯선 사람으로 보이는 정도겠지만, 포콘의 마법은 완전한 기척 차단. 사람이 존재하는 것조차 인식할 수 없는 고도의 마법이었다.

특히 용제는 원래 존재감이 남들보다 훨씬 강해, 한밤중의 어둠에 녹아들기라도 하지 않는 이상 간소한 은폐 마법으로는 의미가 없었다. 포콘이 있기에 안전하게 잠입할 수 있는 것이다.

"그런데 알리샤 아가씨는 대단한걸. 이렇게 짧은 시간에 용케 준비했어."

사뿐히 나부끼는 순백의 망토. 군복을 모방한 흰색 예장. 전부 화려한 금색 자수가 놓여 있고, 은색 머리카락이 두드러지도록 액세서리는 푸른색이었다.

한눈에 용제를 위한 의상이라는 것을 알 수 있었다.

레티시아는 용제의 모습으로 반전하고 준비된 의상을 입었다.

머리카락도 매만지고, 얼굴을 가리기 위한 베네치안 마스크를 들고 방에서 나왔다.

"질베르 님 쪽은 아직 시간이 걸릴 것 같군."

"우와! 용제님?!"

뛰어오르는 포콘.

"뭘 놀라지? 내가 옷을 갈아입고 있다는 건 알았을 텐데."

"누, 눈부셔! 잠깐, 그 차림으로 다가오지 마세요! 반짝반짝한 게 30퍼센트 늘어서 똑바로 못 보겠어요!"

"뭐냐. 너도 그런가. 그렇다면 이 의상을 입길 잘했군. 역시 알리샤 아가씨야. 나중에 고맙다는 인사를 해 둬야겠어."

"순식간에 의식을 빼앗겨 버릴 것 같으니까 그만두세요! 거리 제대로 두고!"

"무슨 소리냐. 알리샤 아가씨가 내 팬이라는 걸 알려 준 건 너일 텐데? 나는 나를 원하는 자에게는 응해 주는 타입이거든. 최고의 대우를 약속하지."

"아뇨, 아뇨. 인간한테는 감당할 수 있는 한계치라는 게 있거든요! 그 서비스 정신은 훌륭하지만, 이번에는 기다려! 기다려, 하세요!"

"나는 개가 아니다만."

이렇게 필사적인 포콘은 드물었다.

아기 새가 이렇게까지 말한다면 아무리 레티시아라도 물러날 수밖에 없다. 마지못해 고개를 끄덕였다.

그러나 그것은 정답이었다는 걸 수십 분 뒤에 이해했다.

질베르가 옷을 다 갈아입은 뒤 함께 나온 두 사람을 맞이한 레티시아.

특별한 것은 아무것도 하지 않고, 그냥 평소처럼 가슴에 손을 얹고 고개를 숙였을 뿐이었다. 그러나 알리샤는 "~~흡!" 하고 소리가 되어 나오지 않는 비명을 지르며 그 자리에 무너져 내리고, 질베르는 굳은 채로 움직이지 못하게 되었다. 왜 그러지? 어디가 아픈가.

순간적으로 가까이 다가서려 했지만, 험악한 표정의 포콘이 팔을 붙잡아서 일단 멈춰 섰다.

"포코…."

"용제님은 그대로! 한 발짝도 움직이지 마세요! 증상이 악화되니까!"

"어? 아, 그래…."

심상치 않은 일갈에 시키는 대로 움직임을 멈췄다.

악화. 그러니까, 그런 건가.

평소라면 '주인에게 말버릇이 그게 뭐냐'라며 따졌겠지만 그럴 분위기가 아니었다.

귀를 막고 눈을 감고 제 뒤쪽은 절대로 보면 안 돼요, 라면서 마치 괴물에 맞서듯 대하는 건, 뭐라고 형용할 수 없는 기분이었다. 처음으로 하는 경험이었다.

평소와 다른 점은 복장뿐. 일에는 진지하게 임하는 알리샤마저 견디지 못하다니, 용제에게 이 복장은 대체 어느 정도의 파괴력을 갖추게 하는 것인가.

'그냥 서 있는 것뿐인데, 괜히 미안하군….'

포콘이 재빠르게 알리샤를 다른 방으로 대피시키는 동안, 정신을 차린 질베르가 천천히 다가왔다.

뛸 수는 없어도, 걷는 정도라면 마치 백합처럼 우아했다. 이걸 고작 며칠 만에 익혔다니 역시 대단하다고밖에 할 수 없었다.

"오늘의 용제님에게는 한층 시선을 빼앗기게 되는군. 익숙한 나조차 넋이 나갈 것만 같은데, 알리샤에게는 자극이 너무 강했겠지. 하지만 용제님의 당황한 표정은 드물잖아. 구경 잘 했어."

"놀리지 말아 주겠나. 어쩔 방법이 없어서 양심의 가책에 시달리는 중이니."

"아하하! 괜찮아, 괜찮아. 너는 잘못한 게 없어. 알리샤는 자기가 고른 옷을 용제님이 입어 주셔서 기뻐하고 있을 거야."

"그렇다면 좋겠는데."

"그런데 손을 빌려줄 수 있을까? …벌써 발이 한계야."

"물론이지."

질베르를 끌어당겨 몸을 지탱해 주었다.

"…으. 가까이 다가오니까 파괴력이 더한데."

"당신을 에스코트하기에 어울리는, 멋진 남자가 됐나?"

"레티… 그건 반대야. 네 눈에는 내가 어떻게 보여?"

"물론 최고로 사랑스러운 서방님이지."

레티시아가 미소를 짓자, 즉시 얼굴을 붉게 물들이는 질베르.

이 세상 대다수가 아름답다고 칭찬해도, 단 한 명에게 전해지지 않으면 의미가 없다. 이 반응을 끌어냈다면 충분했다. 용제로서, 그의 아내로서, 기대해 주는 대로 일할 수 있을 것 같았다.

"그런데 포콘이 돌아올 때까지는 움직일 수 없겠군."

"알리샤를 내버려둘 수는 없으니까. 우리는 작전 확인이라도 해 둘까."

"혹시 모르니까."

무도회장까지는 포콘의 은폐 마법이 없으면 도착할 수 없다.

오늘의 용제는 평소보다 훨씬 사람들의 주목을 끌 것이다. 그 모습에 매료당한 자들을 이끌고 가면무도회의 문을 두드릴 수는 없는 노릇이었다. 잘못하면 쫓겨날 수도 있었다.

륀 극장의 지도를 보며, 둘은 한동안 최종 체크를 했다.

＊＊＊＊＊＊＊

초대장에 적힌 대로 극장 안의 길을 따라갔다.

포콘의 마법으로 무대를 보러 온 사람들과 스쳐 지나가도 용제라는 것은 전혀 들키지 않았다. 신기할 만큼 존재를 인지하지 못했다. 덕분에 소동을 일으키지 않고 목적지에 도착할 수 있었다.

“그럼 저는 벽을 통과해서 침입할 테니까, 지금부터는 조심하세요.”

“그래, 고맙다. 너도 조심하도록 해.”

“에헤헤. 감사합니다, 용제님! 그럼!”

손을 흔들고 벽 속으로 사라지는 포콘.

그의 주요 역할은 여기까지일 예정이지만, 혹시 모르니 벽에 숨어서 전체를 감시, 참새를 이용해 회장의 모습을 녹화한다고 했다.

녹화는 무슨 일이 있었을 때를 위한 예방책. 거기서 힌트를 얻으면 해결하는 데 도움이 될 거라는 그럴싸한 소리를 했지만… 분명 거짓말이겠지.

아마 아돌프와 정보를 공유해 쓸 만한 패를 얻으려는 속셈일 것이다.

사람을 움직이기 위한 교섭의 재료는 많으면 많을수록 유리해진다. 모처럼 잠입했으니 얻을 수 있는 건 닥치는 대로 긁어모으겠다는 철저한 점은 참으로 훌륭했다.

'정말이지, 적으로 돌리면 무서운 사람이야.'

포콘과 헤어진 뒤 인적이 없는 통로를 지나, 질베르를 지탱해 주며 어두운 지하로 이어지는 계단을 내려갔다.

'그건 그렇고, 오늘은 한층 더 박력이 있군. 아무도 남자라고 생각하지 못할 거야.'

용제 상태의 레티시아에게 온몸을 맡긴 질베르의 모습은, 남자를 자기 손안에 넣고 조종하는 법을 잘 아는 마성의 여자로밖에 보이지 않았다. 그야말로 팜 파탈. 원래는 레티시아가 장난을 치며 건드리는 것만으로도 얼굴을 붉히는 순진한 남자였지만 그런 면모는 흔적도 없었다.

옆에 서는 것만으로도 다른 이에게 말할 수 없는 관계임을 바로 납득시키는 비주얼과 분위기에는 감탄할 수밖에 없었다. 일거수일투족에 시선을 뗄 수 없게 된다.

'이거라면 입구를 지키는 자가 수상하게 여길 걱정도 없겠지. 하지만 역시 자극이 너무 강한걸.'

질베르는 붉은 눈동자를 감추기 위해 레티시아 같은 베네치안 마스크가 아닌 검은 베일로 얼굴을 가리고 있었지만, 그 상태로도 숨길 수 없는 요염함이 흘러나오고 있었다.

평소에도 레티시아 앞에서가 아니면 퇴폐적인 섹시함이 맴도는 서방님이었다. 그걸 잘 이용해 이 정도의 완성도를 선보인 알리샤의 실력은 대단하다고밖에 말할 수 없었다.

하지만….

너무 실력 발휘를 한 탓에 쓸데없이 시선을 모으지는 않을지 불안했다.

걱정이 되어 내내 망토로 감싸듯이 하고 이동하는 게 웃겼는지 질베르는 쿡쿡 웃었다.

“레티는 의외로 걱정이 많네.”

“걱정하지 않는 게 더 이상하지. 오늘 당신은 한층 더 남의 시선을 끄니까.”

“용제님보다도? 아무리 그래도 그렇진 않아. 하지만 이런 것도 좋은데. 네가 날 엄청나게 아껴 주는 것 같아.”

“같은 게 아니라 아끼는 거야.”

“그건 …무척 기뻐.”

베일에 숨겨진 붉은 눈동자가 어른거리며 흔들렸다.

질베르의 눈동자는 무척이나 존재감이 강하다. 그래서 그 위치에는 특히 색이 짙은 천을 썼는데, 가까운 거리와 키 차이 때문에 위에서 들여다보는 형태가 되어 레티시아만은 마치 비밀처럼 질베르의 표정을 확인할 수 있었다.

비현실적인 아름다움이다. 방심하면 시선을 뗄 수 없을 것만 같았다.

「용제님, 일단 연락해 둘게요. 다들 자기 위치에 있다고 전해 주세요.」

그때 포콘에게 염화가 왔다. 아무래도 지면을 통과해 빠르게 파티장까지 도착한 모양이다. 정말 편리한 능력이었다. 레티시아는 귀에 손을 대고 "알겠다."라고 짧게 답했다.

배우들은 다 모였다.

아마 적들도….

모든 것은 질베르의 손안. 전부 예측한 대로 움직일 것이다.

마지막 계단을 내려왔다. 레티시아는 질베르에게 포콘이 알려 준 정보를 전한 뒤, 눈앞에 다가온 문을 올려다보았다.

좌우에 켜진 촛불의 빛에 떠오른, 덩굴 조각이 새겨진 문.

옆에는 깔끔한 인상을 한 올백 헤어의 신사가 서 있었다. 입가를 제외하면 흰 가면으로 가려져 있어 표정은 읽을 수 없지만, 그 안쪽에서 이쪽을 가늠하는 듯한 시선이 느껴졌다.

그는 문지기였다. 소문에 따르면 처음 참석하는 자는 참석이유 등의 질의응답을 거쳐 파티장으로 들어갈 수 있다고 했다.

조금이라도 위화감을 느끼면 이 문을 통과시켜 주지 않을 것이다.

“초대장을 확인하겠습니다.”

사전에 질베르에게 넘겨받은 초대장을 가슴 주머니에서 꺼냈다.

“어이쿠, 오늘은 다비드 백작께서 소개하신 분이 많군요. 뭐, 재미있는 분들뿐이라 저희도 문제 삼지는 않겠습니다. 들어오시지요. 마음 가는 대로 즐기십시오. 환영하겠습니다.”

다 짐작한다는 듯이, 신사의 입술이 호를 그렸다.

“첫 참석자는 질의응답이 있다고 들었는데.”

“하하, 그럴 필요가 있겠습니까.”

호쾌하게 웃었다.

이 말투. 역시 질문 시의 대응으로 참석자가 누구인지를 꿰뚫어 보는 모양이었다.

전부는 아니더라도 이름이 알려진 자들이라면 불가능하지는 않다.

체격, 윤곽, 성대… 변화의 마석을 경계해서 버릇이나 동작까지도 머릿속에 집어넣어, 이 모임을 망치려고 획책하는 자는 적절하게 쫓아내는 것이다.

무도회가 문제없이 이어지는 것은 그의 공적이 크겠지.

덕분에 얼굴을 가리고도 용제라는 것을 한방에 간파당한 모양이었다. 의심의 눈길이 향하지 않아 다행이라고 안도해야 할지, 마스크를 쓴 의미는 뭐였냐고 고민해야 할지.

복잡한 심정이었다.

초대장을 돌려주며, 신사가 레티시아 곁으로 와 속삭였다.

"당신 정도쯤 되면 여성을 데리고 있는 것만으로도 세간이 떠들썩하겠지요. 이런 식으로 이용하시는 분은 처음입니다. 참으로 재미있군요. 단, 진실한 사랑을 속삭이는 모임이기는 합니다만 당신의 매력은 하늘에 떠오른 달보다도 사람들을 현혹하니 부디 조심하십시오."

"충고 고맙군. 그러나 나는 아무것도 신경 쓰지 않으니 문제없어."

"어이쿠, 그렇습니까. 그렇다면 참석하신 이유는… 후후, 마음껏 즐기시길."

신사는 질베르를 의미심장하게 바라본 뒤, 문을 열고 안으로 들여보내 주었다. 10미터 정도 되는 좁은 복도 안쪽에 또 하나의 문이 보였다. 그 앞이 파티장일 것이다.

남들에게 알려져서는 안 되는 관계. 하지만 용제님과의 밀회는 즐기고 싶다. 그렇게 고집을 부린 건 질베르 쪽이라고 멋대로 해석하고 납득해 준 모양이었다.

뒤에서 문이 쿵 닫혔다.

"예상은 했지만 가면을 왜 썼나 싶어지는군. 나는 그렇게 알아보기 쉬운가?"

"용제님의 매력은 격이 다르니까. …후후, 그렇게 걱정하지 않아도 저 사람이 특히 예리했던 것뿐이야. 뭐, 하지만 자세히 본다면 금방 들통나서 혼란을 불러일으킬 위험성은 있지. 처음에는 눈에 띄지 않게 조심하자."

"알겠다. 하지만 그 정도의 관찰력이 있어도 질베르 님은 전혀 알아차리지 못했군."

"후후, 꽤 미녀답게 굴었지? 뭐, 용제님에게 주의가 쏠려서 나까지 제대로 보지 못했을 뿐일 거야. 등잔 밑이 어두웠던 거지."

질베르는 유쾌하다는 듯이 미소를 지었다.

덩달아 레티시아도 웃음을 흘렸다.

"응? 즐거워 보이네, 용제님. 자극적인 데이트가 취향이야?"

"당신과의 데이트라면 노성이 오가는 전장이라도 즐거워. 하지만, 그 전에…."

서둘러 파티장에 들어가려고 문에 손을 대는 질베르. 레티시아는 그 팔을 붙잡고 막았다. 그리고 그의 마음속을 떠보듯이 위쪽에서 붉은 눈동자를 빤히 바라보았다.

"레티?"

"아직 모든 걸 듣지 못한 것 같아서 말이야. 당신의 완벽한 계획에 찬물을 끼얹지 않도록 목적은, 전부, 자세히 알아 두고 싶어서."

목적, 전부를 강조해서 말했다.

한 가지 알려 주지 않은 내용이 있다는 것을 떠올린 것이었다.

“전부 얘기했…는데?”

“일석삼조라고 했지?”

“…응.”

“하나는 나라의 불상사를 사전에 막고, 로스만 황제에게 빚을 지우는 것. 또 하나는 국가 조사 부대에 있는 내 오라버니 레온의 구심력을 원래대로 되돌리는 것. 그렇지?”

“…그래.”

질베르는 단념했는지 순순히 고개를 끄덕였다.

“조직의 역할상, 힘이 어느 쪽으로 기우는 건 바람직하지 않아. 오를레시앙 가문이 함정에 빠진 건 나 때문이야. 내게는 레온 공의 구심력을 되찾아 줄 의무가 있어. 레티시아와 아돌프 공은 상관없다면서 웃어 줬지만, 역시 그렇다고 생각할 수밖에 없어.”

실각 소동이 허위 신고에 의한 것이었다고 대부분이 납득한 지금, 오를레시앙 가문의 추문 따위는 금세 회복할 수 있다. 현 당주 아돌프의 수완은 역대 당주 중에서도 상위였다. …하지만 알고 있으면서도 책임감을 느끼는 것이 질베르였다.

“그래서? 나머지는?”

"…세 번째는, 개인적인 거라 네가 신경 쓸 필요는 없을 거야."

"여기까지 왔는데 아직도 숨기는 건가?"

"그, 그런 게 아니라! …그냥, 조금 창피해서 그래."

"호오?"

질베르의 허리를 잡고 끌어당겨 도망칠 수 없게 고정했다.

서방님의 창피한 비밀. 그런 말을 들으면 더 알고 싶어지는 것 아닌가.

"레, 레티!"

이쯤 되니 반항을 했지만 용제 상태의 레티시아는 완력도 남성과 같았다. SS랭크의 용병 기사로서 이름을 알린 것은 마법을 다루는 실력만이 이유는 아니었다.

웬만한 반항은 가볍게 제압할 수 있었다.

"더 대단한 말까지 털어놓고서는, 이제 와서 뭐가 창피하다는 거지?"

"그건 그렇지만…."

"세 번째는 나와 관련된 일인가?"

"…왜, 왜 레티와 관련됐다고 생각해?"

"야생의 감이라고 할까. 적중률은 엄청나게 높다만."

"그런 특수 능력은 처음 듣는데?!"

"특수하다고 할 만큼 대단한 건 아니야."

"충분히 대단하다고. …치사해. 감이라고 하면 막을 방법이 없잖아."

질베르는 각오를 다진 표정으로 레티시아를 올려다보고 "내 독점욕은 네가 나에게 품은 것보다도 훨씬 뿌리 깊고 질척거려."라고 하며 그의 뺨을 양손으로 감쌌다.

"옛날에는 관심이 없어서 듣고 흘렸지만, 의식해서 귀를 기울이니 온갖 곳에서 용제님의 이름이 들려왔어. 아름답다느니, 멋있다느니, 반했다느니, 성격이 좋다느니. 당연하지. 나의 레티는 이 세상에서 가장 멋있으니까. 하지만, 찬사를 늘어놓기만 하는 거라면 몰라도, 가까워지고 싶다는 건 무슨 소리지? 누구의 것에 손을 대려고 하는 건지 뼛속까지 깨닫게 해 주고 싶어. 하지만 네 정체를 드러내지 않기로 결정한 건 나와 오를레시앙 경. 이제 와서 번복할 수도 없어. 그렇다고 레티와 용제님이 다른 사람이 된 지금, 내 반려라고 목소리를 높일 수도 없고. 정말 성가시다고!"

"으, 으음."

"남자에게도, 여자에게도 널 빼앗기고 싶지 않아. 네 시선이 닿는 곳에는 항상 나뿐이었으면 좋겠어. 레티는 명실상부 내 반려니까, 어지간히 바보가 아닌 이상 어설프게 건드리는 놈들이 생겨나진 않겠지. 하지만 용제님은 다르잖아? 내 것에 눈독 들이지 말았으면 좋겠어. 네 옆에는 내가 있다는 걸 깨닫게 해 주고 싶어. 네 머리카락 한 가닥, 손톱 끄트머리까지 전부 내 거야.”

끼어들 틈도 없는 기세로 그렇게 말한 질베르는 마지막으로 레티시아의 가슴에 얼굴을 폭 묻었다.

정확히는 가슴이라기보다는 흉근이지만. 그건 그거다.

“언젠가 반드시 전부 손에 넣어 주겠다고 생각했지만, 이렇게 네가 용제님으로서 옆에 서 준다면, 좋은 기회라고… 생각한 거야….”

그 이상 말을 잇지 못하겠는지, 갑자기 입을 다물고 말았다.

‘그렇군.’

정체불명의 ‘얼음의 용제’.

그의 인기는 어마어마해서, 작은 소문조차 순식간에 퍼질 정도였다. 그가 오를레시앙의 인형 공녀라는 소문이 한순간이라도 생겨났다 사라진 것은 너무나 황당무계하고 신빙성이 전혀 없어 사람들이 어린애 장난이라고 여겼기 때문이었다.

그 말도 안 되는 것이 진실이니, 사람의 심리란 재미있다.

이 가면무도회는 맺어질 수 없는 사랑하는 사람과 하룻밤 꿈을 즐기는 자리.

그러나 그 오붓한 모습과 상대의 아름다움을 자랑할 목적으로 참가하는 자도 가끔은 있다고 했다. 질베르는 레티시아에게 그것을 원했겠지.

아무리 가면을 써도 용제의 존재감은 절대적이다. 조금 전의 문지기처럼 정체를 깨닫는 사람도 나올 것이다. 한 명이 알아차리면 그 뒤는 물결처럼 동요가 확산된다. 그 자리에 있었던 사람들 대부분이 알아차리는 결과가 될 것이다.

그 용제님이 여자를 데리고 오붓하게 이러한 모임에 참가했다.

아무리 입이 무거운 사람도 용제의 연애 가십에는 버틸 수 없을 것이다. 하물며 그는 일개 용병 기사. 가문의 지위나 압력에 떨 필요도 없다.

그렇게 되면 순식간에 퍼져 나가겠지.

뭐, 모임에 참석했다는 것을 알리기 싫은 자들일 테니 길거리에서 봤다느니, 혹은 남의 눈을 피해 뒷골목에 있는 걸 봤다느니, 실제로는 그런 식으로 변형하겠지만.

중요한 것은 장소가 아닌 '용제님이 여성과 오붓하게 나란히 서 있었다'라는 부분이니 문제될 것은 없다.

용제의 총애를 받는 자가 있다.

질베르에게 중요한 것은 그 소문이 퍼지는 것이겠지.

얼음의 용제를 연모하는 무리가 있다면 모두 포기하라고. 정체를 밝히지 않고도 존재감을 심어 놓을 수 있다.

정말이지 강렬한 질투심이었다.

레티시아는 "하하하!" 하고 경쾌하게 웃었다.

"과연, 알겠어. 즉, 질투와 견제인가. 꽤 귀여운 세 번째 새였어."

“…정말 귀엽다고 생각해? 싫지, 않아? 용제님의 인기에 영향을 끼칠지도 모르는데….”

“그럴 리가. 우상 숭배도 아니고, 용제는 어디까지나 용병 기사. 인기가 많고 적고는 아무 의미도 없어. 게다가 이렇게까지 사랑해 주니 아내로서 뿌듯하군.”

기뻐, 서방님. 가능한 한 달콤하게 질베르의 귓가에 속삭였다.

그러자 그의 어깨가 움찔 떨렸다.

얼굴이 보이지 않아 어떤 표정을 짓고 있는지는 모르지만, 체온이 올라갔으니 분명 엄청나게 얼굴을 붉히고 있겠지.

그 얼굴을 드러나게 하고 싶은 마음도 있지만, 떨어지지 않겠다는 듯 몸을 붙이고 있어 그럴 수는 없었다. 억지로 밀어내는 것은 너무나 눈치가 없는 짓이다.

“레티.”

“응? 왜 그러지? 질베르 님.”

“…아니, 그, 미안하지만, 한동안 내 허리에 손을 대고 있어 줬으면 하는데….”

“더 붙어 있고 싶나? 좋아. 그렇게 하지.”

“그, 그것도 있지만! …그냥 다리가 풀렸어.”

기어 들어갈 것만 같은 목소리로 그렇게 말한 질베르는 레티시아를 빤히 올려다보았다.

아무래도 정말 다리에 힘이 들어가지 않는 모양이었다.

"…후후, 정말 사랑스러운 서방님이야."

자기 옆에서 떨어질 수 없게 되었다니, 마침 잘된 일이었다.

얼굴을 감추고 있다고 해도 이런 모습의 질베르를 다른 사람들의 시선 앞에 드러내는 것은 부적절하다고 생각하던 차였다.

레티시아는 한 손으로 질베르를 지탱해 주면서 눈앞의 문에 다른 손을 가져다 댔다.

"자, 그럼 갈까? 자극적인 데이트를 하러."

그렇게 말한 레티시아의 목소리는 어딘가 들떠 있었다.

천장에서 물방울이 흘러내리는 듯한 모양새로 매달려 있는 샹들리에, 그 크리스털이 빛을 받아 반짝였다.

흰 벽에 새빨간 카펫. 테이블과 의자도 군더더기 없는 모양새지만 품질이 좋은 물건들이었다. 지하이면서도 우중충함을 느낄 수 없는 건 등불 마석이 온갖 곳에 박혀 있기 때문일 터.

상상했던 것보다 참가한 사람 수가 많아, 성에서 여는 파티만큼이나 넓은 무도회장에서는 사람들이 춤을 추고 담소를 나누며 각자 마음껏 즐기고 있었다.

무척이나 자유로운 곳이었다.

문이 열린 한순간만은 레티시아와 질베르에게 시선이 일부 모였지만, 곧 흩어지는 것을 알 수 있었다.

"그럼, 어떻게 할까? 질."

"질?! …으읏. 지금은 아직, 얌전히 있자."

주변을 돌아보자 레티시아처럼 얼굴을 가리는 가면을 쓴 자들이 대부분. 그러나 맨얼굴을 드러내고 당당하게 있는 자들도 적지 않게 존재했다.

가면 착용은 임의라고는 해도 조금 의외였다.

그때, 문득 시야 한쪽 구석에 아름다운 은발이 어른거려 고개를 돌렸다.

예상대로.

레티시아의 오빠, 국가 조사 부대장인 레온 오를레시앙이었다.

어깨에 닿지 않을 정도의 은발. 레티시아보다 연하고 투명한 스카이블루 색 눈동자. 평소에 착용하는 군복보다는 꽤 편한 복장이지만, 옷 위로도 알 수 있을 만큼 근육이 붙은 체구는 평소부터 단련을 빼놓지 않는 자 특유의 그것이었다.

아름다운 은발 하면 오를레시앙 가문이라는 말을 들었을 때는 그런가 하고 가볍게 생각했었는데, 가면무도회라는 특수한 환경에 있는 지금은 납득할 수밖에 없었다.

정말이지 눈에 띄는군.

직업상 이름은 알려져 있지만 얼굴 쪽은 알려져 있다고 말하기 어려운 레온. 가면도 쓰고 있으니 큰 걱정은 없지만, 잘 아는 레티시아는 한순간에 오빠라는 것을 간파할 수 있었다.

‘그렇다고는 해도.’

다행히 오를레시앙 가문에 연고가 있는 자는 적지 않았다.

관계자라는 것까지는 알아봐도, 저 아름다운 남자가 그 레온 오를레시앙이라는 것까지 알 수는 없겠지.

…문제는.

레티시아는 복잡한 심정으로 시선을 돌렸다.

일에만 매달리느라 아직 독신인 레온. 여성과 함께 나타나 봤자 무도회의 취지에는 맞지 않는다. 대체 어떻게 잠입할 생각인지 신기하게 여겼는데, 저런 방법이었다니.

허점을 잘 노렸군.

‘…설마 남성끼리 참가할 줄이야.’

레온은 주위 사람들이 보내는 호기심 어린 시선을 전부 알아차리지 못한 척 흘려 넘기고 있었다. 아니, 정말 알아차리지 못하는 건지도 몰랐다.

업무 면에서는 유능하지만, 연애 면에서는 철저하게 젬병인 오빠였다. 시선의 의미조차 이해하지 못할 가능성도 있었다.

레온의 어깨에 손을 얹고 주위를 위협하듯이 눈을 빛내고 있는 건 그의 부하일까.

그걸 연인 연기라고 착각한 오빠는 다정하게 파트너의 가슴에 몸을 기댔다. 순간 부하의 등이 쭉 펴졌다.

확실히 금단의 사랑이다. 당당하게 함께 다니기는 어렵겠지.

그건 인정한다. 인정할 수밖에 없지만, 모친의 귀에 들어가면 난리가 날 미래밖에는 보이지 않았다.

'저 일중독 오라버니 같으니. 부하의 성 지향성을 비틀어 놓지는 않았을지 걱정되는군.'

레티시아는 질베르에게 오빠와 연락을 취할지를 물었다. 그러나 반응은 돌아오지 않았다. 레티시아에게 매달린 채 빤히 바닥을 내려다보고 있었다.

"질?"

"…크! 아, 안 되겠어. 네가 애칭으로 부르니까 왠지 간지럽다고 해야 할지, 쑥스럽다고 해야 할지. 머리가 멍해서 잘 안 돌아가…."

"이름으로 부르면 안 될 것 같다고 생각했는데, 원래대로 부르는 게 좋은가?"

"아니! 꼭 지금처럼 불러 줘! 어떻게 해서든 평정심을 유지할게!"

작은 목소리이긴 했지만 필사적인 외침에 자기도 모르게 웃고 말았다.

그러자 질베르의 필사적인 모습 때문에 치정 싸움이 시작됐다고 착각했는지, 조금 주목을 모으고 말았다. 이런. 시선을 흩어 놓을 필요가 있다.

레티시아는 그를 끌어안고 얼굴을 감추며 아무것도 아니라는 어필을 했다.

'대부분은 파트너 쪽으로 시선이 돌아갔군. 흠, 이거라면 문제는 없다만.'

"미안, 레티."

"아니, 서방님의 실수를 만회해 줄 수 있어서 영광이야."

괜히 눈에 띄어서 용제라는 것을 들킬 수는 없었다.

한동안은 이 파티장 분위기에 녹아드는 게 좋을 것이다.

그러나 레티시아가 얼굴을 든 순간, 레온의 시선이 이쪽을 향했다.

그는 한순간 의아한 듯 미간을 좁혔지만, 이내 유령이라도 본 것처럼 경악한 표정으로 바뀌었다. 아무래도 레티시아라는 것을 알아차린 모양이다. 급하게 염화가 날아왔다.

어쩔 수 없이 대화를 연결했다.

「레티시아…가 아니라 용제 공이기는 하지만, 네가 왜 여기 있는 거야?! 누굴 데리고 이런 곳에 있는 거냐! 아무리 일이라도 질베르 황자님이 아닌 다른 이와 가깝게 지내는 건 뒷일이 성가셔져! 상대가 여성이라고 해도 말이다!」

매우 시끄러웠다. 왜 그렇게 소리가 큰 건지.

염화는 기본적으로 말을 해서 그 목소리를 보내는 경우가 많지만, 생각한 것을 직접 보낼 수도 있었다.

오를레시앙 가문에서는 반드시 익혀야 하는 항목이라 레티시아와 레온은 물론 포콘조차 문제없이 사용할 수 있었다. 단지 포콘만은 "어, 엄청나게 피곤해요."라면서 꼭 필요한 상황이 아니면 쓰려고 하지 않았다.

적당한 음량이 되도록 조절하며, 가면을 고쳐 쓰는 척 귀에 손을 대고 레온에게 말을 걸었다.

「질베르 님이 연락했을 텐데. 이쪽도 이쪽대로 힘을 빌려주겠다고.」

「확실히 그렇게 말했던 것 같기도 하지만, 네가 올 거라곤 생각 못 하지, 보통.」

「이래저래 억지로 끼어들게 된 건 맞지만.」

「…레티시아.」

「그런 건 사소한 일이다. 얼음의 용제라는 이름은 허울이 아니야. 작전을 수행하기 위해 완벽하게 일하겠다고 약속하지.」

「아니, 뭐, 그건 그렇지만! 역시 자신만만… 하아, 내 부하로 삼고 싶을 정도야.」

「나보다 본인 걱정을 하는 게 좋지 않겠나? 또 혼인이 멀어진다고 어머님께서 우시겠어.」

얼마 전에 볼일이 있어 오를레시앙 가문에 들렀을 때 "레티시아도 좋은 남편을 만났는데, 그 애는 정말."이라는 불평을 들었던 것이다.

원래부터 여자와 접점이라고는 없어 그쪽 성향이라는 오해를

받던 오빠였다.

정작 당사자는 「덕분에 의심받지 않고 쉽게 들어왔다.」라고 만족스러워하는 염화가 들려왔지만, 어머니는 울 것이다. 확실하게 울 거다. 남의 일을 걱정할 때가 아니었다.

「어머님도 못 말린다니까. 이 정도로 주저해서야 국가 조사부대장 자리에 있을 수는 없지.」

「…여전하군, 오라버니는. 내 쪽도 문제없어. 괜한 걱정은 할 것 없다.」

「거짓말하지 마. 질베르 황자님께서는 설령 여성이라 해도 네 옆자리를 내줄 인물이 아니셔.」

「그래, 그래서 옆자리에는 그 질베르 님이 계셔.」

「뭐? 뭐라고? 황자님? 누가?」

「알리샤 아가씨의 힘으로 아주 매력적인 여성으로 변장했지만… 너무 빤히 보지 마. 내 서방님이다.」

「잠깐만! 미안! 정보량이 너무 많아서 오빠는 혼란스럽다!」

이마에 손을 짚고 벽에 기댄 레온의 모습을 확인할 수 있었다.

'오라버니에게만은 그런 소릴 듣고 싶지 않은데.'

대화가 일단 중단된 것을 깨달은 질베르가 검지로 자신의 귀를 톡톡 두드렸다. 레온과 대화를 연결해 달라는 뜻이겠지.

마력 제어에 뛰어난 술사는 팔을 매개로 해서 상대와 타인과의 염화를 도울 수도 있었다. 당연히 용제에게는 식은 죽 먹기였다.

레티시아는 질베르의 귀에 손을 대고 오빠와 염화를 연결해 주었다.

단, 통화를 보좌할 순 있어도 생각을 보내는 마법은 본인의 기술. 마법에 재능이 전혀 없다고 자학하는 질베르가 레온과 대화하려면 목소리를 쓰는 수밖에 없었다.

레티시아는 질베르의 몸을 더욱 깊이 망토로 감추고, 통화를 들키지 않도록 위장했다. 아마도 주목을 모은 동반자를 지키는 것처럼 보일 것이다.

작은 목소리로 뭔가를 이야기하는 모양이지만, 훔쳐 듣는 취미는 없었다. 레온과의 대화는 질베르에게 맡겨 두는 게 좋겠지.

그보다도… 주위를 슥 둘러보고 눈을 가늘게 떴다.

수상한 거래를 하려는 인물은 전혀 보이지 않았다.

어디, 여기서부터 어떻게 찾아내서 현장을 급습할까.

레티시아가 질베르에게 시선을 내린 그때, 질베르는 작은 목소리로 '레티'라고 이름을 불렀다.

"작전이 결정됐나?"

"그래. 실은 네 협력을 구할 수 있다는 걸 알았을 때부터 생각했던 계획이 있어. 용제님의 매력을 마음껏 이용할까 해서 말이야. 도와줄 거지?"

"사랑하는 서방님을 위해서라면, 무엇이든."

"고마워. 그럼…."

질베르는 몸을 뻗어, 레티시아의 귀에 작전을 속삭였다.

그러나 의외의 내용에 레티시아는 눈을 크게 떴다.

"그건… 파티장이 혼란에 빠지지 않겠나?"

"어떻게 쓰느냐에 따라 다르지. 타이밍을 잘 노리면 그 혼란은 우리 편이 될 거야. 상대에게 빈틈을 보여 주면 돼. 일부러 보여 줬다는 것도 모르고 멍청하게 따라오면 그때 짓밟는 거지. …자, 레티. 이 파티장에 있는 자들 모두, 우리 손안에서 춤추게 만들자."

베일 안쪽에서 붉은 눈동자가 즐거운 듯 가늘어졌다.

재미있군. 레티시아는 고개를 끄덕이고 자신의 가면에 손을 얹었다.

범인이 누구인지는 짐작이 간다 해도, 레티시아처럼 가면으로 얼굴을 가리거나 질베르처럼 체형이나 성별까지 속인다면 방법이 없었다.

몇 번이나 개최된 이 가면무도회. 사랑하는 상대나 예전에 개최되었을 때 가까워진 이들끼리 선물을 주고받는 경우도 많았다. 그 사이로 섞여 들면 성가신 상황이 될 것이다.

그러니 적절한 타이밍에 용제의 얼굴을 드러내, 시선을 이쪽으로 모은다.

파티장 사람들의 눈이 오로지 한 명에게 쏠리면 그쪽은 기회라고 생각할 것이다. 그러나 기회인 것은 이쪽도 마찬가지. 거래 타이밍을 유도해, 그때 인파에서 떨어진 곳으로 가는 자를 조사 부대가 경계한다.

즉, 용제의 역할은 대상자를 추리는 것.

문제는.

'질베르 님은 용제의 구심력은 무도회의 취지조차 파괴한다고 생각하는 건가.'

이곳은 진실한 사랑을 추구하는 가면무도회.

눈앞에 있는 이가 운명의 상대다. 그렇게 사랑하는 존재보다도 용제 쪽에 관심을 갖게 만들고, 포로로 삼고, 그 매력으로 파티장의 시선을 빼앗으라는 것이다. 마치 사랑에 취한 애인들 사이에 끼어들어 둘 다 유혹하라는 명령을 받은 것이나 마찬가지였다.

'꽤나 어려운 주문이지만, 기대해 준다면 응해야겠지. 뭐, 옆에 질베르 님이 있는 이상 유혹하는 건 무리겠지만 관심을 갖게 만드는 정도는… 용제의 부가 가치를 생각하면 못 할 것도 없나.'

레티시아는 자신만만한 미소를 지었다.

용제의 모습도, 행동거지도, 사람들을 매료하기 위해 쓴 적은 한 번도 없었다. 그저 요구하는 대로 전장에 서고, 적을 떨쳐냈을 뿐이었다. 그런데도 이 인기. 그렇다면 그 용제가 사람들의 시선을 사로잡기 위해 움직인다면… 어떻게 될 것인가.

벨 푸페와는 조금 방식이 다를지도 모르지만, 시선을 모으는 법이라면 익히 알고 있었다.

마음 편히 참석한 이들이라면 이쪽에 낚여 따라올 것이다. 내성적인 자는 멀리서, 그러나 시선만은 이쪽으로 향할 것이다.

반대로 사악한 속셈이 있는 자는 그의 시야에 들지 않도록 거리를 둘 것이다. 용병 기사로 활약하는 '얼음의 용제'는 악인에게 천적이라고도 할 수 있기 때문이다.

그렇다 해도 그는 어디까지나 용병 기사. 나라에 속해 있는 기사는 아니었다.

주된 의뢰는 마수 토벌이고, 잠입 수사는 비전문 분야에 가까웠다. 몹시 겁이 많고 신경질적인 범인이라 해도, 수사의 손길이 미치고 있음을 알아차리지 못한 현 상태에서는 겁을 먹고 도망치지는 않을 것이다.

게다가 옆에 가까워 보이는 여성이 있다면 분명 일반적인 참석이라고 생각할 것이다.

뒷일은 전부 국가 조사 부대에 맡겨 두면 된다.

한 번이라도 실수하면 놓칠 것이다.

'착각했습니다'라는 말은 허용되지 않는다.

레온에게 시선을 보내자 힘차게 고개를 끄덕여 주었다. 오빠라면 모든 것이 문제없이 진행될 것이다.

"내 책임이 막대하군."

"이 자리에서 네게 관심을 가지지 않는 자는 없어. 용제님은 아름다우니까. 남자도, 여자도, 네게 시선을 빼앗기겠지. 무슨 다른 목적이 없는 이상은 말이야. …뭐, 복잡한 심정이기는 하지만."

"후후, 그렇다면 당신의 기대에 응해 이곳에 있는 시선을 휘어잡아 보이지."

"그냥 평범하게 해도 돼. 섹시함까지 얹지 않아도 된다고."

"어이쿠, 그건 아쉽군. 덤으로 당신도 더 매료할까 했는데."

"…이 이상은 여러 가지 의미로 버티기 힘들어."

쿡쿡 웃으며 파티장으로 시선을 되돌렸다.

타이밍은 질베르가 판단해 줄 것이다.

이 중에서 찾아내는 것이 불가능하다고 해도, 상대의 경력이나 성격, 과거의 행동, 그 외의 여러 사고 패턴으로 계산해 녀석이 파티장에 들어온 시간이나 초조해질 타이밍 등, 대략적인 계산은 가능한 모양이었다.

'머리가 너무 좋아서 남의 행동이 훤히 보이다니. 일종의 마법이나 마찬가지군.'

당사자에게는 머릿속이 벌거벗겨지는 감각이라던데.

한번 가벼운 마음으로 "그럼 제 사고와 행동을 읽어 보세요!"라고 질베르에게 제안한 포콘이, "무서워! 너무 무서워! 왜 전부

다 꿰뚫어 보는 거예요?!"라며 창백해진 것을 본 적이 있었다.

그런 것치고는 레티시아의 행동에 일희일비하는 것은 참으로 신기하긴 하지만.

"용제님."

"응? 지금인가?"

"그래. 슬슬 참을성이 없어질 무렵이야. 반드시 걸려들걸. 부탁해."

"알겠다."

속닥거리며 비밀 이야기를 하는 척 얼굴을 가까이 가져갔다.

이렇게 해 두면 동반자가 원해서, 라는 핑계로 갑자기 가면을 벗어도 위화감을 느끼기 어렵겠지.

"나의, 나만의 용제님이라고 과시할 때가 오다니 말이야."

"후후, 그렇다면 마음껏 과시해 볼까."

레티시아는 레온에게 눈짓을 하고 가면에 손을 얹었다.

자, 준비는 됐다.

질베르가 요구한다면 아내로서 모든 것을 완벽하게 수행할 것이다.

그러니 모두 내게 홀려라. 최고의 용제를 연기해 보이겠다.

가면을 벗어 몇 명의 시선이 이쪽으로 향했을 때, 살짝 눈길을 옆으로 흘렸다.

순간, 웅성거리며 공기가 떨렸다. 동요가 확산된다. 마치 연못에 떨어진 물방울이 파문을 퍼트리는 것 같았다. 그것은 확실하게 퍼져 나갔다.

이 웅성거림이 바로 계획을 시작한다는 신호.

레티시아는 주위의 소동 따위는 신경 쓰지 않겠다는 것처럼 머리카락을 쓸어 올렸다. 그러자 새된 비명…뿐만 아니라, 굵직한 비명도 여기저기서 울렸다.

"…적당히 하라고 했는데."

"이 정도로도?"

"더 자각을 가져 줘."

용제를 끌어안고 자기 거라며 주변을 위협하는 질베르.

이건 이것대로 사랑스럽지만, 가면을 벗은 이유를 수상하게 여길지도 모른다. 과시하고 싶다고 조른 건 질베르라는 설정이었다. 당황은 금물. 의연하게 있어 줘야 한다.

레티시아는 그가 바라는 대로 자신의 아름다운 파트너를 자랑하듯이 허리를 안고, 얼굴을 가까이 가져가 뺨에 입을 맞췄다.

그것만으로도 파티장의 웅성거림이 한층 커졌다.

"더 여유를 갖고, 용제는 자기 것이라고 주위에 과시하도록 해. 질투할 필요는 없어. 나의 몸도 마음도, 전부 당신에게 바쳤으니까, 질."

"…윽. 아, 알지만…."

"연기를 하겠다고 괜히 힘주지 않아도 돼. 생각한 대로, 바라는 대로, 나를 원해 줘. 나는 그 모든 것에 응해 보이지."

이 파티에 참가한 목적은 남의 눈을 신경 쓰지 않고 용제와의 밀회를 즐기기 위해. 가면을 벗으라고 한 것은 용제의 총애를 받고 있는 이의 존재를 알리기 위해. …그런 설정이긴 하지만, 사실 틀린 말은 아니었다. 이것은 연기이자 연기가 아닌 것이다.

마지막까지 숨기려 했던 그의 계획대로 용제와의 소문을 흘리고 싶었다면, 쑥스러워할 필요도 위협할 필요도 없을 것이다.

가슴을 펴고 당당하게 자신의 것임을 자랑하면 된다.

"정말 그래도 되는 거지? 마음껏 과시할 거야."

"바라는 바야. 당신이 원하는 대로."

질베르의 손이 뻗어와 레티시아의 뺨을 쓰다듬었다. 그리고 그대로 턱으로 이동해 고양이를 쓰다듬는 것처럼 살랑살랑 움직였다.

"…이건 과시라기보다는 애완동물 아닌가?"

질베르의 입술이 호를 그렸다. 즐기고 있군.

너무 부추겼는지도 모른다. 지기 싫어해서는. 싸움을 걸어 어쩌려는 건가.

나에게는 그 무엇이든 허락한다고, 나야말로 용제님에게 가장 어울리는 여자… 그런 연기를 완벽하게 해내, 흑심을 품고 접근하는 자들의 마음을 꺾어 놓을 생각인 모양이었다.

시선을 끌어당기고 이쪽으로 사람을 모으자는 작전이었던 것 같은데.

'할 수 없지. 용제의 부가 가치를 믿을까. 일단 뒷일은 오라버니에게 맡기면 되겠지. 이대로 주위의 시선을 끄는 동시에, 핀트가 조금 어긋난 과시 행위를 결행하는 질베르 님을 지켜보는 것도 즐거운….'

"용제님?"

"…기분 탓이다."

역시 질베르. 이쪽 속셈 정도는 꿰뚫어 본 모양이었다.

"자, 현재 시점에서 문제는 없어. 이대로 가지, 질."

"너만 믿을게, 용제님."

작전대로 파티장의 시선은 용제에게 쏠려 있었다.

이런 곳에 있을 리 없는 인물. 게다가 모든 것이 수수께끼로 감싸인 '얼음의 용제'가 눈앞에 아름다운 여성을 데리고 나타난 것이다.

신경을 쓰지 말라는 건 너무 어려운 요구였다.

빛을 반사해 반짝이는 은색 머리카락. 서늘한 푸른 눈동자. 늘씬하고 큰 키에, 그러나 적당한 근육이 붙은 아름다운 체구는 많은 자들을 매혹했다. 게다가 SS랭크 용병 기사로서 확실한 실력이 참석자들의 시선을 붙잡아 두었다.

용병 기사는 연줄만 있으면 개인도 일을 의뢰할 수 있다.

대부분은 그런 식으로 의뢰를 받지만, 용제는 일단 연줄을 만드는 방법부터가 불명. 지금 여기에서 만들어 두지 않으면 앞으로 기회는 절대 오지 않을 것이다.

용제에게 의뢰하고 싶은 자는 많았다. 겉모습이 아름다운 것은 물론, 그런 희소성도 포함해 그에게 접촉을 시도하는 이는 분명히 있을 것이다.

예상대로, 한 남자가 흐느적거리며 다가왔다.

그 뒤로는 빨랐다. 마치 빛에 몰려드는 나방처럼 앞을 다투어 사람들이 들이닥쳐, 두 사람 주변에는 순식간에 인파가 생겼다.

"처음 뵙겠습니다, 용제님! 소문은 전해 들었습니다."

"옆에 계신 분과는 대체 어떤 관계이신지?"

"어이쿠, 이런 자리에서 그건 실례되는 질문이 아닌지? 그보다 취지에서 멀어지긴 합니다만, 일 얘기에는 관심 없으십니까?"

"아니, 그거라면 일단 저와!"

동반자가 있음에도 불구하고 수많은 이들이 매료당한 것처럼 용제만을 바라보고 있었다.

이래서야 상대가 화를 내는 게 아닌가 하고 걱정했지만, 상대도 상대대로 용제에게 시선을 빼앗긴 상태라 문제는 없을 듯했다.

'질베르 님의 견제가 통했는데도 이 정도라니. 확실히 너무

과했는지도 모르겠군.'

사방팔방에서 말을 걸어오고 있었지만, 전부 완벽하게 대응해 흘러 넘겼다.

이 정도는 아무것도 아니다. 벨 푸페라고 칭송받고, 수도 없이 주목의 대상이 되었던 경험을 살린 것이었다.

용제와 이야기하고 싶다는 듯 인파를 헤치고 돌진하는 사람, 질베르를 질투해서 떨어트려 놓으려는 이도 있었지만, 마치 춤을 추는 것처럼 자연스럽게 공간을 만들어 해를 입지 않도록 에스코트했다.

역시 용제님…. 알아차린 구경꾼들 사이에서 "오오." 하는 작은 환성이 터져 나올 정도로 유려한 움직임이었다. 물론 사랑하는 서방님에게 위해를 가하려는 자들에게 다정하게 대해 줄 이유는 없다는 듯 한 번 노려봐 준 것은 덤이었다.

그런 얼어붙을 것 같은 시선에 "죄송합니다!"라고 울면서 도망치는 자가 몇 명.

그 이후엔 무모한 행동을 하는 자는 없었다.

"…익숙한 것 같은데?"

토라진 것 같은 목소리로 속삭이는 질베르.

"익숙하진 않아. 전투 때 자주 이용하는 전법을 응용한 것뿐이지. 시선이나 몸의 방향을 파악해서 상대가 어떻게 나오는지를 읽고, 손의 움직임이나 눈의 움직임으로 유도, 원하는 대로 행동하게 만들어 우위에 선다. 일반인이 상대라면 더욱 쉽지."

"그게 뭐야…. 정말이지, 질투할 틈도 주지 않다니 치사해."

"응? 질투하고 싶은가?"

"그, 그런 건…."

그 순간, 질베르의 말을 지우듯이 "발견! 현행범으로 체포하라!"라는 목소리가 울렸다. 동시에 몇 개의 문이 활짝 열리며 레온의 부하들이 쏟아져 들어왔다.

파티장은 순식간에 소란스러워졌다.

하지만 역시 레온이 이끄는 국가 조사 부대. 물 흐르듯 능숙하게 이곳을 장악하고, 참석자들의 혼란도 재빠르게 진정시켰다. 그리고 레티시아와 질베르에게도 레온의 부하로 보이는 인물 몇 명이 사정을 설명하러 다가왔다.

"죄송합니다만, 이곳에 머무르시는 것은 위험합니다. 부디 대피해 주십시오."

"자네들은 누군가! 이곳은 취미 모임. 누구도 우리를 단죄하고 조사 대상으로 삼는 것은 허용되지 않아! 소속을 말하게!"

"책임자분이십니까? 그, 귀를 빌려도 될지?"

"뭐라고?"

입구에서 허둥지둥 달려온 신사가 그들의 멱살을 잡을 기세로 험악하게 다그쳤다. 남자가 화를 내는 것도 당연하지만, 그들은 일절 동요하지 않고 남자에게 귓속말을 했다.

마석 유출 건에 관해 이야기하고 있겠지.

아마 그가 바로 백작조차 제재하지 못한 가면무도회의 책임자. 틀림없는 유력 귀족일 것이다. 본래 가볍게 수사 내용을 유출해서는 안 되지만, 그를 포섭해 두면 나중에 유리해질 거라는 판단일 것이다.

남자는 한동안 인상을 찌푸리고 있었지만, 이야기가 진행됨에 따라 점점 얼굴이 창백해지는 것을 알 수 있었다.

최종적으로는 이마에 손을 얹고 "최악이군."이라고 한숨을 섞어 내뱉었다.

"이 자리에 있는 분들을 공범이라고는 생각하지 않습니다. 그 어떤 얼굴을 봤다고 해도 바로 잊으라는 명령이 내려와 있습니다. 저희는 여러분의 의향을 충분히 존중할 생각입니다. 안심하십시오. 부디, 협력을."

"…하아, 이게 무슨 일이람. 알겠네. 그런 사정이라면 이쪽도 협력을 아끼지 않겠네. 이 자리에 있는 분들을 보내 드리기만 하면 되나? 그 사이에 숨어 있을 걱정은?"

"그 점은 문제없다고 합니다."

"하아, 다비드 백작의 소개는 전부 작전이었다는 건가. 이 나를 이런 식으로 이용하다니. 뒤에 있는 건 오를레시앙 경인가? 하지만 아무리 아돌프라 해도 조사도 하지 않고 이 중에서 용의자를 모두 추려내다니…."

남자는 용제에게 시선을 두더니, 옆에서 기다리는 질베르를 확인하자마자 "아!" 하고 목소리를 높였다.

"기다려. 설마, 설마, 옆에 있는 건! …젠장. 당했군! 이 내가 알아보지 못하다니! 그래, 알겠네. 좋아! 뒤는 모두 자네들에게 맡기지. 나는 내가 할 일을 하겠네!"

손뼉을 짝짝 쳐서 자신을 주목하게 해, 설명을 해 가며 익숙하게 참석자들을 대피시켰다.

비협조적이면 힘을 더할 생각이었지만, 수완이 무척이나 훌륭했다.

출구로 우르르 향하는 이들의 파도에 섞여 들어 레티시아 옆으로 온 남자는, 용제…가 아닌 질베르의 귓가에 얼굴을 가까이 대고 "멋지게 한 방 먹이셨군요."라고 말을 걸었다.

"용제 공께서는 그 머리카락으로 오를레시앙 가문에 연고가 있는 자라는 소문도 있습니다. 부인의 연출이겠지만, 설마 이렇게까지 해 주실 거라곤 생각 못 했습니다. 이 빚은 반드시."

"은혜를 잘못 말한 거겠지?"

"하하, 물론이지요. 그런 거래를 못 보고 넘겼다면 큰일이 났을 겁니다. 따로 인사를 하러 찾아뵙겠습니다. 뒷일은 부디."

"그래, 맡겨. 레온 공에다 용제님도 계시니 만에 하나라도 실패할 리 없어. 안심하고 기다리고 있으면 돼."

"…용제님과 꽤나 사이가 좋으신 모양입니다."

남자는 유쾌한 듯 목을 울려 웃었지만, 이 이상 여기에 머물러 있는 것은 좋지 않다고 판단했는지 가볍게 고개를 숙이고 레온의 부하들에게로 향했다.

"상류 귀족이라는 것밖에는 모르니까, 도망치지 않고 협조한다면 고맙지."

"당신도 꿰뚫어 보지 못한 건가?"

"몇 명쯤 후보는 있지만 결정타가 부족해. 어쩌면 전혀 다른 인물일지도 몰라. 변장을 너무 잘해서 방법이 없어. 하아, 오늘의 적이 저런 타입이 아니라 다행이야. …그런데 용제님. 저 남자와 건너편 남자, 붙잡아 둬."

"응? 저자로군. 알겠다."

질베르의 지시대로, 어깨에 조금 힘이 들어간 남자 두 명에게 빙룡을 날려 벽에 고정시켰다. 손에 들고 있던 종이봉투가 떨어지고, 선물 상자 같은 것이 안에서 튀어나왔다.

그러나 선물치고는 낙하 소리가 꽤 무거웠다.

내용물은 분명 마석일 것이다.

과연. 확실히 흑막은 꽤 겁이 많은 모양이었다.

두 사람 정도의 선발대를 보내서, 잠복이 없다는 것을 확인한 뒤 본격적인 거래를 이행한다. 통상적인 조사라면 걸려들었을지도 모르지만, 유감이었다.

질베르의 두뇌가 그 정도를 꿰뚫어 보지 못할 리 없었다.

"짐작은 했던 거군."

"뭐, 그렇지. 우리가 붙잡아 봐야 의미가 없잖아? 처음 두 명은 내버려두라고 레온 공에게도 얘기해 뒀고, 거기까지 상을 차려 두면 그 국가 조사 부대장님이 실수할 리는 없지."

"오를레시앙 가문의 레온이 공적을 세워야 의미가 있다는 건가. 고마워."

"고맙다는 말은 내가 해야지."

"겸손하군, 당신은."

레티시아를 제외한 다른 사람에게는 냉정하게 대응하는 일이 많아 매정한 인물로 오해받기 쉽지만, 사실 질베르는 자기 사람이라고 생각한 이는 깊은 애정으로 대했다.

머리가 좋고, 정이 많고, 책임감이 너무 강해서 뭐든지 혼자 끌어안는다.

그리고 어리광 부리고 싶어 하면서 중요한 순간에는 서투르다.

그에 대해 알면 알수록 바닥없는 늪에 빠져 빠져나올 수 없게 되는 것 같은 기분이 들었다. 아니. 이미 빠져나갈 수 없었다.

말로 다 하지 못할 만큼, 그의 모든 것이 사랑스러웠다.

"당신의 약혼자 후보 중에 나를 제외하고 승낙한 자가 없어서 다행이라고 다시 한번 생각했어."

"동감이야. 두 명 이상 있었다면 너를 선택할 일은 없었을 테니까."

“뭐…라고? 역시 성숙한 여성이 취향인가…?”

“그러니까 그건 이제 잊어 줘! 그 오를레시앙 공작가의, 온갖 사람이 사모하는 것으로 유명했던 벨 푸페잖아. 분명히 무슨 속셈이 있다고 생각할 거 아냐, 보통은.”

“아니, 속셈이라고 한다면 속셈이 맞기는 해.”

“그런 속셈이라면 대환영이지. 진정한 레티시아 오를레시앙을 만났을 때 심장이 떨렸던 걸 능가하는 상황은 분명 앞으로 존재하지 않을 거야. 어떤 의미에서는 첫눈에 반했다고 할 수 있지.”

질베르는 자신의 모든 것을 맡기듯이 레티시아에게 기댔다.

‘내 서방님이 너무 사랑스러워서 이성이 죽겠다!’

범인이 체포되었다면 용제의 일도 끝이겠지.

빨리 레티시아의 모습으로 돌아가서, 녹아내리도록 질베르의 어리광을 받아 주고 싶었다.

그렇게 생각하고 그의 허리에 손을 가져다 댔다. …그러나, 그런 무른 생각은 방 전체가 떨리는 굉음과 “대장님!”이라는 레온의 부하들이 외친 목소리로 인해 사라졌다.

“무슨 일이냐?”

“크, 역시 비장의 수단을 숨겨 놓고 있었나.”

질베르가 낮게 중얼거렸다.

참석자들은 이미 실외로 대피했다.

넓게 트인 시야에 들어온 것은, 덩치 큰 남자가 레온을 날려 버리는 광경이었다.

저대로라면 벽에 부딪힌다. 서둘러 바닥을 박차고 나아가, 오빠를 뒤에서 받아 주었다.

"…윽, 미안하다."

"무리해서 일어서려고 하지 마. 그 오른손, 많이 부었어. 검은 쥘 수 없을 거야."

레티시아는 작은 빙룡을 불러내 레온의 오른손에 감았다.

"부었다면 한 시간 정도. 부러졌다면 하루는 걸려. 미안하군, 얼음덩어리로 만드는 건 자신이 있지만 회복 마법에는 통 재능이 없어서."

"하하, 애초에 회복 마법 사용자는 매우 드물다고 굳이 설명해야 하나?"

"이런 건 그냥 어린애 장난이지. 진짜 회복술사는 코웃음을 칠 거야."

통증에 인상을 찌푸리는 레온에게 "뒷일은 맡겨."라고 말하고 앞쪽을 바라보았다.

가면을 쓰고 질 좋은 옷을 빈틈없이 차려입은 남자… 아마도 이 사건의 범인. 그리고 그 남자를 지키듯이 앞을 가로막고 선 덩치 큰 남자가 멀찍이서 이쪽을 노려보고 있었다.

우람한 체격. 흉악한 생김새. 일반인이라면 모습을 보기만 해도 도망칠 만큼 험악한 분위기였다.

이렇게 눈에 띄는 남자를 놓칠 리가 없는데.

변화의 마석을 사용했다면, 사람들 사이에 섞여 있었다고 해도 이상한 일은 아니다.

역시 마석을 밀수하려는 자들이니, 조금 희소한 마석 정도는 문제없이 준비할 수 있다는 건가.

남자의 주위에는 레온의 부하들이 쓰러져 있었다.

다행히 목숨에 지장은 없는 것 같지만, 저 남자를 제압하는 것은 어려워 보였다. 서 있는 이는 겨우 몇 명. 포위망이 뚫리기까지 시간은 그다지 걸리지 않을 것이다.

어색한 구두를 신고 종종 달려온 질베르와 고통에 얼굴을 일그러트린 레온을 등 뒤로 숨기고, 눈을 가늘게 떴다.

"저자는 알반. 실력자다. 조심해라, 레티시아."

"알반? 들은 적이 있는데."

"들어 본 적은 있겠지. 네가 '얼음의 용제'로 대두되기 전에 SS랭크 중 한 명으로 군림하던 용병 기사다. 용제님과는 다르게 평판은 매우 나빴지만 말이야. 보통 고랭크대는 예의를 아는 자가 많은데, 저자만은 이질적이었어."

"호오. 확실히 얼굴이 천박하군."

"너와 마주치는 일 없이 어딘가로 초빙되었다는 소문이 돌았다만. 아무래도 녀석의 개가 되어 있었던 모양이다."

레온의 설명에 고개를 끄덕이고 질베르 쪽을 보았다.

그는 전혀 동요하지 않았다.

"흠, 예상 범위 내라는 건가. 그렇다면 좋아. 내가 정리하지."

발치에서 빙룡을 몇 마리 불러내, 임전 태세를 취했다.

국가 조사 부대원들은 나름대로 전투 면에서도 우수하지만, 기본적으로는 밀정. 순수하게 힘을 겨룬다면 상위 용병 기사에는 미치지 못한다. 지금은 용제가 나설 때였다.

레티시아는 한 걸음 앞으로 나섰다. …그때, 질베르가 망토 자락을 붙잡았다.

"질베르 님?"

"아무리 치밀한 계획을 짜도, 오로지 혼자 전황을 뒤집을 수 있는 용감무쌍한 영웅. 그런 건 곤란하다고 생각했지. 순수한 힘 앞에서 두뇌 같은 건 종잇장이나 마찬가지라고 하는 것 같아서. 하지만 지금의 나에겐 네가 있어. …레온 공은 나한테 맡겨. 부탁할게, 레티."

부탁할게. 마치 마법 같은 말이었다.

그 말만으로 어디까지든 강해질 수 있을 것 같은 기분이 들었다.

"후후, 사신의 목까지도 따 오겠다고 약속했으니."

레티시아는 망토를 벗어 질베르에게 둘러 주고서 미소를 지었다.

그리고 질베르에게 붙여 준 수호 특화 빙룡 '트와'를 나타나게 해 두 사람을 호위하도록 명령했다. 트와는 즉시 자신의 일을 이해한 듯, 두 사람 옆에 자리를 잡고 '다녀오십시오'라고 하는 듯 고개를 숙였다.

"그러고 보니, 질베르 님에게는 용제가 싸우는 법을 마음껏 보여 준 적이 없었지."

"수비력이 높다는 건 잘 알고 있는데."

"그런 건 나의 일부에 지나지 않아."

좋아, 작전 변경이다. 그냥 승리하는 건 재미가 없지. 용제가 싸우는 모습을 마음껏 보여 줘서 다시 한번 반하게 만들자. 레티시아는 불러낸 공격용 빙룡을 전부 돌려보내고, 옷깃을 조금 느슨하게 했다.

이렇게 호전적인 기분이 드는 것은 처음이었다. 질베르에게는 자신의 아내가 얼마나 강한지 보여 줘야만 한다. 이제 아무것도 걱정할 것 없다고, 넋을 잃고 바라볼 정도로.

"자, 출격할까."

뚜벅, 뚜벅, 하고 조용한 실내에 구두 소리가 울렸다.

"오늘은 비장의 풀코스다. 이리 오렴, 카트르. 오랜만에 네 차례다."

레티시아는 따악 하고 손가락을 튕겼다. 그러자 발밑에서 평소보다 몇 배나 거대한 빙룡 여덟 마리가 나타나, 그 머리를 크게 뻗어 방 안을 장악했다.

레티시아가 사역하는 빙룡 중에서도 최대의 공격력을 자랑하는 '카트르'를 중심으로, 전투에 특화된 여덟 마리.

장난스러운 기색 하나 없이 즉시 짓눌러 버릴 기세였다.

서늘한 사파이어블루 색 눈동자가, 지금은 먹잇감을 사냥하는 포식자처럼 형형하게 빛나고 있었다.

"얼음의 용제가 실력을 발휘해 주지. 각오는 됐나?"

"하하하하! 소문의 용제님과 한 수 겨뤄 볼 수 있다니! 좋아, 그 콧대를 꺾어 주려고 하던 참이다. 자, 비켜, 비켜! 걸리적거린다!"

알반은 임전 태세의 레티시아를 보고 소리를 높여 웃었다. 그리고 발밑에 쓰러진 남자들을 벽을 향해 던졌다.

'당장 일어설 수도 없는데 더 대미지를 주려는 건가, 어리석은 놈.'

레티시아는 카트르 일행에게 명령해 남자들을 부드럽게 받아 천천히 벽 쪽에 내려놓았다.

"어이쿠, 착하기도 하셔라."

"네가 너무 저열한 것뿐이다. 이런 자가 SS랭크였다니. 왜 용병 기사가 단순한 용병이 아니라 기사라고 불리는지 이해하지 못한 것 같군. 내가 나타나기 전에 그만둬서 다행이야. 같은 부류로 보이고 싶지는 않으니까."

"설마 기사의 긍지를 가지라는 거냐? 웃기는군. 긍지가 밥이라도 먹여 주나? 그런 건 지나가는 개한테 던져 줘."

으하하, 하는 알반의 천박한 웃음소리가 울려 퍼졌다.

꽤 여유 있는 표정이었다.

"만에 하나 여기서 격돌한다고 해도 너희의 존재는 알려졌다. 보통은 도망칠 수 없다는 걸 알고 포기할 텐데, 망명 준비라도 해 둔 건가?"

"이런 거창한 일을 저지르는데 그 정도 준비는 해 둬야지. 바보가 아닌 이상 말이야. 사실은 나라의 혼란을 뒤로하고 유유히 뜰 생각이었는데. 뭐든지 각본대로 되지는 않는구만. 뭐, 용제님을 쓰러트려서 경력을 쌓는 것도 나쁘지는 않지."

"하하, 농담치고는 너무 재미가 없는걸. 이곳이 얼어 버릴 정도로 썰렁하게 만들 셈인가? 성가시기는. 할 수 없지. 내가 희극으로 바꿔 주마. 순식간에 끝날 거다."

카트르가 고개를 뻗어 어린애 한 명 정도의 크기는 될 법한 큰 머리를 기댔다. 오랜만에 불러 준 것에 대한 기쁨과 의욕으로 가득 차 있음을 알 수 있었다.

상대방을 입도 벙긋 못 할 얼음 동상으로 만드는 건 쉬웠지만, 레온에게는 국가 조사 부대장으로서 캐내고 싶은 정보가 산더미처럼 있을 것이다. 선을 넘지 않게 주의해야겠지.

"어이쿠, 세게 나오는군. 그런데 용제님, 그쪽은 궁지에 몰린 인간이 어떤 식으로 나오는지 알고 있나?"

"호오, 다른 비장의 수단을 준비했다는 건가?"

"그렇다."

알반이 뒤를 돌아보았다. 그러자 그의 고용주… 즉, 범인인 남자가 품에서 열 몇 개의 돌을 꺼내 땅에 던졌다. 엄지손가락마디 하나 정도의 작고 검은 마석. 파직거리며 번개처럼 검게 물든 섬광을 두른 그것은, 지면과 접촉한 순간 일제히 섬광을 흩뿌렸다.

'섬광석? 아니, 아니군. 저건….'

카트르가 순간적으로 방패가 되어 준 덕분에, 빛이 잦아든 뒤에도 눈에 이상은 없었다.

레티시아는 눈을 몇 번 깜빡이고 앞을 바라보았다.

남자의 주위에 전신 거울도 삼켜 버릴 만큼 거대한 검은 구멍이 여럿 출현했다. 저 마석은 아마도 마봉인魔封印의 돌. 붙잡은 마수를 일시적으로 사역할 수 있는 희소한 것이다.

칠흑의 뇌전이 울리는 안쪽에서부터 대량의 마수들이 얼굴을 드러냈다.

레티시아는 어이가 없다는 듯 어깨를 으쓱였다.

"설마 이런 것까지 준비했을 줄이야. 이건 놀라운걸. 국경 근처에 자리잡고 있던 마수들이 대량으로 소실된 사건. 이것도 너희 짓인가?"

"그렇다면?"

"번거로움을 덜어서 마침 잘됐군."

애당초 용제에게 토벌 협력 의뢰가 이루어지기 직전에 사라진 것이다. 이 자리에서 한꺼번에 일망타진할 수 있다면 '번거로움을 덜어서 마침 잘됐다' 외의 다른 감상은 나오지 않았다.

평소의 여유를 일절 잃지 않는 용제.

이 모습에 남자는 짜증 섞인 시선을 던졌다.

"마침 잘됐다고? 허세도 이 정도쯤 되니 우습구만. 이 많은 양의 마수와 알반의 상대, 아무리 용제님이라 해도 버거울 텐데! 언제까지 그 여유로운 표정이 유지될지 기대되는군!"

"어라, 날 이길 생각인가. 하하, 재미있군. 보다시피 일대 다수에는 자신이 있다. 특히 오늘은 멋있어 보이고 싶은 기분이거든."

레티시아는 양손을 펼쳤다.

카트르를 중심으로, 여덟 마리의 거대한 빙룡이 그 움직임에 맞춰 고개를 들었다.

"내 진심은 다소 과격하지. 열심히 따라와 봐. …할 수 있으면, 말이다."

머리카락을 스윽 쓸어 올렸다.

치켜뜬 사파이어블루 색 눈동자에는, 절대적 강자의 광채가 깃들어 있었다.

"이봐, 이봐, 이봐! 저건 뭐야!"

주최자가 질베르와 레온에게 달려왔다.

진정한 사랑을 노래하는 가면무도회가 최고 랭크의 용병 기사들끼리의 싸움에다, 거대한 여덟 마리의 빙룡, 심지어 대량의 마수 출현 이벤트로 변한 것이다. 남자의 반응도 당연하다고 할 수 있었다.

질베르는 그를 힐끔 보고, 관심 없다는 듯이 시선을 되돌렸다.

용제님의 활약을 특등석에서 볼 수 있는데, 다른 것에 신경 쓸 시간은 없었다.

"듣고 있나?!"

"마봉인의 돌이군. 교란 목적이겠지."

"침착해! 너무 침착하잖아! 저런 게 전부 풀려나면 전멸이야!"

"그런데 경은 왜 여기에?"

"얘기 듣고 있냐고!!"

"듣고 있어, 듣고 있다고. 그래서?"

"용제님의 용이 지켜 주고 있지? 나도 지켜 주게!"

주최자는 거만하게 팔짱을 끼고 그렇게 말했다.

빨리 도망치면 됐을 것을. 성실한 건지 오만한 건지 알 수 없는 남자였다.

두 사람의 수호를 담당하던 트와가 난처한 듯 질베르의 뺨에 머리를 비볐다.

빙룡이 받은 명령은 '질베르와 레온을 지키는 것'이었다. 전투 모드의 용제에게 지시를 구할 수도 없는지라 질베르의 도움을 청하는 모양이었다.

"불쌍하기도 하지. 난처하게 만들지 마. 우리 뒤에 있으면 그 이상 공격이 날아올 일은 없을 거야. 이거라면 용제님의 명령대로니까, 문제는 없겠지?"

질베르의 제안에 트와는 고개를 끄덕이고는 질베르 일행의 앞에 섰다.

포콘의 참새도 귀엽지만, 용제님의 빙룡도 사랑스러운 모습을 보여 주는 일이 가끔 있었다. 특히 트와는 평소부터 질베르의 호위를 담당하고 있어 꽤 마음을 허락해 준 모양이었다.

"질베르 님, 그 함정을 발동할까요?"

"그 함정?"

남자가 고개를 갸우뚱했다.

"파티 장식에 가려지도록 마석을 몇 개 장치해 뒀어. 도주로로 쓰일 통로에도 포박용을."

"발동하면 꽤 끔찍한 사태가 될 겁니다. 살아남을 수 있을지는 반반이겠죠. 될 수 있으면 대화가 가능한 상태로 사로잡고 싶습니다만."

"자네들, 멋대로 뭘…."

실례군. 멋대로는 아니었다. 지상의 극장에는 피해가 가지 않게 한다는 조건으로 관장에게 허락도 받았다. 단지, 될 수 있으면 쓰고 싶지 않다는 건 질베르도 마찬가지였다.

홀에 장치한 마석을 발동시키는 것은, 정말 마지막 수단이라고 생각하고 있었다.

지금은 그때가 아니다.

"지시를 내리시면 용제님에게 즉시 물러나라고 연락을 넣겠습니다만."

"시기상조다, 레온 공."

"그러나, 아무리 레… 아뇨, 용제님이라 해도 저 숫자는."

"용제님은 지지 않아. 상대가 그 누구라도. 그 어떤 상황이라고 해도. 사신조차 그 목을 베어 관에 처박겠다고 할 정도다. 잘 봐, 저 미소. 남자가 봐도 멋있지 않나?"

활짝 웃는 질베르를 보고 트와도 만족스럽게 고개를 끄덕였다.

이 자리의 결정권은 국가 조사 부대장인 레온이 쥐고 있었다. 그의 독단으로도 마석의 발동은 가능하다. 그러나 용제가 이길 거라 믿어 의심치 않는 질베르의 모습에 귀에 대고 있던 손을 내렸다. 그리고 포기한 듯이 그 자리에 주저앉았다. 그야말로 관객이 되려는 자세였다.

질베르는 비정한 결단을 하지 못할 겁쟁이가 아니었다. 오히려 합리적이라고 생각하면 주저하지 않고 "날려 버려."라고 명령할 남자였다.

그가 시기상조라고 판단했다면, 실제로 그런 거겠지.

"하하하…. 두 사람 모두 농담은. 진심으로 저 숫자를 이길 거라고 생각하나? 그렇다면 괴물이야."

"용제님은 자기 힘을 잘못 파악할 자가 아니야. 이길 거다. 잘 보도록."

"…정말 믿고 계시는군요."

"그래."

질베르는 고개를 끄덕였다.

이렇게 전장에 서 있는 용제의 등은 강하고 든든하고… 아름다웠다.

그가 지는 모습은 상상할 수 없었다. 참으로 신기했다. 레티시아가 휘말려 드는 것을 그렇게나 두려워했었는데. 지금은 아무것도 무섭지 않았다.

"세상에서 가장 믿고 있지."

그 목소리는 어디까지나 부드럽게, 신뢰와 사랑으로 넘쳐흐르고 있었다.

몸집이 작아서일까.

한발 빠르게 어둠 속에서 빠져나온 소형 마수들이 앞다투어 덤벼들었다.

레티시아는 그것을 손가락 하나로 얼려 나갔다. 생각대로 한 개체로서의 힘은 약하기 짝이 없었다. 이런 건 아무리 모여 봤자 상대도 되지 않았다. 얼굴 근처를 날아다니는 벌레 정도.

조금 성가시다고는 느끼지만, 그뿐이었다.

문제는 알반이 어떻게 나올지인데….

"자, 정정당당하게 승부를 겨루자고, 용제님."

"뻔뻔스러운 소리를."

"이기면 정의, 지면 역적 아닌가?"

"흠. 이긴 자가 정의. 참으로 알기 쉬워서 좋군. 깨작깨작 상대하는 건 귀찮다고 생각하던 차였다. 일단 이기면 된다고. 단순한 게 제일이지."

"헛소리!"

알반이 땅을 박찼다.

전투 개시였다.

"보채지 마라. 희극으로 바꿔 주겠다는 약속은 지킬 테니."

순식간에 말이야.

레티시아는 의기양양하게 웃었다.

그 순간 쩌적 하고 세상이 얼어붙는 소리가 들리며 실내의 절반이 얼음으로 뒤덮였다.

"…후우."

그것을 과연 승부라고 부를 수 있을까.

레티시아가 내뱉은 숨결이 흰 안개가 되어 허공에 흐르고, 내리깐 속눈썹이 백자 같은 피부에 고운 그림자를 드리웠다. 벽과 테이블, 요리에 술, 바닥에 뒹구는 마석과 게이트의 구멍조차 얼려 버려, 밖으로 나오려 했던 마수는 얼음이 되어 산산이 부서져 흩어졌다.

어느새 처리했는지 마봉인의 돌에는 작은 얼음 기둥이 박혀, 하나도 빠짐없이 정중앙부터 깨져 나가 단순한 돌이 되었다.

마수는 숨을 거둘 때 검은 연기가 되어 사라진다.

그 뒤에 남은 것은 빛을 띠고 반짝이는 얼음 파편뿐.

빙룡을 거느리고 빙점 아래의 세상에 군림하는 모습은, 그야말로 용제龍帝라 부르기에 손색이 없는 관록을 자랑했다.

"이기면 정의라고 했나."

목을 울리며 쿡쿡 웃었다.

파티장을 전부 얼려 버림과 동시에 알반의 팔다리조차 얼음의 족쇄에 가둔 레티시아는 의기양양한 미소를 띤 채, 도망치려 발버둥 치는 알반의 옆으로 우아하게 다가갔다. 그리고 "너무 무리하지 않는 게 좋을 거다. 못 쓰게 될 테니."라며 냉랭한 목소리로 충고했다.

"자, 잠깐만! 이런 건 비겁…."

"비겁하다고? 누가 할 말이지? 너희에 비하면 놀랄 만큼 정정당당하다고 생각하는데? 뭐, 애초에 이건 승부가 아니다만."

그리고 그대로 빙룡을 몸에 감아, 멍하니 지켜보고 있던 국가 조사 부대원 앞으로 던졌다.

그래, 그렇지. 이것은 승부 따위가 아니다.

서방님이 최강을 원했다. 그저 그뿐이었다.

어디, 남은 건 원흉의 처리인가.

알반과 마찬가지로 팔다리를 얼려 움직이지 못하게 해 둔 남자에게 다가갔다. 그 또한 도망치려고 했는지 바닥에 뒹굴고 있었다. 무모한 짓을 하는군.

"크윽."

"내 얼음에게서는 도망칠 수 없지. 체크메이트라는 거다. 단념하도록. 변명 정도는 들어 줄 수 있는데, 어떻게 할 건가?"

"바로 며칠 전까지 국가 조사 부대가 움직이는 낌새는 없었어. 아니, 정확히 말하면 내 주변을 캐는 흔적은 없었어. 그런데 이렇게 매끄럽게 움직이다니. 그리고 용제의 조력. 모두 계산이라도 한 것처럼. …정체가 뭐지."

그 눈은 레티시아를 지나 그 뒤쪽을 노려보고 있었다.

또각 하고 힐이 바닥을 치는 소리가 등 뒤에서 울렸다. 누구인지는 묻지 않아도 알 수 있었다.

레티시아는 천천히 뒤를 돌아보았다.

"어땠지? 나의 진심은."

베일 아래. 유일하게 숨기지 않은 입술이 요염하게 호를 그렸다.

만족스러웠던 것 같아 다행이군.

레티시아는 얼음이 그의 걸음을 방해하지 않도록 일부를 녹여 목적지까지 가는 길을 만들었다.

"너는… 너는, 대체 누구냐고!"

버둥거리며 몸을 비트는 남자.

용제의 얼음은 단순한 얼음이 아니다. 상대가 아무리 힘이 세다 해도 금조차 가지 않는 강도를 자랑했다. 도망칠 수 없다고 조금 전에 말했는데, 머리에 입력도 되지 않은 건가.

손발을 못 쓰게 되면 어쩌려고. 레티시아는 어처구니가 없었다.

질베르는 몸을 숙이고 그의 턱을 잡아 위를 향하게 했다.

"그렇게 뜨겁게 마주 봤었는데, 벌써 잊어버렸나?"

"이 목소리, 남자? 아니, 잠깐… 들은 적이…. 어, 얼굴을…."

"가면무도회에서 얼굴을 드러내라니, 꽤 무례한 부탁이군. 그렇게 보고 싶으면 벗겨 보겠나? 뭐, 그 상태에서는 안 되겠군. 후후, 빚이라고 칠까."

질베르는 드러내 보이듯이 느릿하게 베일을 벗었다.

"이 자리에선 딱히 숨길 필요도 없겠지. 자, 잘 봐. 기대에 미쳤나?"

"…큭!"

저주받은 붉은 눈동자.

모습이 다르다 해도, 그 눈을 보기만 하면 그가 누구인지 알 수 있다. 눈앞에 있는 이가 바로 로스만 제국의 제2황자 질베르인 것을 깨닫고, 남자는 눈을 크게 치떴다.

"왜 그러나, 멍하게 입을 벌리고. 네가 보고 싶다고 했을 텐데."

"질베르 로스만!"

"자, 다음은 네 차례인가. 아, 벌레처럼 기는 것밖에 못 해서야 가면도 벗을 수 없겠군. 이것도 빚으로 달아 두지. 영원히 갚을 수 없겠지만."

유쾌하게 남자의 가면에 손가락을 대고 단번에 벗겨 냈다.

허공으로 날아간 가면은 얼음 위에 떨어져 딸강 하는 메마른 소리를 냈다.

"오랜만이야. 전하의 파티 이후 처음인가."

놀라움도 무엇도 아니다. 일절 표정을 바꾸지 않고, 얼어붙을 듯이 차가운 목소리로 내뱉었다.

칙칙한 갈색 머리카락에 헤이즐 색의 눈동자. 오즈웰 백작가의 장남 로랑이었다. 크리스토프의 축하 파티에도 참가해, 레티시아와 질베르의 불화설을 고래고래 외쳤던 기억은 아직 선명하다.

그라는 것을 알아차렸더라면 봐주지 않았을 것을. 레티시아의 미간이 구겨졌다.

"하하하."

"꽤 즐거워 보이는군. 묶이는 걸 좋아하나?"

"멍청한 소리 하지 마. 이 상황에서 어떻게 웃지 않을 수가 있지? 그 질베르 로스만이 나라를 지키다니, 정말이지 웃기는군. 원래는 당신이 이쪽이잖아? 기껏 어울리는 지위를 선물해 드리려고 했는데 말이지요. 괜한 짓을 해서는."

"겸손 떨 것 없어. 땅을 기는 건 네가 더 어울리니까. 아쉬운 점이라면 이곳이 잘 닦인 아름다운 바닥이라는 거다. 더 더럽고 진흙투성이인 쪽이 어울리는데. 아주 아쉽군."

"아, 하지만."이라고 말하며 통쾌함에 일그러진 미소를 짓는 질베르.

"거울처럼 반사해서 그 한심한 얼굴이 잘 비치는 건 좋은데. 자, 똑똑히 보도록. 아주 잘 어울리니까."

"네놈!"

"조상이 쌓아 올린 공적에 안주해 잘난 척이나 하던 백작 자제 주제에 설치지 마라. 건방지다. 머리를 숙이지 못하겠나, 매국노 같으니."

질베르는 일어서 로랑의 머리를 힐 끝으로 꾸욱 짓밟았다.

이쯤 되니 누가 악인인지 알 수 없는 광경이었다. 질베르가 그렇게 분노에 떠는 것을 보는 건 처음이었다. 그 둘 사이에 레티시아조차 알아차리지 못한 갈등이 있었던 걸까.

로랑은 필사적으로 머리를 움직여 아래서부터 질베르를 노려보았다.

그 시선에 질베르의 붉은 눈동자가 한층 더 경멸하듯이 가늘어졌다.

"이봐, 안을 훔쳐보려고 하지 말라고, 변태."

"우, 웃기지 마! 이 저주받은 황자!"

"하하하! 바보라 한 가지 말밖에 할 줄 모르나? 어휘력이 빈약하군. 아, 실례. 어휘뿐만 아니라 얼굴도 빈약했었지."

"뭐? 누가 빈약하다는 거야! 애초에 변태는 너겠지! 그런 차림으로!"

"바로 남자라는 걸 알아보지도 못했던 주제에 잘도 떠드는군. 어때? 나는 아름다운가? 하하하! 여성은 사랑받으면 아름다워진다고 하던데, 남자도 그렇더군. 레티는 내게 이 몸이 집어삼켜질 만큼 애정을 쏟아 주거든."

질베르는 오른손으로 자신의 목을 쓸며 오싹해질 만큼 아름다운 미소를 지었다.

집어삼켜진다는 것은 말 그대로다. 레티시아가 패배했을 때, 그 수하인 빙룡은 질베르의 목을 물어 삼켜 함께 데려가 주겠다고 약속했다.

삼켜질 목이야말로 사랑의 증표. 죽은 뒤에도 헤어지지 않겠다는 맹세의 장소였다.

"그런데 너, 결혼할 계획 있나? 꼭 부르도록 해. 아내와 함께 참석하지."

"…큭, 뭐, 윽!"

'아주 날카로운데. 말이 너무 날카로워서 레온 오라버니조차 질겁하고 있어. 너무 가엾어서 분노가 쏙 들어가는 건 처음 경험하는군.'

레티시아의 사랑으로 '저주'의 속박에서 풀려난 질베르.

지금의 그에게 설전으로 당해 낼 이가 있다면, 아돌프 정도일 것이다. 물론 그가 레티시아의 아버지라는 것을 감안해서다. 생판 남이라면 아무도 당해 낼 수 없겠지. 무적이다.

빙빙 돌려 빈정거리는 말로 천천히 괴롭히다, 직접적인 표현으로 머리를 짓누른다. 상대의 약점을 정확하게 공격해 마음이 꺾이게 만드는 방식은 훌륭하다고밖에 할 수 없었다.

"그럼, 너를 괴롭히는 건 여기까지 하고. 슬슬 본론으로 들어갈까."

"본론?"

질베르의 제안에 로랑은 의아하다는 듯이 미간을 좁혔다.

"그래. 이 마석 밀수 사건은 일단 덤이었거든."

"뭐라고?"

"얼마 전 오를레시앙 가문 실각 소동 때, 너는 뒤에서 이런저런 모략을 일삼았지? 꽤 잘 처리했었는지 끌어내기에는 다소 약한 증거밖에 나오지 않았어. 그렇다면 다른 사건으로 끌어내 한꺼번에 불게 하면 된다고 생각했지. 그런데 이번에는 꽤 감정적으로 움직여 준 덕분에, 편하게 너를 짓밟을 수 있었어."

로랑은 아무 말도 하지 않고 그저 입술을 깨물며 질베르를 노려보았다.

로랑이 오를레시앙 가문의 실각을 꾀했다니. 말도 안 돼.

갑작스러운 말에 놀라서 레온 쪽을 보았다. 그러나 레온도 몰랐던 내용인지, 놀란 표정으로 고개를 젓고 있었다.

왜지? 오즈웰 백작가와 오를레시앙 공작가는 마석 취급 등으로 가깝게 지내고 있었고, 비교적 양호한 관계를 쌓아 왔다. 원한을 가질 이유는 없고, 그 가문이 질베르를 저주받은 아이라고 위험시하는 파벌에 속해 있다는 소문도 들은 적이 없었다.

'모르겠군. 이 사건과 오를레시앙 가문 실각 소동. …가문의 사정과는 무관하게, 그저 개인적으로 질베르 님과 오를레시앙 가문에 원한이라도 있었던 건가?'

혼란스러워하는 레티시아와 레온 옆에서, 질베르는 말을 이었다.

"너는 이렇게 말했지. 질베르 로스만이 나라를 지키다니, 정말이지 웃긴다고. 그 말이 맞아. 그러나 오를레시앙 가문을… 레티를 위해서라면 얘기가 달라. 이번 사건을 해결할 수 있으면, 아내의 가문을 건드린 멍청이가 백일하에 드러나고 레온 공의 평가도 회복할 수 있어. 이득뿐이라는 거다.”

거기까지 말하고, 질베르는 로랑의 머리에서 발을 치웠다.

더러운 것을 털어 내듯이 스커트 자락을 두드려서 주름을 폈다.

“레티에게 해를 가하려는 자를 봐주지는 않아. 자, 들려주시지. 왜 오를레시앙 가문을 적대시했지?”

“……마.”

“응?”

“레티시아 님의 이름을 함부로 부르지 마!!”

눌러 참은 분노가 한계치를 넘어선 건가. 갑자기 로랑이 격노했다. 팔다리를 구속당했으면서도 버둥거리며 추하게 몸부림치는 모습은, 날개가 뜯겨 나간 벌레 같았다.

질베르를 노려보는 눈은 검게 흐려져 있었다.

“훨씬, 훨씬 예전부터 레티시아 님을 사모했어. 몇 번이나, 몇 번이나, 오를레시앙 경에게 레티시아 님과의 혼약을 청했다고. 하지만 항상 거절당했지. 자네는 감당하지 못할 거라며. 돈을 더 벌면 되는 건가, 가문의 힘이 더 강해지면 되는 건가! 필사적으로 인정받기 위해 노력했는데… 네가 전부 빼앗아 갔어!

게다가 아름답고 가련한 레티시아 님에게 그런 짓을…!"

퉷 하고 로랑이 입에서 뭔가를 뱉었다.

검은 돌. 마봉인의 돌이다. 아직 갖고 있었던 건가.

"쳇!"

섬광과 함께 열린 문에서 가해진 공격을 트와가 친 얼음의 방패가 막아 냈다.

레티시아는 서둘러 얼음 기둥을 던져 돌을 파괴하고, 질베르를 뒤로 숨겼다.

"웃기지 마라! 네놈이 하는 말은 뭐 하나 이해할 수 없어. 레티시아를 사모했다고? 그렇다면 왜 오를레시앙 가문을 공격하는 데 힘을 보탰지? 보통은 반대일 텐데."

"당연하지. 오를레시앙 가문을 약하게 만들기 위해서다. 그 가문이 약체화하고 마석 건을 저주의 황자에게 덮어씌우면 전부, 전부 잘 풀렸을 거야! 그런데 첫 번째 작전은 실패했어! 이 녀석 때문에! 아아, 그래도… 그래도! 이 건만은 성공시켰어야 했는데! 그녀는 저주받은 황자 곁에서 괴로워하고 있어. 거기에 내가 손을 내밀어 주면 분명, 내 쪽으로 마음이 움직일 거다! 나는 그녀를 구해 주고 싶었어!"

'구해 주고 싶었다고?'

레티시아는 머리를 싸쥐고 싶어졌다.

오를레시앙 가문을 실각까지 몰아붙이고, 질베르를 마석 밀수 범인으로 몰아 꼼짝도 할 수 없게 됐을 때 로랑이 구해 주러 왔다며 손을 내민다… 그런 각본이었던 걸까.

설령 오를레시앙 가문 실각이 실패로 끝나도, 질베르만 사라지면 레티시아를 구하고 자신이 남편 자리에 앉는다.

자작극도 정도가 있었다.

괴로워하고 있다니. 어처구니가 없군. 부탁한 적도 없는데 '구해 준다'는 건 무슨 소리인가. 그딴 것, 손을 내민 시점에서 웃기지 말라며 손목을 비틀어서 던졌을 것이다.

…아니, 그 정도로는 부족하다. 사랑하는 서방님에게 위해를 가한 장본인에게 베풀 자비 따위는 없었다. 분노로 몸을 떠는 레티시아. 그러나 그것은 레티시아만이 아니었다.

"레티를 구해 주고 싶었다고…?"

모골이 송연해지는 목소리가 등 뒤에서 들려왔다.

질베르는 레티시아를 밀치고 '타앙' 소리가 나도록 분노를 실어 바닥을 짓밟았다. 힐 끝이 남자의 얼굴을 스쳤다. 뺨이 베이고, 붉은 피가 흘렀다.

"그럼 네놈은 이런 어설프고 유치한, 작전이라고도 할 수 없는 것에 내 아내를 휘말려 들게 할 생각이었다는 건가? 사건을 일으킨 이유는 그 사람을 손에 넣기 위해. 책임은 전부 그 사람에게 강요하고, 자기는 정의의 사도인 척이라고? 구역질이 나는군."

"아니야! 나는 그녀를 구해 주려고…."

"그걸 강요라고 하는 거다. 정의의 가면을 쓰고 싶으면 끝까지 써, 꼴사납게. 모든 건 자기 의사이며, 이게 최적이라 판단했다고 당당하게 말하지도 못하는 자에게 그 사람이 흔들릴 리가 없어. 역시 장인어른이시라니까. 잘 알고 계시는군. 네놈 따위에게 레티시아는 너무 아까워."

로랑과는 달리 격노는 하지 않았다. 그저 조용히, 쌓이는 눈처럼 조용히, 그 분노를 키워 나갔다.

그래서 무시무시했다. 레티시아마저 끼어들 수 없는 박력이 있었다.

"만에 하나 이 계획이 잘됐다고 치고, 어떻게 그 사람을 행복하게 해 줄 생각이었지? 나라는 황폐해지고 안전한 곳은 어디에도 없을 텐데."

"당연하지. 함께 도망치면 돼. 망명 준비는 해 뒀고, 내 지위도 약속돼 있으니까. 나와 그녀가 함께하지도 못하는 나라에 머물러 있을 필요는 없어."

"정말 그 사람의 껍데기 말고는 아무것도 보지 않고 있군."

길가에 떨어진 쓰레기에 동정하는 것 같은, 지독하게 차가운 눈동자로 내려다보았다.

"레티시아는 가라앉는 배에서도 마지막까지 저항하는 타고난 전사야. 그런 더러운 손 따위는 뿌리칠 거다. 너는 그 사람이 얼마나 고결한지 몰라.”

‘…질베르 님.’

신뢰와 친애가 담긴 말에, 마음이 따스해졌다.

질베르는 레티시아의 모든 것을 이해해 주고 있었다. 그의 말이 맞았다. 만에 하나 이런 바보 같은 계획이 성공해서 나라가 어지러워졌다 해도, 모국을 버릴 리가 없었다. 질베르의 옆이라면 어디든 걸어갈 수 있다. 가라앉는 배조차 사랑의 배다. 도중에 내리진 않을 것이다.

질베르를, 가족을, 국민을, 나라를 지키기 위해, 전선에 서서 싸울 것이다.

‘정말이지, 다시 반한 건 나인지도 모르겠군.’

“하하하하! 전사? 그 가련하고 아름다운 벨 푸페가? 웃기지 마. 지금 뭐 하자는 거지? 저주받은 황자가, 레티시아 님의 본질을 이해하고 소중하게 아껴 준다고 어필하는 건가? 안됐지만 그런 거짓말에는 속지 않아!”

“멋대로 떠들어.”

“말해 두지만, 그 사건에 관련된 건 나뿐만이 아니야. 나 역시 장기짝의 하나. 모든 건 그분이 꾸민 일이다. 아직 아무것도 끝나지 않았어.”

“그런가.”

“…큭, 이번 일이 레티시아 님에게 알려지지 않아야 할 텐데?

그런 척을 한 거라고 해도, 뻔히 다 보이더군. 용제님에 대한 당신은 태도는 도저히 평범한 친구 관계 같지는 않던데."

'그분?'

뒤에서 조용히 듣고 있던 레티시아의 귀가 움찔 움직였다.

그러나 레티시아의 반응과는 다르게 질베르는 조용히 눈을 감고 "이제 됐어."라고 말했다. 그 목소리에는 체념과 분노가 깃들어 있었다. 이런 지경까지 와서도 자신이 옳다고 믿고, 질베르의 신경을 건드리는 말만 떠들어 대는구나 싶어 한숨밖에 나오지 않았다.

"입 닥치고 뻗어 있기나 해. 뒷일은 조사 부대에게 맡기지."

질베르의 말에 아무 말 없이 끄덕이는 레티시아.

그러나 용제의 정체를 모르는 자들이 보면, 부부 사이를 의심할 만한 사태로 연결되는 건가. 그건 영 내키지 않았다. 불쾌하다. 레티시아는 남자의 얼굴을 빤히 바라보았다.

"이런, 용제님. 죄송하지만 아무리 아름다우셔도 제가 사랑하는 건 레티시아 님뿐입니다. 질베르 황자처럼 당신의 매력에 사로잡히진 않을 겁니다."

"누가 그대를 유혹한다는 건가. 내가 평생 사랑을 속삭일 이는 서방님뿐이다."

"서방님이라고요. 하지만 그 서방님에게는 이미 아내가 있습니다. 그 정도는 알고 계실 텐데요?"

"하하! 재미있는 말을 하는군."

로랑의 경멸하는 듯한 목소리에 저절로 웃음이 흘러나왔다.

"아무것도 모르는 건 그대일 텐데?"

"제가 뭘 모른다는 겁니까?"

"전부다. 애초에 레티시아가 질베르를 사랑하지 않는다는 전제로 이야기를 진행하는 것 자체가 이상해. 다른 이의 마음은 눈에 보이지 않는 법이지. 마음대로 날조하는 건 그만두도록. 민폐가 따로 없으니까."

"날조가 아니야! 그런 식으로 파티에서 아무것도 못 먹게 하는 건 지독한 속박이다. 나는 레티시아 님을 지켜 주고 싶었던 것뿐이야!"

아직도 '지켜 주고 싶다'인가. 그것은 마치 마법 같은 말이었다. 로랑의 근간을 지지해 주는, 독선적인 마법의 주문.

이대로 질베르의 말대로 입을 닥치게 하고 국가 조사 부대에 넘겨줘도 상관없지만, 그래서야 분이 풀리지 않았다. 레티시아는 그에게 깨닫게 해 주고 싶어졌다.

"과연, 확실히 지독한 강요야. 아니, 독선적이라고 해야 할지도 모르겠다만. 너는 그것을 정의라고 주장하는 건가?"

"그래! 내 행위는 모두 레티시아 님을 위해…."

"아니지. 너의 그것은 정의가 아닌 착각이다. 자기 안에서 그렇다고 단정 짓고, 멋대로 분노를 느낀 것에 불과해. 사랑의 형태는 각자 다르다. 사랑을 일방적으로 강요하는 건 추하다고 하지 않았었나?"

"그러니까 착각 같은 게… 잠깐. 어떻게, 그 말을."

사랑을 일방적으로 강요하는 건 추하다. 그것은 로랑이 크리스토프의 축하 파티에서 한 말이었다. 그걸 아는 건 그 자리에 있던 이들뿐이다. 레티시아가 굳이 그 말을 고른 의미를, 그는 제대로 이해했다.

머리 회전이 느리지는 않은 모양이었다. 그렇다면 잘됐군.

로랑이 질베르에게 품은 분노도, 질투도, 원한도, 증오도… 그리고 레티시아라는 인형 공녀를 향한 우상 숭배도, 전부 다 박살 내 주지. 그 뒤에 남는 것은 동경의 잔해다.

그것이 분명 그에게 가장 큰 벌이 될 것이다.

레티시아는 손가락에 낀 반전의 마도구에 입술을 가져다 대고 "일단 전제가 틀렸어."라고 로랑의 귓가에 속삭였다. 청자색 돌이 존재를 주장하듯이 빛났다.

"마석 거래에 관여했다면, 이게 무슨 의미인지 알겠지?"

"의미라고? 무슨 소리를… 응? 그 반지의 돌, 마도구인가. 그 마법진은… 설마, 오를레시앙 가문에 전해지는 반전의 마도… 반전?"

로랑은 눈을 치뜨고 절망이 담긴 시선을 향했다.

"역시 머리는 나쁘지 않은 모양이군."

"아니, 아니, 아니, 아니, 잠깐! 그런, 그런 말도 안 되는 일이! 그럴 리가 없어! 하지만 그 소문은…."

"이것이 모든 위화감을 연결하는 마지막 조각이다. 이제야 점이 선으로 연결됐지? 네가 말하는 가련한 벨 푸페 따위는 환상. 어디에도 없었던 거다. 네 행동은 그저 허망한 노력에 불과했어. 더 이상 못 본 척하지 마. 나는 내 서방님을 세상에서 가장 사랑스럽게 생각하니까."

"거, 거짓말…이야. …당신은…."

답은 나왔다.

레티시아는 부정도 긍정도 하지 않았다. 필요하지 않아서였다. 사죄한다고 해서 용서할 수 있는 때는 진작 지나가고 말았다. 그를 기다리는 것은 극형뿐. 이제 아무도 구해 줄 수 없다.

몸을 일으키고 까마득히 높은 곳에서 로랑을 내려다보았다. 마지막 남은 한 조각 희망마저 산산이 부쉈다. 그것이 그나마 해 줄 수 있는 작별 인사였다.

"바보 같은 짓을 했군. 잘 있도록, 로랑 공. …실로 유감스러워."

"아아아아아아아아아아아!"

홀 전체에 울릴 정도의 절규. 망가진 인형처럼 그저 고함을 지르는 그의 몸을, 빙룡에게 명령해 구속했다. 이미 도망칠 기력도 없겠지만.

이것으로 사건은 해결됐다.

짝 하고 손뼉을 치자 방을 뒤덮고 있던 얼음은 순식간에 부서져 본래의 아름다운 홀로 돌아갔다. 반짝거리며 떨어지는 얼음의 파편. 레티시아는 깊이 숨을 내쉬고, 머리카락을 쓸어 올렸다.

'조금은 울분이 풀리는군.'

돌아보자 레온을 비롯한 국가 조사 부대원들은 피곤한 얼굴로 축 늘어져 있었지만, 질베르만은 "수고했어."라며 환한 미소를 지었다.

* * * * * * *

레온의 판단으로 뒤처리는 국가 조사 부대가 담당하게 되어, 레티시아와 질베르는 성으로 돌아가라는 이야기를 들었다. 남아 있어도 할 수 있는 일은 없었다.

처음에는 질베르가 "사건의 전말을 파악해 두고 싶어."라며 내키지 않아 했지만, 홀 벽에서 참새가 얼굴을 내밀고 있는 것을 깨닫고 어쩔 수 없다며 물러났다.

포콘은 매우 우수한 밀정이었다.

날개를 이용해 경례 포즈를 하는 참새를 남겨 두고 두 사람은 린 극장을 뒤로했다.

"그럼 이것으로 한 건 해결이군."

"…질베르 님."

창관에 들러 옷을 갈아입은 뒤, 자신의 방 발코니에 선 레티시아는 질베르를 올려다보았다. 붉은 눈동자가 상냥하게 가늘어졌다.

"혹시 이미 사건의 전모를 파악하고 있었던 게 아닌가?"

"글쎄, 무슨 소리야?"

"당신의 목숨을 노리는 자가 누구인지 짐작하고 있지?"

'그분이 꾸민 일'이라는 로랑의 말에 그는 눈 하나 깜짝하지 않았다.

당연하다면 당연했다. 일개 백작 자제에 지나지 않은 그가 질베르의 암살을 획책하고, 오를레시앙 가문을 궁지에 몰 수 있을 리가 없었다. 로랑 또한 누군가에게 교사를 받은 사람 중 하나. 그리고 그 사실을 깊이 추궁하지 않은 것은 이미 범인이 누구인지 짐작하고 있기 때문이다.

그렇지 않았다면 무슨 수를 써서라도 캐냈을 것이다.

그래, 라며 질베르는 안타깝게 눈을 내리깔았다.

"밝혀내 봤자 아무도 행복해지지 않을 진실이라면 나는 모든 것을 못 본 척할 거라고… 그렇게, 생각했었는데. 이 눈도, 나 자신도, 전부 마음에 안 드나 봐. …더 이상은 안 되겠지."

난간을 붙잡고 밤하늘을 올려다보았다.

짙은 감색 융단 위에 흩어진 크고 작은 갖가지 빛들. 지금 당장이라도 쏟아져 내릴 것처럼 시야에 가득한 별이었다. “이제 그만 마주하라는 것인가.” 그렇게 중얼거린 목소리는 마치 별에게 묻는 것 같은, 일말의 쓸쓸함이 깃들어 있었다.

“레티, 내일 밤에 잠깐 외출하고 올게. 단둘이 이야기하고 싶은 사람이 있어.”

“그건 상관없지만, 또 혼자 떠안으려는 건 아니겠지?”

“괜찮아. 애초에 혼자서 뭔가를 저지를 사람은 아니니까 위험하지는 않을 거야. 트와도 있고. 전부 끝나면 네게 제대로 보고할게. 그러니까 믿어 줬으면 해.”

그렇게까지 말하니 더는 아무 말도 할 수 없었다.

정말 못 말리는 서방님이야. 레티시아는 떨떠름한 표정을 지었다.

“만약 내 화술이 형편없어서 성가신 일이 늘어나는 결과가 된다면 미안해. 앞으로도 네 힘을 의지해도 될까? 항상 곁에 있으면서 날 지켜 줄 거라고… 자만해도 되는 거지?”

“이 목숨이 있는 한 당신을 지키겠다고, 그렇게 맹세했을 텐데. 그 어떤 상대라도 당신을 다치게 하려는 자에게 자비를 베풀진 않아. 마음껏 의지하고 어리광 부려 줘.”

“고마워. 사랑해, 나만의 레티.”

어리광 부려 달라는 말대로 레티시아의 몸을 꼭 끌어안고, 뺨에 입을 맞춰 주었다.

따뜻한 체온. 레티시아가 주는 사랑은 부끄러워하면서, 아낌없이 사랑을 주는 건 조금도 쑥스러워하지 않는 건 왜일까.

맞닿은 피부의 온기는 살아 있다는 실감을 주었다. 안심되고 마음이 편해서 졸음의 바다에 가라앉아 버릴 것만 같다. 하지만 레티시아에게는 양보할 수 없는 것이 있었다.

"그런데 질베르 님. 그쪽 사랑도 많이 받고 싶은데."

"응? 아, 그렇지. 확실히 배가 고프네. 좋아, 잠깐 기다려. 지금 맛있는 걸 잔뜩…."

말을 가로막듯이 양손을 뻗었다.

"응?"

"나도 돕고 싶어."

"참고로 레티, 부엌칼을 쥐어 본 적은?"

"없어."

단호하게 대답했다.

당연히 없지. 이래 봬도 공작 영애다. 부엌칼을 쥔 적도 없고, 주방에 들어가 본 적도 없었다. 검이라면 조금 다룰 줄 알지만, 같은 날붙이라도 사용 용도가 전혀 달랐다. 그래도 지금은 도저히 그냥 기다리기만 할 수 없었다.

한시도 떨어져 있고 싶지 않다. 언제까지나 곁에 있고 싶다.

질베르는 웃으며 레티시아를 끌어안고는 기쁜 듯이 뺨을 비볐다.

"아하하, 할 수 없지. 그럼 같이 해 보자."

"방해하지는 않도록 선처하지."

"네가 만든 거라면 새카만 물체라고 해도 맛있게 먹을 거야."

"…그건, 먹지 말아 줘."

질베르라면 너무 태워서 딱딱해진 물체라도 "자극적이고 맛있어."라고 말할 테고, 뭘 어떻게 했는지 알 수 없는 물컹물컹한 물체가 나타나도 "쫀득쫀득하네."라며 모조리 긍정하면서 먹어 버릴 것 같은 기분이 들었다. 그러다 배탈 나.

레티시아는 일단 먹을 수 있는 것이라는 첫 번째 목표를 세우고 열심히 해 보기로 했다. 그의 말을 잘 듣고 지시대로 움직이면 처참한 결과가 되지는 않을 것이다. 아마도.

"그럼 둘만의 축하연을 열자."

기분이 좋아 보이는 질베르.

레티시아는 그의 곁에 기대 사랑스러운 듯이 눈을 가늘게 떴다.

오늘 밤의 공기는 쾌적했다.

머리카락을 스치는 밤바람이 상냥하게 쓰다듬어 주는 것 같은 기분이 들었다.

5 진실

오로지 혼자 살아왔다.

버려진 이유는 모른다. 관심도 없다. 하지만 필요하다면 곁에 두었겠지. 필요 없으니 버려졌다. 결국 결론은 하나였다. 아무래도 좋지만.

그래서 진짜 어머니라고, 너를 계속 찾았다고 해도 실감이 나지 않았다.

이제 와서 어머니 따위는 필요 없다. 내민 손을 뿌리치는 것도 생각했지만, 그 이상으로 이 여자는 이용할 수 있겠다고 생각했다. 어차피 그쪽도 같은 속셈이겠지.

내민 손은 환상이고 속삭이는 것은 악마의 거짓말임을 알아도, 그 손을 잡는 것 외에 선택지 따위는 없었다.

자, 게임이 시작됐다. 여기서부터는 가면을 쓴 연극이다.

이 빌어먹을 세상에 아주 조금이라도 빛이 새어 든다면. 울면서 썩은 빵을 먹는 나 같은 어린아이가 이 세상에서 사라진다면.

더러운 광대라도 왕자님이 될 수 있다는 것을 증명해 주겠다.

다른 누구도 아니다.

자기 자신에게, 그렇게 맹세한 것이다….

그것은 아름다운 달밤이었다.

위태로우면서도 아련하게 떠오른 달빛이, 창문을 통해 일제히 실내로 쏟아져 주변을 푸르게 비췄다. 그 빛을 받은 성안 복도에는 희미한 윤곽이 떠올라, 뭐라 형용할 수 없는 환상적인 공간을 만들어 내고 있었다.

크리스토프는 멈춰 서서 창문 너머로 하늘을 올려다보았다.

그때 등 뒤에서 기척을 느꼈다.

모퉁이 안쪽. 밤을 농축한 듯한 어둠 속에서 붉은 눈동자가 둘, 이쪽을 보고 있었다.

어둠조차도 걷어 내며 빛나는 그것은, 인간이 아닌 다른 존재라고 해도 납득해 버릴 만큼 아름답고 불길한 색이었다.

"좋은 밤이야, 크리스토프 전하."

"질베르…."

온화한 표정을 짓고 있었다.

그래서 더욱, 대본을 읽는 것처럼 감정이 실려 있지 않은 목소리가 가슴을 술렁거리게 했다.

"오늘은 부탁이 있어서 왔어."

"부탁이라고?"

"이제 그만 좀 괴롭혔으면 해서."

자신도 모르게 숨을 삼켰다. 심장에 날카로운 일격을 먹은 기분이었다.

스스로도 동요하고 있다는 걸 잘 알 수 있었다. 그래서 꾹 억눌렀다. 들켜서는 안 된다. 크리스토프는 깊이 숨을 내쉬었다.

"무슨 소리인지 모르겠는데."

"겉치레는 그만둬도 돼. 알고 있으니까. 내가 형님이라고 부르지 않는 게 그렇게 마음에 안 들어?"

"그러면 드디어 불러 주는 건가? 형님이라고."

"내 형님은 형님뿐이야. 그건 당신이 가장 잘 알고 있을 텐데."

똑바로 찔러 오는 듯한 시선에 크리스토프는 체념이 섞인 한숨을 내쉬었다.

"…그렇군."

이제 더는 얼버무릴 수 없나.

언젠가 이런 날이 올 거라고 예견했었다.

크리스토프가 살아 있다는 보고를 듣고 "형님!"이라며 다급하게 병실로 뛰어 들어온 질베르. 그런 그에게 그저 시선을 마주치고, 미소를 짓고, "질베르."라고 말을 걸었을 뿐이었다. 크리스토프라면 그렇게 할 거라는 것을 알고 있었다. 올바른 판단이었다. 틀린 부분은 없을 거라고 단언할 수 있었다.

그러나 질베르는 눈을 크게 뜨고 굳었다.

그리고 당장이라도 울음을 터트릴 것만 같은 떨리는 목소리로 "무사히 귀환하신 것, 축하드립니다. 크리스토프 전하."라고 머리를 숙이고는 빠르게 방을 나갔던 것이다.

아아, 눈치챘구나… 하고 깨달았다.

틀린 부분 따위는 없었는데.

목소리도, 얼굴도, 동작도, 전부 친모 모건에게 배운 그 남자는 완벽한 황태자 크리스토프였을 텐데도.

"역시 처음부터 알고 있었구나."

"일단 속눈썹 길이와 코 방향이 형님과 조금 달라. 머릿결도… 당신 쪽이 아주 조금 뻣뻣하지 않나? 동작으로 말하면, 놀랐을 때 눈썹이 올라가는 폭이 1밀리 정도 다르고, 생각에 잠겨 있을 때면 귓불 뒤쪽을 건드리는 게 아니라 쥐고 있는 거야, 그건."

"하하하! 이것 참, 두 손 들었어. 측근보다, 친모보다, 적당한 거리를 유지하고 있던 동생이 더 잘 보고 있었다니 말이야. 아니면 그 눈의 힘인가?"

붉은 눈동자에 손을 뻗는다.

그러자 질베르의 목에 감겨 있던 빙룡이 모습을 드러내 크리스토프를 견제했다.

용제의 마법 생물. 역시 뒤에서 연결돼 있었나. 본인이 옆에 없어도 다른 이를 압도하는 위압감은 건재했다. 빙룡 한 마리로 이렇다면, 용제 본체는 얼마나 강하다는 건지.

당황하며 거둔 손을 꽉 쥐었다.

이길 확률은 아예 없었다. 질베르 혼자라면 한순간에 제압할 수 있지만, 용제님의 빙룡과 싸울 생각은 없었다. 질 싸움이라는 걸 알면서 덤벼드는 건 바보나 하는 짓이다.

질베르는 아직 위협하는 자세를 무너트리지 않는 빙룡을 달래고, 머리 부분에 키스를 해서 얌전하게 만들었다. 놀랄 만큼 익숙한 손길이었다.

빙룡을 마치 개나 고양이처럼 다루다니, 무서운 녀석 같으니.

질베르의 시선이 크리스토프에게 되돌아왔다.

"싸우러 온 게 아니야."

"그럼 단죄하러 왔나? 너 따위가 황태자의 이름을 사칭하지 말라고."

주먹을 쥔 손에 힘이 들어갔다.

"거짓 왕관을 벗겨, 끌어내리려고 온 거겠지?"

황태자 크리스토프는 어디에도 없다. 그의 머리 위에서 빛나는 왕관은 결국 겉보기만 그럴싸한 가짜. 이 몸에 로스만의 피는 한 방울도 흐르지 않는다.

모건이 황비가 되기 전, 병에 걸려 밖에 나갈 수 없는 시기가 있었다. 그것이 어딘가의 하급 귀족과 아이를 가져 출산하기 위해 숨어 있었던 것임을 아는 자는 이제 거의 없을 것이다. 아이의 존재를 들킬 수는 없었다. 그래서 그 가문은 한 남자아이를 버렸다.

본래는 두 번 다시 얽힐 일 없었던 인연.

그러나 그것은 크리스토프의 죽음으로 뒤집혔다.

질베르에게 황제의 자리를 넘겨야 하는 것을 가장 견딜 수 없었던 건, 어쩌면 모건이었을지도 모른다. 황비는 필사적으로 그 아이를 찾았다. 그리고 찾아냈다.

무슨 인과인지 운명인지. 크리스토프도 버려진 아이도 모건의 유전자를 짙게 이어받았다. 얼굴도 목소리도 체격도 꼭 빼닮아 있었던 것이다. 아주 조금 얼굴을 고치니 그곳에는 이미 사고로 죽은 크리스토프가 있었다.

그렇게 그 남자는 자기 이름을 버리고, 거짓 황태자가 된 것이다.

“역시. 그래서 내 존재가 방해가 된다는 건가. 아버님의… 현 황제 폐하의 피를 이어받은 아들은 나 하나가 됐어. 반드시 내게 황태자 자리가 굴러 들어오게 되겠지.”

“…그래.”

지금까지 못 본 척했던 것이 이상했던 것이다. 모든 게 허무하게 끝났다.

크리스토프는 체념하고 눈을 감았다. 하지만, "정말이지 민폐가 따로 없군!"이라는 질베르의 노성에 순식간에 의식을 빼앗겼다.

지금 뭐라고 했지? 민폐라고 하지 않았나.

자신도 모르게 고개를 들고 질베르를 빤히 바라보았다.

지금까지 단죄자처럼 두려운 존재였던 질베르는 마치 토라진 어린아이처럼 입술을 삐죽거리며 뚱해 있었다.

"나는 황제 따위는 되고 싶지 않고, 레티와 행복하게 살 수만 있으면 그것만으로 충분해. 네게 필요하다면 기쁘게 선물하지. 오히려 이자를 붙여서라도 떠맡기고 싶어."

"뭐? 아니, 어? 너, 무슨 소리를…."

"나는 무대 뒤쪽에 있는 게 더 자신 있거든. 애초에 저주받은 황자가 황제라니, 너무 재수가 없잖아. 아무도 내가 황제 자리에 오르는 걸 원하지 않아. 이게 가장 좋은 형태라고."

5년 동안 아무 말도 안 하고 있었으니 그 정도는 짐작하라는 듯 어깨를 으쓱이는 질베르.

"그럼 대체, 무슨 목적으로…."

"처음에 말했잖아. 이제 그만 좀 괴롭히라고. 새대가리야! 뭐, 정확히 말하자면 모건 황비를 설득해 줬다면 한다는 거지만."

"그런 얘기를 믿을 수 있을 리가…."

"이 나라를 부수고 싶은 건 아니잖아?"

"당연하지!"

자신도 모르게 목소리를 높였다.

질베르는 그 모습에 온화한 웃음을 흘렸다.

"그렇다면 발밑을 잘 살펴. 장기짝 관리는 제대로 해야지."

"마석 건인가. 그건 우리도 처음 듣는 소리였어. 보고가 올라왔을 때는 놀랐지. 바보 같은 놈이야. 하지만 애초에 그건 황비님의… 아니, 변명은 관둘게. 폐를 끼쳤군."

"흠, 역시 당신을 만나러 오길 잘했어."

오즈웰 백작가의 로랑. 그는 질베르의 힘을 깎아내리기 위해 오를레시앙 가문을 모함하려 획책했을 때 사용한 장기짝이라고 모건이 말했던 것 같지만, 황비의 꼬임에 넘어간 결과 그 암시가 풀리지 않은 채 나라를 위험에 빠트리려 했다니. 생각도 하지 못했다.

질베르가 움직이지 않았다면 어떻게 됐을지. 정말이지 머리가 아팠다.

"현재 크리스토프 전하는 사고 후유증으로 건망증 증상이 생겨서 아침부터 밤까지 제왕학을 철저하게 배우고 있다…는 설정이었나? 고작 몇 년 만에 각 방면에서 절찬을 받을 정도로 노력했잖아. 당신은 충분히 왕의 자질을 갖추고 있어."

"꽤 좋게 봐 준 모양이네."

"나라에 중요한 건 그 몸에 흐르는 피일까? 아니잖아? 모두가 걱정 없이 살 수 있도록 평화를 유지하고, 나라를 풍요롭게 만들어 나갈 우수한 통치자야. 당신이 그렇게 되고 싶다고 원한다면, 안 될 이유가 뭐가 있지?"

"하하, 설마 황자님 입에서 그런 말을 들을 줄이야."

"아니. 이건 내 말이 아니야. …모두의 바람이지."

"모두의 바람?"

내내 신기하게 여겼다.

왜 진상을 알면서도 입을 다물고 있는지.

이제야 겨우 이해할 수 있을 것 같았다.

이 남자는 누구보다 자신의 입지를 이해하고, 사람들의 저주와도 비슷한 바람을 받아들여 왔다. 저주받은 황자를 황제로 원하는 자는 없다. 그래서 설령 목숨을 위협받아도 입을 다물고 있었던 것이다.

아니, 입을 다물 수밖에 없었다.

지금 이 타이밍에, 레티시아라는 사랑하는 아내와 행복을 누리려는 질베르이기에 '황제 자리는 필요없다'라는 말에도 신빙성이 있었다.

만약 모든 걸 파악한 황자가 즉시 교섭하러 왔다면, 모건에게 제거당했겠지. 용제의 수호도 없고 뒷배도 없는 황자는 손쓸 방법도 없이 거기서 끝났을 것이다.

"당신이 어떤 사람인지는, 보고 있으면 알 수 있어. 그리고 황족의 피가 끊기면 저주받은 붉은 눈의 아이도 태어나지 않을지도 몰라."

"나라를 기울게 하는 붉은 눈의 저주 말인가?"

"그래. 나는 운 좋게 레티를 만났어. 하지만 그건 그냥 운이 좋았던 거야. 어느 시대에나 그 사람 같은 자가 있는 건 아니지. 그래서 대부분은 사랑에 굶주리고, 사람을 두려워하다 죽어 갔어. …그런 건 너무 쓸쓸하잖아."

그건 목 안쪽에서부터 쥐어짜는 것 같은 비통한 목소리였다.

"태어나지 않는다면 그게 제일 좋아. …설령 그게 탁상공론이라고 해도, 시도해 볼 가치는 있을 거라고 생각해."

붉은 눈동자가 크리스토프를 똑바로 바라보았다.

붉은 눈의 저주는 로스만 제국을 멸망으로 이끈다고, 그렇게 들었다.

제국에 대한 저주. 그렇다면 로스만의 혈연이 끊어진 마당에, 나라가 멸망하지 않는다면 질베르의 계획도 의미가 없을지 모른다. 본인도 그걸 알고 제안한 거겠지. 그야말로 지푸라기에 매달리는 심정으로.

질베르가 지금까지 어떤 처우를 받아 왔는지는 모른다. 자기

일만으로도 버거워서 알려고도 하지 않았다. 하지만 이것만은 알 수 있었다. 질베르의 말에 거짓은 없었다. 질베르의 제안은 그 자신에게도, 크리스토프에게도 이득이었다.

연달아 성가신 일이 일어나고, 마지막 마무리가 이것인가…. 하고 질베르의 방문을 체념 어린 심정으로 받아들였지만, 좋은 의미로 배신당했다.

이건 전환의 계기였다. 그것도 호전好轉 쪽의.

크리스토프는 자세를 바로 했다.

"…모든 걸 알고서, 어머님이 아닌 나와 접촉한 거군."

"그 사람은 이제 틀렸어. 말 같은 건 종이 조각이나 마찬가지야. 아무런 의미도 없어."

"동감이야. 그 사람은 이미 나와 크리스토프의 경계가 모호해지기 시작한 상태야. 현비賢妃라고 불린 시기도 있었다지만 크리스토프의 죽음으로 망가져 버린 거겠지."

불쌍하게도, 라고 내뱉었다.

이제 왕자님의 가면을 쓸 필요도 없겠지.

크리스토프를 거칠게 머리카락을 쓸어 넘기고, 답답하다는 듯 옷깃을 느슨하게 풀었다. 다정한 라임 그린 색 눈동자가 고기에 달려드는 하이에나 같은 빛을 띠었다.

"네가 사고의 원인이라며 억지 논리로 증오하는 건지, 계승권 때문에 방해된다면서 증오하는 건지. 이제 알 수 없게 된 거 아냐? 어쩌면 모조리 다 뒤섞여서 진짜 크로스토프가 폐하의 피를 이어받지 않았다는 설정이 돼 있을지도 모르지. 하하하! 뭘 그렇게 합체시키는 거야. 키메라도 아니고."

"…꽤 가면을 잘 쓰고 있었던 모양이네."

"난 하루하루 겨우 먹고 살던 들개였어. 우아할 리가 없지. 하아, 왕자님이라는 것도 답답하다는 걸 뼈저리게 깨달았어. …하지만 의외로 침착하군. 놀랄 줄 알았는데."

"더 굉장한 걸 경험한 뒤라서."

더 굉장한 것. 크리스토프의 머리에 한 소녀가 떠올랐다.

"아… 혹시, 인형 공녀?"

"알고 있었어? 그 사람의 진짜 모습을."

"아니, 내 생존 본능이 꼬리를 말고 복종하라고 경고한 적이 한순간 있었거든. 그때의 위압감은 엄청났는데. 어? 본모습은 더…?"

"…레티, 너란 사람은."

머리를 싸쥐는 질베르. 레티시아를 아내로 맞아 오붓하게 살고 있다. 이제 와서 크리스토프가 변모한 정도로 놀랄 인물은 아닐 터.

"네 손을 잡는 게 최선이라는 건 알아. 갈아탈 때가 왔다는 거군. 잘 부탁해, 질베르 황자님."

"나라를 위해 내 힘이 필요하다면 제2황자로서 힘을 빌려주지. 모든 걸 당신에게 떠맡긴, 그 책무 정도는 질 생각이야."

"책무라니, 영 딱딱한걸. …너무 기대하지 마. 어차피 장식이니까."

"말은 잘하는군."

크리스토프는 질베르에게 손을 내밀었다. 이번에는 빙룡이 방해하지 않았다.

마주 잡은 손의 온기에, 어째서인지 안심했다.

흐름이 바뀐 것은 피부로 느끼고 있었다. 이대로 모건이라는 가라앉는 배와 함께 익사하는 건 사절이었다. 그 사람을 어머니라고 생각한 적은 한 번도 없었다. 모건에게 아들은 오로지 크리스토프 하나. 서로가 목적을 위한 도구에 지나지 않았다.

죄책감은 없었다. 동정은… 조금 했을지도 모른다.

하지만 그뿐이었다.

계약은 성립됐다. 앞으로 질베르와는 협력 관계다. "그럼."이라고 말하며 손을 빼려고 했다. 하지만 질베르는 크리스토프를 붙잡고 놓지 않았다. 어둠에 떠오르는 붉은 눈동자가, 슬픈 듯이 흔들리고 있었다.

뭔가 깜박하고 하지 않은 말이라도 있는 걸까.

질베르의 입술이 열렸다.

"그리고 하나 더…."

* * * * * * *

침대 한쪽에 걸터앉아, 방문을 빤히 바라보았다. 아직 열릴 낌새는 없었다.

램프를 무릎 위에 올려놓고 꼭 끌어안은 채로 얼마나 시간이 흘렀을까. 트와에게 보고가 없으니 문제없다는 건 알지만, 안절부절못하며 몸이 흔들렸다.

그때 발소리가 들려왔다. 질베르였다.

레티시아가 잠들어 있을 가능성도 고려한 조용한 노크와 함께 문이 열렸다. 레티시아는 램프를 끌어안은 채 달려갔다.

"어서 와, 질베르 님."

"다녀왔어. 이야기는 무사히 마쳤어, 레티."

그렇게 말하는 질베르의 목소리는 조금 떨리고 있었다.

"왜 그래? 기운이 없군."

"…그래? 그렇게 보이나."

"질베르 님 검정 시험이 있다면 나는 만점일 거다. 아내를 무시하면 곤란해."

그렇지 않아도 가슴속에 담아 두는 일이 많은 사람이다. 작은 낌새도 놓치지 않을 거야.

레티시아는 가슴을 펴고 질베르를 올려다보았다.

"내 검정 시험…? 아하하! 그게 뭐야!"

"자, 이리 와. 질베르 님."

"…응."

램프를 바닥에 내려놓고 팔을 벌리자, 당연하다는 듯이 질베르가 몸을 숙였다.

레티시아는 질베르를 꼭 끌어안고서 등을 토닥토닥 쓸어내렸다. 내내 신경을 곤두세우고 참아 왔겠지. 질베르는 레티시아에게 온몸을 맡기고 축 늘어져 있었다. 무슨 일이 있었는지, 지금은 아직 묻지 않을 것이다. 이야기할 수 있게 되고 나서도 상관없다고 생각했다.

초목도 잠든 시간대. 벌레의 울음소리조차 들리지 않는 조용한 밤.

타닥타닥 타오르는 불, 천이 스치는 소리, 그리고 질베르의 작은 호흡만이 들려왔다. "레티." 하고 질베르가 문득 중얼거렸다. 도움을 바라듯 등에 두른 팔에 힘이 들어갔다.

"따라와 줬으면 하는 곳이 있어."

"무서운 곳인가?"

"그래. 무척, …무척 무서운 곳이야. 혼자서는 다리가 움츠러들어서 못 갈 것 같아."

"알겠다, 내게 맡겨. 당신의 부탁이라면 지옥 밑바닥까지도 함께 가지."

중요할 때 어리광을 잘 부리지 못하는 서방님의 서투른 부탁이었다. 승낙하지 않을 아내는 없을 것이다.

서방님이 바란다면 방패도 검도, 앞길을 비추는 등불도 될 것이다. 그렇게 조금이라도 무서움이 줄어든다면 아내로서 보람찬 일이었다.

"…정말, 레티는 멋있어. 네가 있으면 어디든 갈 수 있을 것 같은 기분이 들어."

강하게 꼬옥 끌어안는 질베르.

자신을 의지해 주는 게 기뻐서, 레티시아도 지지 않고 꼭 끌어안았다.

다음 날. 레티시아, 질베르, 포콘, 세 사람은 빙룡을 타고 하늘을 날고 있었다. 물론 포콘의 은폐 마법으로 존재도 기척도 완전히 차단했다.

어두운 밤에 녹아드는 것이 전제라면 레티시아도 못 할 것은 없었지만, 한낮에 이렇게 거대한 것을 사람들 눈에 띄지 않게 하려면 포콘에게 부탁하는 수밖에 없었다. 애초에 존재 그 자체가 눈에 띄는 레티시아에게 은폐 마법은 정반대의 성질. 아무래도 서툴렀다.

"저기. 저 트인 곳에 내려 줄래, 레티?"

"알겠다."

제국 수도에서 조금 떨어진 산속.

질베르의 손가락이 가리킨 곳에 내려선 세 사람.

"그런데 저도 따라가도 괜찮아요? 멀리서 시간 때우고 올까요?"

"괜찮아. 넌 내 친구니까."

잠행 데이트라고 착각한 포콘은 쑥스러운 듯이 "질베르 님도 참, 가끔 그러시더라."라고 하며 뺨을 긁적였다. 농담이나 장난을 섞어 호감을 전하면 가볍게 넘기는 남자지만, 진지하게 똑바로 하는 말에는 한없이 약하다. 귀여운 아기 새였다.

"어차피 또 숨어서 몰래 뭔가 할 거잖아요. 할 수 없지. 저도 함께할게요. 포콘은 의리 있거든요! 그래서, 뭐 하는 거예요?"

"나도 못 들었다. 질베르 님, 이곳에 뭐가 있지?"

"뭘 좀 찾으려고. 눈에 띌 테니까 금방 찾을 수 있을 줄 알았는데…."

눈에 띄는 것이라. 레티시아는 주변을 둘러보았다.

확실히 지금 서 있는 곳에서는 희미한 위화감이 느껴졌다.

주변은 싱그러운 나무들이 울창한데, 이 일대만 마치 베어 낸 것처럼 전체가 흙색이었다. 모래와 모래가 쓸려 '사박' 하는 소리가 발아래서 났다.

뒤쪽 벽은 바위 표면이 드러나 있고, 올려다보니 작은 돌이 후두둑 떨어졌다.

떨어트린 것. 뭔가의 흔적. 식물, 뭔가가 묻혀 있을 가능성도 있었다.

아래를 확인하며 조금 걷자 솟아오른 장소를 발견했다. 꼭대기에는 성인 남성의 주먹 정도의 돌이 존재를 주장하듯이 덩그러니 놓여 있었다.

뭐지. 애완동물의 무덤일까.

"왜 그래, 레티? 뭔가 찾아냈어?"

"아니, 애완동물의 무덤 같은 게."

"애완동물…?"

의아한 표정으로 레티시아의 옆으로 다가왔다. 그러나 레티시아가 발견한 그것을 확인한 순간, 질베르는 그 자리에 무너져 내렸다.

"질베르 님?!"

"뭐야, 소중한 게 아니었어? 사랑한 게 아니었어…? 이런 건 너무하잖아…."

매달리듯이 손을 뻗고는, 그러나 돌에 닿기 직전에 힘없이 떨어트렸다.

"형님…."

"…어?"

지금 뭐라고 말했지? 형님이라고 하지 않았나. 질베르의 형은 이복형인 황태자 크리스토프 로스만뿐. 그는 오늘도 문제없이 집무를 보고 있었다.

옷과 얼굴이 모래로 더럽혀지는 것도 상관하지 않고 울부짖는 질베르.

레티시아는 문득 바위를 올려다보고, 그리고 깨달았다.

아아, 이곳은 그의 형 크리스토프 황태자가 추락해서 떨어진 곳이다.

그렇다면 질베르가 찾고 있는 것은….

눈을 감고 깊이 숨을 내뱉었다. 레티시아는 모든 것을 이해했다. 천천히 질베르 옆에 앉아 등을 쓸어 주었다. 무섭다며 겁을 먹은 것도 당연했다. 혼자 떠안기는 너무 무거운 것이었다.

레티시아는 질베르가 진정할 때까지 내내 그 등을 쓰다듬어 주었다.

"미안해, 레티. 고마워. 이제 괜찮아."

"질베르 님, 여기에 잠들어 있는 건…."

그 이상 말을 이을 수 없어 입을 다물었다. 뭐라고 하면 좋을지 알 수 없었다. 소리를 내어 말해 버리는 것에 무척이나 죄책감이 느껴졌다. 한심함에 주먹을 꽉 쥐었다.

그러나 질베르는 다정한 목소리로 "그래."라고 끄덕였다.

"내 형, 진짜 크리스토프 황태자 전하야."

"…그렇구나."

손을 뻗어 흙을 만졌다. 따뜻하지도 차갑지도 않았다.

왜 질베르가 레티시아를 잃는 것을 그렇게나 두려워했는지.

왜 질베르가 마음이 아닌 육체의 이별을 더욱 두려워했던 건지.

이제야 모든 것이 연결됐다.

등 뒤에서 포콘이 숨을 삼키는 소리가 들렸다.

"괘, 괜찮은 거예요?! 심각한 거 아니에요…?"

"상관없다. 오를레시앙 가문이 따르는 것은 로스만의 피가 아닌 황제 폐하다. 머저리가 아닌 이상 문제는 없어. 아버님도 그렇게 말씀하시겠지. 우수하기만 하면 돼."

"아… 그러네요. 그럴 것 같아요, 그 사람은."

아돌프 오를레시앙은 철저한 결과론자. 그것은 고아에서 오를레시앙 가문이 아끼는 밀정으로, 그리고 질베르 혹은 레시티아 전속으로 발탁된 포콘이 가장 잘 알고 있을 것이다.

나라의 수장이 중간에 뒤바뀌었다고 해도, 잘해 나간다면 침묵을 지킬 것이다. 오히려 진실을 드러내 질베르를 황태자로 앉히면 반드시 혼란이 일어난다. 사람들을 실각시키고, 함정에 빠트리고, 자신의 이익을 챙기기 위한 피에 젖은 정전政戰이 발발할 가능성조차 있었다.

그러한 분란 속에 질베르를 던져 놓고 싶지는 않았다.

황태자로 나선 자가 나라의 전복을 꾸미고 있다면 이야기는 또 다르지만, 질베르의 태도로 보아 그런 식으로 좋지 않은 방면에서 뒤바뀐 것은 아닌 모양이었다.

크리스토프의 귀환 뒤, 수상하게 생각한 자가 없었던 건 아니었다. 그러나 모든 것이 너무나 완벽한 크리스토프였기에 의심은 점점 걷히고 지금은 모두가 진짜라고 믿고 있다.

여기서 레티시아 일행이 모른 척하면 진실은 어둠 속에 묻힌다.

이것이 최선책. 가장 분란이 일지 않는 방법.

그러나 진짜 크리스토프는 홀로 땅속에 잠들어 있다.

누구의 추모도 받지 못한 채로….

"필요하다면 현 크리스토프 공의 혈통을 캐낼 수도 있지만… 지금은 조용히 기도를 올리자."

"고마워, 레티."

눈을 감고 묵도를 올렸다.

그런 레티시아의 옆에서 질베르는 더듬더듬, 형과의 추억을 털어놓기 시작했다.

특별히 사이가 좋은 형제는 아니었다. 대화다운 대화는 드물었고, 기본적으로는 인사뿐이었다. 좋은 아침, 잘 지내니, 수고했어, 잘 자. 정말 사소한 것들이었다. 그러나 질베르는 누구나 배척하는 저주받은 황자. 스쳐 지나간 한순간의 말이라도, 그 다정함은 분명히 귀에 닿았었다.

아버지는 어떻게 대해야 할지 알지 못해 신경을 쓰면서도 멀리했다.

귀족들은 쓰레기를 보듯이 안전한 곳에서 매도했다.

시녀들조차 두려움과 혐오를 가지고 대했다.

형뿐이었다. 형만이 질베르가 살아 있는 것을 허용해 주었다. 숨을 쉬는 것을 싫어하지 않았다. 심장이 움직이는 것을 받아들여 주었다. 그것이 얼마나 구원이 되어 줬는지. 형은 분명 모르겠지.

형의 존재가 있어서 길을 벗어나지 않았다고도 할 수 있었다.

"형님이 없었다면, 정말 이 나라를 멸망시키려 했을지도 몰라."

"…그랬다면 나는 오를레시앙 가문의 일원으로서 당신과 대치하는 지경이 됐겠지."

"아하하! 네게 살해당하는 마지막이라면 나쁘지 않아. 세상이 내가 필요 없다며 처단한다면, 너 같은 사람이 끝내 줬으면 좋겠어."

"질베르 님."

"농담이야. 이렇게 네게 사랑받는 쪽이 몇 배는 더 매력적이지."

그 농담은 분명 조금이라도 톱니바퀴가 어긋났더라면 사실이 되었을 것이다.

나라를 멸망시키고 싶었던 것은 아니다. 그저 그 몸에 자리 잡은 분노와 허무, 그리고 외로움은 혼자 떠안고 가기는 너무

나도 막대했다.

그의 고독한 몸을 꿰뚫는 미래가 기다리고 있지 않아서 정말 다행이라고 진심으로 생각했다.

"저주받은 황자에 관한 소문은 익히 들었지만, 성에 초대받은 적은 얼마 없어서 주변이 이상하다는 걸 피부로 느끼지는 못했어. 미안해. …다시 한번 아버님께 감사해야겠어. 당신에 대해 알 기회를 줘서. 아내로서 옆에서 함께할 수 있는 지금이 정말 행복해."

"…그건 내가 할 말이야, 레티."

질베르는 레티시아를 끌어안으려 했지만, 자신의 몸이 모래투성이라는 것을 깨닫고 허둥지둥 손을 내렸다. 이제 와서 뭘 주저할 게 있는지. 모래투성이라도 진흙투성이라도 함께인 것이 좋았다. 레티시아는 그 손을 붙잡고 품 안으로 뛰어들었다.

"앗! 하하…. 고마워, 레티. 성가신 일에 끌어들여서 미안해."

"얼마든지 끌어들여 줘. 그 정도로 겁먹을 아내로 보이나?"

"아니, 전혀."

레티시아를 끌어안은 팔에 힘이 들어갔다.

"나도 이대로가 좋다고는 생각해. 이게 가장 아무도 상처 받지 않는 방법이라고. 하지만 형님의 마지막이 이런 작은 돌 아래라니… 그게 분하고 쓸쓸한 것뿐이야."

"…질베르 님."

아무도 다가가려 하지 않는 질베르를 유일하게 동생으로 대해 준 사람.

분명 성실하고 다정한 인물이었겠지. 그런데… 그가 살아온 증거는 지워지고, 이런 쓸쓸한 곳에 묻힌 것이다. 아마도 친모인 모건의 손에 의해.

적어도 외롭지 않기를. 그렇게 바라는 건 당연하겠지. 그렇다면 할 일은 하나였다.

레티시아는 좋은 생각이라는 듯이 '짝' 하고 손뼉을 쳤다.

"좋아, 그렇다면 만들까! 훌륭한 묘를!"

"…어?"

"당신 옆에 있는 게 누구라고 생각하지? 해 주지 못할 건 없어."

레티시아는 자신만만하게 가슴을 폈다.

다행히 이곳은 산속. 필요한 재료는 현지 조달로 어떻게든 될 것이다. 따악 하고 손가락을 튕기자 레티시아의 등 뒤에 빙룡 무리가 우르르 생겨났다. 일단은 물량 작전이다.

"레, 레티…? 뭘 하려고…."

"자, 얘들아, 오늘 중으로 전부 끝내자!"

오른손을 높이 들어 올리자, 그 움직임에 맞춰 빙룡이 하늘 높이 날아올랐다.

이쯤 되니 생각하는 것을 포기한 질베르는 "와아, 장관이다."

라고만 중얼거리고 먼 곳을 보는 눈으로 하늘을 향해 고개를 들었다.

빙룡을 총동원해 적당한 크기의 돌을 모은 레티시아는 그것을 얼음으로 만든 검으로 슥슥 절단해 형태를 다듬었다. 그 후엔 양손에 강화 마법을 걸어 크리스토프가 잠든 장소 위에 놓아두면, 묘로서 일단은 형식을 갖추게 된다.

"아니, 왜 그렇게 되는 건데요! 뭐가 그렇게 잘 잘려요!"

외치는 포콘 옆에서, 이제 그 무엇에도 놀라지 않겠다는 보살 같은 표정으로 "굉장해, 레티."라고 손뼉을 치는 질베르. 서방님의 성원을 받으면 일당백인 법. 다른 건 모조리 알 바 아니었다.

레티시아는 묘 앞에 무릎을 꿇고 한동안 생각에 잠겼다.

"전하의 이름을 새기는 건 역시 곤란한가."

끝이 가늘고 뾰족한 얼음을 만들어, 더욱 날카로워지도록 마법을 더했다. 손끝에 버프까지 걸면 준비 완료다. 차례로 글자를 새겨 나갔다.

적힌 건 이니셜뿐. 세상을 떠난 년도도 아무것도 새기지 않았다. 이곳을 지나간 사람이 발견해도 문제가 없도록 한 배려였다. 추도의 문구는 질베르가 원하는 대로 '잊지 못할'로 결정되었다. 단 한마디지만 모든 마음이 담겨 있는 것 같았다.

"그거 돌이죠? 그렇게 양피지처럼 글자를 막 쓸 수 있는 게 아니잖아요?!"

"역시 레티야. 글씨체가 아름답네."

"교통 정리할 사람이 진짜 나밖에 없어!"

혼자 난리를 치는 포콘을 남겨 두고, 크리스토프의 묘는 착실하게 완성되어 갔다.

"제법 그럴싸해졌네."

"이제 주위에 꽃이라도 심을까, 서방님?"

"그래, 그러면 외롭지 않겠어."

"내게 맡겨."

포콘과 섬세하게 움직일 수 있는 작은 빙룡들에게 명령해 주변을 수색시켰다. 빙룡들은 득의양양하게, 포콘은 "이제 마음대로 하세요."라며 포기한 얼굴을 숲으로 사라졌다.

"전하께서 어떤 꽃을 좋아하셨는지 알고 있나?"

"아니. 전혀. 하지만 뭐, 요란한 게 아니라면 괜찮겠지. 선물은 뭐든지 기뻐하는 사람이었으니까."

"그런가. 다정한 사람이었군."

"그래. 다정한 사람이었어."

한동안 기다리자, 한 마리가 작고 푸른 꽃을 물고 돌아왔다.

푸른 하늘을 따 온 것 같은 싱싱한 푸른 꽃잎이 다섯 장. 바람에 실려 살랑살랑 흔들리고 있었다. 작으면서도 힘이 느껴지는 꽃이었다.

"조금 수수한가? 더 화려한 게 좋으려나."

"…아니, 이게 좋아. 이걸로 하자. 어디에 피어 있는지 알려 줘."

"그래. 안내해 주겠나?"

빙룡은 고개를 끄덕였다. 레티시아는 염화로 포콘을 불러들이고, 다 같이 산을 올랐다.

인기척이 없는 산속이다. 대부분이 오솔길. 용제로서 전장에 서곤 하는 레티시아나 몸이 가벼운 포콘은 쉽게 갈 수 있지만, 문제는 질베르였다.

단련을 하기 시작했다고는 해도 보기 좋아지는 것이 목적. 기본적으로 수도에서 나오지 않는 온실 속 황자님에게는 꽤 험한 길이었던 모양이다. 처음에는 몇 번 넘어져서 떨어질 뻔한 걸 레티시아가 잡아 줬지만, 다치면 안 된다며 중간부터는 옆으로 안고 가기로 했다.

요즘은 레티시아 쪽이 안아 올려지는 일이 많아서, 공주님 안기는 오랜만이었다.

이건 이것대로 좋았다. 수치심에 얼굴을 새빨갛게 붉히고, 필사적으로 매달리는 서방님에게서만 섭취할 수 있는 영양소가 존재한다고 해도 믿어 버릴 것만 같았다. 아마 분명히 건강에 좋을 것이다.

"음, 왜 그렇게 웃어, 레티?"

"후후. 신경 쓰지 마. …슬슬 목적지에 도착할 것 같군."

"아, 말 돌렸지?"

앞서가던 빙룡이 허공에서 빙글 원을 그렸다.

아무래도 도착한 모양이었다. 질베르를 안은 채 초목을 뚫고 지나가자, 그곳 일대가 온통 꽃밭이었다. 땅을 뒤덮은 푸른 꽃의 융단. 마치 하늘을 깔아 놓은 것 같았다.

레티시아는 발끝부터 천천히 질베르를 내려놓고 하늘을 밟고 걸어갔다.

"이건 굉장하군. 이런 곳이 있었다니."

"그래. 환상적이야…."

동화 속으로 들어온 것만 같은 기분이었다. 그렇다고 해도 언제까지나 정신이 팔려 있을 수는 없었다.

레시티아는 얼음으로 작은 삽을 만들어, 포콘과 질베르에게도 나눠 주었다. 레티시아의 얼음은 마법으로 만들어진 것. 표면 온도를 조작하는 정도는 손쉬웠다. 냉기는 느끼지 못할 것이다.

"이 아름다운 장소를 망가트리고 싶지 않으니 균형을 생각해야겠군."

"레티의 말에 찬성해. 끄트머리 쪽이나 겹쳐 있는 부분을 조심해서 채집하자."

나르는 건 빙룡들에게도 도우라고 할까.

뿌리가 상하지 않도록 조심스럽게 파내 하나씩 빙룡의 입에 물려 주었다.

포콘은 "진짜 너무 뭐든지 다 할 수 있는 거 아니에요, 아가씨?!"라고 투덜거렸지만, 질베르는 "이거 꽤 어려운걸?"이라고 하며 조심조심 작업을 이어 갔다.

"사랑스럽지만 그다지 보지 못한 꽃이군. 질베르 님은 알고 있나?"

"그래. 국화國花야."

"국화? 국화는 '루시엘'이잖나? 확실히 생긴 건 비슷하지만, 화려함부터 전혀 다른데. '루시엘'은 봉오리가 사람 손 정도로 커."

"레티는 이 나라가 어떻게 생겼는지 알고 있어?"

"용의 지배와 기사 이야기 말인가? 동화로도 전해지지."

"맞아."

질베르는 손을 움직이며 이야기를 시작했다.

현재 로스만이 다스리는 이 땅은, 원래 거대한 용에게 지배당하고 있었다. 그 속국이었던 두 개의 나라가 힘을 합쳐 용을 타도하고 건국한 나라가 로스만 제국이다. 하지만 화려하게 승리하지는 못하고, 싸움은 더없이 치열했다고 한다. 많은 사람이 죽고 살 집을 잃었다.

그러던 중 희망의 빛이라고도 할 수 있는 기사가 있었다.

그는 강했다. 사람들의 기대를 짊어지고 최전선에서 용과 대치했다. 그리고 막대한 마력과 저주 그 자체인 용의 숨통을 끊은 그 기사는, 용의 저주를 온몸으로 받고 마치 처음부터 없었던 것처럼 홀연히 그 모습을 감췄다.

그가 있었던 곳에는 한 송이의 푸른 꽃이 흔들리고 있었다고 한다.

누구보다도 용감하고 정의감이 강하고 다정했던 그를 잊지 않도록, 그의 이름을 딴 꽃.

"그게 이 꽃 '아담 브라브'의 유래야."

질베르는 흙 속에서 조심스럽게 꺼내 하늘에 비춰 보았다.

하늘의 푸른색에 녹아들 것처럼 순결한 꽃. 작기는 하지만 강인함과 아름다움을 숨기고 있었다. 그러나 질베르가 한 이야기는 레티시아가 알고 있는 동화와는 꽤 달랐다. 기사는 저주 같은 건 받지 않고, 그 목숨이 다할 때까지 로스만 제국을 위해 힘을 썼다고… 했는데.

표정으로 드러났던 걸까. 레티시아의 의문에 질베르는 작게 웃었다.

"그래, 레티가 아는 동화와는 많이 다르지? 세월이 흐르면서 건국기도 여러모로 각색됐거든. 원전을 아는 사람은 적어졌어.

그리고 강대한 제국을 어필하려고 국화도 모양이 비슷하고 봉오리가 큰 '루시엘'로 바뀐 거야. 이미 꽤 오래전 이야기인 데다 여러 기록에서 지워져서, 정식 수단으로는 알 수가 없어. 레티가 위화감을 느낀 것도 당연해. 하지만 나는 황자님이니까, 그런 서고에도 마음대로 들어갈 수 있거든."

"역시 질베르 님, 박식하군."

"후후, 네게 칭찬받으니까 쑥스러운걸."

질베르는 꽃잎을 얼굴 가까이 가져다 대고 향기를 맡았다.

"'아담 브라브'의 꽃말은 '당신은 분명 여기에 있었다'. 형님의 이름도, 모습도, 공적도, 지금은 전부 형님의 것이 아니게 됐지만. 하지만 형님은 분명히 여기 있었어…."

마치 진혼가처럼 일대의 하늘이 흔들렸다.

황태자 크리스토프는 아직 살아 있다. 절망적이었던 상황에서 생환해, 불사신 크리스토프로서 사람들의 절대적인 지지를 얻었다. 그게 설령 거짓이라 해도 정사로 만들어야만 한다.

과거 크리스토프의 행동도 생각도 삶도 모든 것이… 지금은, 지금 살아 있는 크리스토프의 것이 되었다. 하지만 오로지 한 명, 서툴게나마 질베르에게 마음을 쓰고 계속해서 말을 걸어 준 형의 존재는 결코 사라지지 않는다.

그는 분명 이 세상에 있었다.

있었는데.

묘 앞으로 돌아와, 주위에 '아담 브라브'를 예쁘게 심었다.

결과는 제법 훌륭했다. 이거라면 외롭지 않겠지.

"아하하하! 하면 되네! 역시 레티야!"

"모두가 노력한 덕분이지. 뭐, 생각보다 엉망이 됐지만."

"그럼 같이 혼날까."

"후후, 그럴까."

얼굴이나 옷이 더러워지는 것도 신경 쓰지 않고 열심히 작업을 해서, 둘 다 진흙투성이였다. 분명 돌아가면 시녀들에게 혼쭐이 나겠지. 하지만 어린아이처럼 티 없이 웃는 서방님의 힘이 되었다면 나쁘지 않다. 이렇게 지저분해진 것도 훈장이라고 할 수 있겠지.

흔들리는 아담 브라브를 빤히 내려다보는 질베르. 레티시아는 조용히 곁에 섰다.

진실을 어둠 속에 묻고 평화를 선택했다. 그것이 악이라고는 생각하지 않는다. 살아 있는 사람이 불행해지지는 않을 테니까. 그래도 죄책감은 사라지지 않는 법이었다.

그저 자기만족에 불과하다고 비난받아도, 알량한 속죄라고 비웃음당해도, 이 꽃이 위안이 된다면 좋겠다고 생각했다.

이것으로 로스만의 피는 황제의 자리에서 사라진다….

"응? 음…."

문득 떠오른 생각에 고개를 기울였다.

"레티? 왜 그래?"

"아니, 잠깐 생각해 봤는데, 이대로 질베르 님이 황제의 자리에 앉지 않으면, 그건 어떤 의미에서 '나라를 멸망시켰다'라고 해석할 수도 있지 않을까 싶어서 말이야."

"나라를? 뭐, 로스만의 피는 끊기겠지만."

"그래, 그거야. 로스만이라는 나라는 남지만 황족으로부터 일족의 피가 사라지지. 그건 어떤 의미에서 새로운 나라라고 바꿔 말할 수도 있지 않겠나?"

로스만 제국은 로스만의 피를 잇는 자가 다스리는 나라. 단 한 번도 예외는 없었다. 그리고 질베르가 끌어안아 온 것은 '나라를 멸망시키는 붉은 눈의 저주'였다. 레티시아는 그런 것은 없다고 믿고 있지만, 질베르는 달랐다.

우려를 철저하게 없앨 수만 있다면 나쁠 것이야 없었다.

레티시아는 척 하고 검지를 세우더니 당황해 굳어 있는 질베르의 코를 건드렸다.

"그러니까, 질베르 님. 그가 황제가 되면 그 시점에서 로스만이라는 나라는 로스만 제국의 거죽을 뒤집어쓴 별개의 것이 돼. 물론 전하가 당하신 일은 불행한 사고지. 황비께서 대역을 준비한 것은 우연. 당신이 한 일은 그저 나라를 위해 황제가 되고 싶다는 남자의 존재를 못 본 척한 것뿐이다."

"…레티."

나무라는 듯한, 하지만 매달리는 듯한 목소리였다.

머리가 좋은 사람이니, 이미 레티시아가 무슨 말을 하고 싶은지 알고 있겠지. 꽉 쥔 주먹이 떨리는 것은 망설임인가. 아니면….

레티시아는 멈추지 않고 말을 이어 갔다.

"아무도 불행해지지 않고 나라를 멸망시키는 방식 아닌가? 나라가 멸망하면 저주도 의미가 없어져. 질베르 님 대에서 끝나는 거다. 최선의 결과지!"

"그런 편리한 해석…."

"편리하면 좋지! 무슨 문제가 있나? 어차피 자기 사정으로 황족에서 로스만의 피를 없앤 것에 죄책감을 느끼고 그 책임을 전부 떠안으려 하고 있지? 뭐든지 자기 책임으로 여기는 건 좋지 않은 버릇이야, 질베르 님!"

아래에서부터 째릿 노려보자, 질베르는 시선을 느릿하게 피했다.

"아, 고개를 돌린 걸 보니 정곡이로군."

"…아, 아니. 하지만…."

"딱히 책망하는 건 아니야. 솔직하지 못한 부분도 포함해서 사랑스럽다고 생각하고 있지. 하지만 깜박하고 말하지 않은 게 하나 있을 텐데?"

"깜박했다고? 내가?"

"그래. 뭘 위한 부부라고 생각하지? 나는 언제든 당신의 버팀목이 되어 줄 각오가 되어 있어, 서방님."

레티시아는 가슴을 툭 두드렸다.

"자, 든든한 아내에게 손을 뻗어 줘. 함께 나라를 멸망시키자!"

눈이 부시도록 올곧은 눈동자. 나라를 멸망시키자는 거창한 말을 하는 것치고 레티시아의 눈동자는 티 없이 맑았다.

레티시아는 망설이지 않았다. 가는 길이 설령 가시밭길이라 해도 웃으며 나아갈 사람이었다.

짊어지지 않아도 되는 것까지 멋대로 짊어지고 그 무게에 일어서지 못하게 되기 전에, 서방님은 좀 더 '기대는 법'을 배워야 했다. 손을 뻗으면, 옆에 있는 든든한 아내가 바로 마주 잡아 준다. 그게 당연하다는 것을 마음에 새겨 줘야 했다.

"정말이지, 너는."

질베르는 어처구니없다는 듯 머리카락을 마구 헝클어트리고는, 아직 천이 깨끗한 부분을 찾아서 손에 묻은 흙을 닦았다. 그리고 레티시아를 똑바로 바라보며 그 손을 내밀었다.

"레티, 부디 나의 공범자가 되어 줘."

"바라는 바다."

내민 손을 강하게 쥐었다. 이 손은 절대로 놓지 않을 것이다.

무슨 일이 있어도 그의 옆에서 걷겠다고 결심했다. 서방님을 전폭적으로 신뢰하고, 서로의 버팀목이 되어 주고, 부족한 부분을 채워 주고, 고통조차 나눌 것이다. 이것이 바람직한 부부의 모습이다.

늦어졌지만, 겨우 시작점에 선 기분이 들었다.

레티시아는 만족스럽게 미소 지었다.

"매일매일 이 이상은 없을 만큼 좋아한다는 걸 깨닫는데, 너는 항상 그걸 가볍게 넘어서 버려. 사랑의 상한선이 어딘지 전혀 모르겠어."

"그렇다면 매일 신선한 사랑을 전해 주지."

"아하하! 그건 무척 매력적인 제안인걸!"

질베르는 레티시아의 뺨을 살짝 건드리고, 고개를 숙여 이마를 마주 댔다.

붉은 눈동자가 시야를 가득 채웠다. 하지만 예전 같은 위태로움은 없었다.

"있잖아, 레티. 뒤처리가 끝나면 또 휴일을 얻어 낼게. 그때는 방에서 한 발짝도 못 나가게 할 거야. 언제까지나 함께 있자. 나 말고는 눈에 들어오지도 않을 만큼. 나만 봐 줘. 시선 돌리지 마."

"응, 맡겨 줘. 식사는 내 빙룡들을 이용해서 보존해 두면 문제없으니까. 글자 그대로, 아무것도 하지 않고 하루 종일 내내 당신을 보고 있도록 하지!"
주먹을 꽉 쥐고 힘차게 선언했다.
반짝반짝 빛나는 레티시아의 눈동자가 뿜어내는 압력에 질베르는 뺨을 붉히며 곤혹스러운 표정을 지었다.
"…아니, 역시 가끔은 시선을 돌려 줘도…."
"평소보다 눈을 덜 깜빡이는 것도 가능해!"
"그렇게까지 온 힘을 다해서 바라봐 주지 않아도 되거든?!"
레티시아는 한다면 하는 사람이다. 이대로 가다간 화장실이건 욕실이건 온 힘을 다해 바라봐 줄 것 같은 낌새를 느낀 질베르는 일찌감치 항복했다.
"…정말이지, 너는 못 당하겠어."
"서방님의 부탁은 최대한 들어주고 싶거든. 아내로서 말이야."
"기뻐, 레티. …그러고 보니 아직 제대로 사과하지 않았네. 이번 사건, 정말 미안했어. 고마워. 네가 없었다면 일이 더 커졌을지도 몰라."
"말은 그렇게 해도, 당신이라면 대비책을 준비해 놨을 텐데?"
"…놓치지 않을 준비 정도는. 하지만 별로 쓰고 싶지 않은 수단이었어. 완벽하다고는 할 수 없지. 네가 있어서 가장 좋은 결과가 나온 거야. 고마워, 레티. 역시 난 네가 없으면 안 돼."
"나도 당신이 없으면 외로워서 살 수 없을 거야."
질베르는 레티시아가 없어지는 것을 극단적으로 두려워하고 있었다. 레티시아가 없어지면 제정신을 유지할 수 없게 된다… 하지만 그건 레티시아도 마찬가지였다.

그의 웃는 얼굴도, 난처한 얼굴도, 쑥스러워하는 얼굴도, 화난 얼굴도 좋았다. 목소리도, 몸도, 자기 탓이라며 참는 면도, 레티시아를 위해 노력하는 한결같은 면도, 어리광 부리는 게 서툰 면도, 적을 상대로는 사정을 봐주지 않는 면도.

전부 사랑한다.

이렇게나 단 한 사람에게 마음이 끌리는 것은 처음이자 마지막이겠지.

그런 존재가 이 세상에서 사라져 버리는 미래 따위는 살아갈 자신이 없었다.

"당신은 내가 데려가겠다고 했지만, 당신이 없어지면 나도 바로 뒤를 따라가지. 그러니 부디 열심히 오래 살도록 해. 앞으로도 둘이서 함께 마주 보고 웃을 수 있도록."

"그래. 마지막 순간에는 함께 평온하게 숨을 거둘 수 있게 노력할게."

주름진 손을 마주 잡으며 "즐거웠어."라고 하며 숨을 거둔다. 그런 미래를 맞이할 수 있다면 세상에서 가장 행복하겠지.

두 사람은 쿡쿡 웃으며 서로를 마주 보았다.

"…저기, 슬슬 방해해도 될까요?"

갑자기 레티시아의 등 뒤에서 고개를 빼꼼 내미는 포콘.

“포콘?! 너 어디 있었던 거야?”

“저기 있는 큰 나무 속에. 아니, 방해하면 안 될 것 같아서, 기척은 물론 모습까지 지우고 있었어요. 포콘은 눈치가 빠르니까요! 칭찬해 주셔도 돼요!”

“그래, 그래. 정말이지 넌.”

“나도 쓰다듬어 주지. 이리 와라.”

여기서 불만을 말하는 게 아니라 ‘칭찬해 주세요!’라고 조르다니. 확실히 남을 배려할 줄 아는 남자다. 질베르와 레티시아, 둘이 머리를 쓰다듬어 주자 만족스러워 보이는 포콘.

정말이지 귀여운 아기 새다.

“그럼 슬슬 돌아갈까. 오늘은 연락을 안 해 뒀으니까 늦으면 큰일… 레티?”

“조금만 더 시간을 줄 수 있나? 아직 인사를 하지 않았거든.”

크리스토프의 묘 앞에 무릎을 꿇고, 가슴에 손을 대는 레티시아.

크리스토프가 있었기에 질베르와 적대하는 미래는 사라지고, 아내로서 만날 수 있었다. 최대의 감사를… 그리고 진실에 눈을 감은 것에 대한 사죄를. 모든 것을 담아 천천히 고개를 숙였다.

‘마지막까지 뜻을 이루지 못하고 가게 되셨으니 얼마나 분하십니까. 하지만 지금까지 그에게 마음을 써 주신 다정한 아주버님이라면 이해해 주시겠지요. 뒷일은 맡겨 주십시오. 이 나라도, 질베르 님도, 반드시 지키겠다고 맹세하겠습니다.'

길고 긴 숨을 내쉬고 눈을 떴다.

아담 브라브가 조용히 흔들리고 있었다.

긍정도 부정도 하지 않는다. 무엇을 물어봐도 대답이 돌아올 리는 없었다. 죽음이란 그런 것이다. 이제 와서 이 손으로 거둘 수 있는 것은 아무것도 없었다.

레티시아는 주먹을 꽉 쥐었다.

"좋아, 그럼 돌아가지."

일어나서 몸을 돌렸다.

뒤에서는 질베르와 포콘이 기다리고 있었다. 그들에게로 가볍게 달려가는 레티시아.

그러자 갑자기 돌풍이 불었다. 나무가 흔들리고, 나뭇잎이 날렸다. 그에 아담 브라브의 꽃잎이 섞여 팔랑거리며 춤추듯이 레티시아 주변을 날았다.

'이 나라와 동생을, 잘 부탁해.'

그것은 어쩌면 바람 소리였을지도 모른다.

나뭇잎이 스치는 소리에 사라져 버릴 정도의 희미한 속삭임.

하지만 너무나 다정하고 온화한 목소리라 레티시아는 자기도 모르게 돌아보았다.

위화감은 없었다. 살랑거리며 흔들리는 꽃 속에서, 크리스토프의 묘는 조용히 서 있었다.

"레티?"

"아, 아니. 금방 가지."

분명 기분 탓이겠지. 감상에 빠져서 들릴 리가 없는 것이 들린 듯했다.

앞을 향하고는 질베르의 손을 잡았다.

그리고 두 사람은 함께 걸어 나가기 시작했다.

6 ‘보고’

안녕하세요. 레티시아 님 전속…이라고 하면서 실제로는 거의 질베르 님 전속 밀정 포콘입니다. 오늘은 질베르 님의 집무실에 숨어 있습니다.

물론 일이니까 짹순이도 함께죠. 야무진 얼굴로 벽에서 머리만 내밀고 있습니다.

위화감 그 자체지만 질베르 님이 이래도 된다고 하셨으니까 괜찮겠죠. 아마.

아가씨와 질베르 님은 폭신폭신한 소파에 나란히 앉아서 홍차를 마시고 계십니다.

역시 벨 푸페로 명성이 자자한 아가씨. 그냥 앉아서 찻잔을 들고 있기만 해도 그림이 되네요. 와, 정말 너무 아름다우시다.

본성을 모른다면, 마주 보고 있는 것만으로도 매번 심장이 입으로 튀어나와 버릴지도 모르죠. 애초에 알맹이는 저 따위보다 훨씬 사나이답고 멋있는 사람이지만요.

잡담은 이쯤 하고. 본론으로 돌아가겠습니다.

마석 사건의 전말은 아시는 대로. 오늘은 그 해결 축하에, 답례에, 뒤처리 건도 포함해서 레온 님이 인사하러 오실 예정이랍니다.

하지만 오늘 질베르 님은 기운이 없네요. 거기엔 꽤나 귀찮… 아니, 복잡한 이유가 있습니다만 일단은 그것부터 얘기할까요.

"계획은 전부 문제없이 진행됐어. 이제 뿌린 씨앗이 싹트는 걸 기다리기만 하면 돼. 포콘에게 부탁해서 물도 뿌려 둘까. 후후, 이제 용제님을 포함해서 레티는 전부 내 거야."

질베르 님은 이런 소리를 하면서 악마도 줄행랑칠 표정으로 웃었지만, 머리가 좋은 이 사람도 사람들한테 소문이 어떻게 퍼질지는 완벽하게 파악할 수 없었던 모양이더라고요.

실은 조금 풀이 죽어 있답니다.

듣자 하니 처음 계획으로는 '용제님에게는 마음에 둔 상대가 있으니까 접근해 봤자 소용없음' 같은 소문을 퍼트릴 생각이었다는데요.

하지만 인간이란 자기 좋을 대로 해석하는 법.

그 결과 퍼진 건 '악녀조차 이용해서 암약하는 다크 히어로'라는 내용의 소문이었다네요.

이용당한 악녀라니까요, 질베르 님.

처음 들었을 때는 제 복근이 못 견디겠다고 비명을 질러서 그냥 안 참고 웃어 버렸어요. 그렇게 웃은 건 처음인 것 같아요. 너무 웃기잖아요.

뭐, 그만큼 용제님의 인기가 많다는 거겠죠. 소문이 퍼지면서 꽁냥거렸다는 부분은 완전히 사라지고 사건 조사의 일환으로 별수 없이~ 같은 방향으로 변화했다고 합니다.

호감을 품은 상대에게 연인이 있다는 이야기는 의심할 여지가 없는 상황이라도 되지 않는 한 믿기 싫은 법이니까요. 게다가 그 상대가 순진한 영애가 아니라 남자를 좌지우지할 것 같은 요염한 미녀라면. 응. '말도 안 돼!'라며 부정해 버리는 거겠죠.

이해해요. 저는 사고방식이 일반 시민에 가까워서 이해하게 되더라고요. 네. 정말 근거 없는 확신이라는 건 무섭다니까요.

뭐, 그렇게 돼서 조금 의기소침해진 상태예요.

어이쿠. 그러는 사이 레온 님의 발소리가 들리니까, 여기서부터는 진지한 중계 모드로 들어갈게요.

규칙적인 노크 소리 후 안으로 들어온 레온 님은 일단 간단하게 감사 인사를 했습니다.

피로가 짙게 남은 안색으로, 성가신 뒤처리가 산더미라는 것을 짐작할 수 있었습니다.

그야 마석이 바이스 공화국에 넘어갔다면 타국과의 긴장감은 단번에 불어났을 테니까요. 미수에 그쳤다곤 해도 찔리면 아프겠죠. 될 수 있는 한 외부로 새어 나가지 않게, 하지만 확실하게 벌을 내려야만 합니다.

아슬아슬한 줄타기일 거예요. 책임을 져야 하는 입장이란 건 힘들겠네요.

"딱딱한 인사는 필요 없어, 레온 공. 나도 어느 정도 정보를 얻긴 했지만, 괜찮다면 귀공이 정식으로 직접 들려줬으면 좋겠군. 일단 앉아. 차를 끓이지."

"그러시다면 말씀대로."

레온 님은 질베르 님이 권하는 대로 자리에 앉아, 벽에 돋아나 있는 짹순이를 힐끔 봤습니다.

뭐, 모르는 게 이상하죠.

슬프게도 5초 정도 말없이 계속 시선을 받은 짹순이의 다리는 덜덜 떨렸습니다. 내 귀여운 참새를 괴롭히지 말아 줬으면 좋겠는데요. 마지막에 싱긋 웃고 시선을 돌렸으니, 녹화도 녹음도 허락받았다고 생각해도 되겠죠. 생각해 버릴 거예요.

"스트레이트면 되나?"

"네, 상관없습니다만… 설마 황자께서 직접 끓여 주실 줄은."

"혹시 몰라 시녀를 물렸거든. 아, 혹시 생각 있으면 과자도 있어."

테이블 한쪽에 준비해 둔 접시를 레온 님 앞에 놓아줬습니다.

저건 질베르 님이 직접 만든 쿠키네. 겉은 바삭바삭에 안쪽은 촉촉하고, 입에 넣으면 풀어지듯이 사라져요. 한 번 먹으면 푹 빠질 만큼 맛있다구요.

정신없이 접시에 손을 뻗는 아가씨가 부럽습니다.

나도 먹고 싶다. 남겨 줬으면 좋겠는데.

"이야기가 외부로 새어 나가지 않도록 레티에게 방벽을 쳐 달라고 했어. 마음 편히 있도록 해."

"아, 과연. 그래서 레티시아도 있는 거였군요."

"실례군. 나도 당사자야, 오라버니."

불만스럽다는 듯이 얼굴을 찡그리는 아가씨.

확실히 용제님의 활약은 엄청났죠. 저도 녹화 역할인 짹순이도, 너무 멋있어서 내내 들떠 있었으니까.

너무 흥분해서 날개에 얼굴을 세게 맞았지만, 그것도 포함해서 좋은 추억입니다.

"그래. 덕분에 파티장을 파괴하는 건 피했어."

"…파괴?"

매우 불길한 말이 튀어나와서 아가씨의 눈썹이 찡그려졌습니다.

그에 레온 님은 웃는 얼굴로 마주 보고, 질베르 님은 어색하게 기침을 했습니다.

이런 걸 보면 질베르 님의 최종 수단이라는 건 어마어마하게 요란한 거였을지도 모르겠네요. 휘말려 들지 않을 자신은 있지만, 그건 그거. "너무 무섭다."라고 중얼거리니 짹순이가 "짹!" 하고 끄덕였습니다.

짹순아. 너, 숨어 있을 생각이 아예 없구나.

"그런데 밀고서라고 적힌 편지가 왔을 때는 놀랐습니다. 내용에는 반신반의했습니다만…. 결국 뚜껑을 열어 보니 제 평판은 하늘 높은 줄 모르고 치솟았더군요. 발언권도 높아지고. 너무 높아진 것 같은 기분도 듭니다만."

"딱히 상관없지 않나. 누군가의 비위를 맞추는 타입도 아니고."

"신세를 졌다고 해서 알랑거리는 사람이 아니라고 믿어 주시는 거군요. 영광입니다, 황자님. 국가 조사 부대장으로서 앞으로도 공명정대하게 판단하겠다고 맹세하겠습니다."

가슴에 손을 얹고 가볍게 고개를 숙였습니다.

역시 레온 님. 엄청나게 성실하고 일밖에 모르는 분이라니까.

결코 정에 휩쓸리지 않고, 나라의 적이 되는 자라면 설령 황자라 해도, 가족이라 해도 사정을 봐주지 않는 사람. 그래서인가, 저에겐 아돌프 님이나 아가씨보다 무서운 사람이라는 이미지가 있어요.

"그리고 오즈웰 백작가 말입니다만."

홍차를 한 모금 마시고, 쿠키에 손을 뻗는 레온 님.

"장남 로랑의 단독 범행이라고는 해도… 응?! 맛있어. 굉장히 맛있습니다, 이거!"

"어, 아, 그래, 고마워…."

"사양 않고 먹어도 되나요?"

"마음껏 먹도록."

지금까지 국가 조사 부대장의 얼굴을 무너트리지 않고 담담하게 일 이야기를 하고 있던 레온 님의 얼굴에 순식간에 장미 같은 미소가 꽃피었습니다. 대단하다, 질베르 님 수제 과자. 정신을 차리니 아가씨의 쿠키 추천 강좌가 시작됐습니다.

솔직히 나도 끼고 싶다.

"아니, 그런데 정말 맛있군. 선물로 가져가면 어머님도 기분을 푸실지도 모르겠어."

"그래서 말했잖아. 어머님께서 우실 거라고."

"그때는 어쩔 수 없었어. 다른 방법도 없었잖아? 그런데 황자님, 이건 어디에서 구할 수 있습니까? 괜찮다면 알려 주셨으면 합니다만."

"미안하군. 살 수 있는 건 아니야. …내가 직접 만든 거라…."

"황자님께서?!"

레온 님은 아가씨와 짹순, 혹은 저를 교대로 보고 경악하는 표정을 지었습니다.

저건 분명 '너희, 이렇게 맛있는 걸 항상 먹는 거냐?'라는 얼굴이었습니다. 틀림없어요.

"괘, 괜찮으면 이따 가져갈 수 있게 포장할까?"

"꼭 부탁합니다!"

"오라버니, 슬슬 본론으로 돌아가는 게 좋지 않겠어? 내가 얘기하기도 그렇지만, 다과회가 돼 버릴 것 같군."

"…시, 실례했습니다. 아, 오즈웰 백작가에 관해서였죠."

레온 님은 쿠키를 하나 더 즐기고는 다시 입을 열었습니다.

"로랑의 단독 범행이라고는 해도, 오즈웰 백작가에도 상응하는 벌이 내려야지요. 작위 몰수는 피할 수 없어야 했습니다만, 아무래도 부친 아돌프 오를레시앙이 도움을 준 모양입니다."

"아버님께서?"

아가씨의 질문에, 레온 님은 어이없다는 표정으로 "그래."라며 끄덕였습니다.

질베르 님 쪽은 특별히 동요하는 기색도 없이 우아하게 홍차를 즐기고 계시는 걸 보면, 아마 예상은 하고 있었겠죠.

"이번 사건, 굳이 말하자면 오를레시앙 가문과 연고가 있는 자들끼리 막은 것이나 다름없습니다. 부친은 그렇게 얻은 발언권을 행사해서, 오즈웰 백작가를 돕는 대신 산하에 두었습니다. 오즈웰 백작가는 마석 가공 분야에서는 우리나라 최고의 기술을 갖고 있고, 그 영지에는 질 좋은 마석 광산이 있죠. 즉, 그분은 조건 없이 오즈웰 백작가의 힘과 마석 관련 사업을 손에 넣은 겁니다."

"하하하! 여전하군, 아돌프 공은. 빈틈이 없어."

"감사 인사를 드리라고 부탁받았습니다. 웃음이 멈추질 않는다고 하더군요."

홍차로 입을 축이고는 휴우 하고 숨을 내뱉는 레온 님.

작위가 유지됐으니, 이 이상 없는 은혜겠죠. 오즈웰 가문은 영원히 오를레시앙 가문에 고개를 못 들 거예요. 아돌프 님 입장에선 아무것도 안 하고 광산이 굴러 들어온 거나 마찬가지. 그야 웃음이 멈추지 않는 것도 당연하죠.

레온 님 뒤에서 소리 높여 웃는 아돌프 님의 모습이 투명하게 보이는 것 같아요.

"로랑 본인은 현재 재판 중입니다만, 심신 쇠약 상태라 말이 통하지 않아 재판에 시간이 걸리고 있습니다. 그가 마지막에 말한 '그분'에 관해서는 현재 조사 중으로…."

"신경 쓰지 마. 어차피 불지 못하도록 무슨 수라도 써 둔 거겠지. 오를레시앙 가문 실각 소동 때 증거의 꼬리조차 남기지 않았던 사람이야. …앞으로 얌전히 있어 주면 그것만으로 충분해. 로스만 제국 존속을 위해 이 건에서는 발을 빼는 편이 좋을 거라고 충고해 둘게."

"…오를레시앙 가문으로서는 비 온 뒤 땅이 굳는 것은 물론, 이전보다 더욱 힘을 얻은 결과가 됐습니다. 부친도 끝까지 추적하라고 하지는 않겠지요. 하지만 듣자하니 그들의 목적은 당신입니다. 전부 불문에 부치시겠다고요?"

"그래. 어둠 속에 묻는 편이 나은 경우도 있거든, 레온 공."

일절 표정을 바꾸지 않고 단언했습니다.

이 건에 관해서는 질베르 님에게 허락을 받지 못해서 제 입으로는 아직 아무 말도 할 수 없습니다. 하지만 분명 아돌프 님도 같은 판단을 내릴 거라고 믿고 있습니다.

애초에 흑막의 죄에 관해서는 가장 실질적인 피해를 입은 질베르 님이 그렇게 말하는 거니까, 우리가 참견할 일도 아니겠죠. 아가씨는 조금 불만스러워 보이지만.

이만큼 양보해 줬는데 아직도 무슨 짓을 할 생각이라면 봐주지 않겠다. 다음은 내가 직접 철저하게 박살 내겠다며 씩씩거리셨으니까 질베르 님의 안전은 걱정 마세요.

"후후, 그럼 선물도 받았으니 저는 그만 실례하겠습니다."

어느새 귀엽게 포장된 쿠키를 받아 든 레온 님은, 일어서서 질베르 님 옆으로 와 무릎을 꿇었습니다. 긴장이 풀린 부드러운 표정이네요.

"레온 공?"

"질베르 황자님, 부디 앞으로도 레티시아를 잘 부탁드립니다. 황자님과 결혼한다고 들었을 때는 어떻게 되려나 싶었습니다만, 제가 봐도 부러운 관계라서…."

레온 님은 눈을 빛내며 질베르 님의 손을 꽉 잡았습니다.

“왜, 왜 그래?!”

“우리 오를레시앙 가문에서는 친척이며 고용인을 포함해, 가장 이상적인 남편감은 레티시아라고 의견을 모았습니다. 레티시아야말로 최고의 남편. 그렇습니다, 다시 말해 슈퍼달링!”

“슈, 슈퍼달링…?”

“네, 슈퍼달링입니다.”

“슈퍼달링.”

“좋은 서방님이 될 거라고 확신합니다.”

어색한 단어에 앵무새처럼 반복하기만 하는 질베르 님. 완벽하게 책 읽는 억양이네요. 국가 조사 부대장의 가면을 쓰지 않은 레온 님은 기본적으로 웃기는 형이니까 놀라는 것도 당연하죠.

무엇을 숨기랴, 레온 님은 바로 레티시아 님 팬클럽의 창설자. 회원 번호 1번을 가진 분. 압력이 엄청나네요.

“레온 오라버니, 나는 아내야. 서방님은 질베르 님 쪽이고.”

“하하하, 농담은! 남편을 여장시켜서 옆에 끼고 있는 아내는 없어.”

“여기 있다.”

레온 님의 손을 툭 떼어 내고 아가씨가 일어섰습니다.

역시 아가씨. 레온 님을 다루는 것에 익숙하시네.

"흠, 그렇게 말하면 반론할 수 없구나. 나도 아직 고정 관념에 사로잡혀 있었나. 반성해야겠어. 레티시아는 아내여도 슈퍼 달링이다."

"그 슈퍼달링?이라는 걸 잘 모르겠는데."

"칭찬으로 들어 주면 돼. 오빠는 가 볼게. 어머님 기분도 맞춰 드려야 하니까. …아, 그 전에. 깜박할 뻔했군. 질베르 황자님께 이걸. 아이비스 공께서 건네 달라고 부탁했습니다."

"편지?"

"그럼 다음에 뵙죠."

멋진 미소를 짓고 사라지는 레온 님을 멍하게 바라보면서, 질베르 님은 손에 든 편지를 바라보았습니다.

아이비스 공은 그분이죠? 품행방정에 근엄하고, 규칙이 옷을 입고 걸어 다니는 것 같은, 항상 아돌프 님과 말싸움을 하는 그 공작님.

의아한 표정으로 봉투를 빛에 비춰 보는 두 사람 곁에, 저와 짹순이도 합류했습니다.

"딱히 이상한 게 들어 있지는 않은 것 같은데… 아이비스 공이 보냈다니 꺼림칙하네. 멋대로 움직인 것에 관한 잔소리인가? 딱히 이상한 짓은 안 한 것 같은데."

"일단 열어서 읽어 보면 돼. 이상한 장치가 되어 있다면 내가 날려 버리지."

알겠다고 끄덕이는 질베르 님. 천천히 봉투를 열자, 안에는 편지와 함께 티켓 한 장이 동봉돼 있었습니다.

"음, 전략. 가면무도회 사건 때는 신세를 졌습니다. 일단 답례로 더욱 은닉성이 높은 '비밀 사랑의 초대장'을 동봉하겠습니다. 시간이 되실 때 용제님과 함께 참가해 주십시오. 또한 조만간 약속대로 인사를 드리러 가겠습니다. 그럼 이만. 추신, 용제님과의 비밀스러운 사랑에는 감동했…습…."

마지막까지 말을 잇지 못하고 침묵했습니다.

모두 '주최자는 당신이었냐!'라는 뭐라고 형용할 길이 없는 표정이 돼 있었습니다.

아돌프 님과 상성이 안 좋은 게 당연하네요. 아돌프 님은 이런저런 떳떳하지 못한 방법을 취하기도 하지만 애처가로 유명하니까요. 완전히 정반대의 성질이네. 사이가 좋을 리가 없죠.

"전혀 몰랐어…. 아니, 오히려 처음부터 제외하고 있었지. 내 실수야. 목소리나 서 있는 자세, 단어 선택에 분위기까지 다른 사람으로 위장하다니. 그 사람 뭐야? 진실한 사랑인가 하는 것에 대한 집념이 너무 무서운데."

"게다가 또 귀찮은 착각을 한 모양이다만…."

질베르 님이 고안한 용제님과의 꽁냥꽁냥 작전은 실패로 끝난 모양이지만, 다른 방향에서 효력을 발휘해 버린 것 같네요.

"나 자신에게 질투하는 지경이 될 줄이야."라면서 주먹을 떠는 아가씨에게 뭐라고 말을 해야 할지, 저도 짹순이도 모르겠네요.

그 뒤는 평소대로. "그 어떤 레티라도 레티가 최고인걸."이라고 하는 질베르 님의 말을 시작으로, 꽁냥꽁냥 타임이 시작될 것 같아서 저는 얼른 후퇴했습니다.

포콘은 분위기 파악도 할 줄 아는 우수한 밀정이거든요!

…뭐, 이렇게. 현재 보고드릴 수 있는 건 이 정도네요. 일단 제가 설탕을 내뿜는 몸이 돼 버리기 전에 누가 좀 도와줬으면 좋겠어요. 이건 이것대로 매일이 즐겁지만요.

이상, 포콘의 보고 일지였습니다.

창문 밖에서 달빛이 새어 드는 어두운 서재.

아돌프 오를레시앙은 포콘이 보낸 보고서를 보고 눈을 가늘게 떴다. 그는 무척 유능한 밀정이었다. 보낼지 말지 고민했지만, 보내 주길 잘한 모양이었다.

설마 레온의 평가마저 훌륭하게 복권시키고, 국가 조사 부대장으로서 "레티시아도 그렇지만, 질베르 황자의 두뇌도 두렵습니다. 같은 편이라 다행입니다."라는 말이 나오게 하다니.

가문으로서도, 개인으로서도, 좋은 혼담을 맺었다고 자랑스럽게 말할 수 있었다.

머리가 좋은 귀여운 아들이 하나 더 생겨서 기쁠 따름이다.

아돌프는 손에 들고 있던 그것을 파일에 끼워 넣어 책장에 넣고 열쇠로 잠갔다.

“여전히 여러모로 엉망진창에 보고서 형식을 지키지도 않았지만, 레티시아와 질베르 황자, 포콘도 모두 즐거워 보여서 다행이군.”

레티시아와 포콘이 떠나고 오를레시앙 저택은 조금 조용해졌지만, 이렇게 어딘가 경쾌한 말투의 이야기 보고서가 도착하니 외롭지는 않았다.

그는 후후 하고 즐거운 듯 웃고는 서재를 뒤로했다.

『벨 푸페의 슈퍼달링 약혼』 1권 마침

벨 푸페의
슈퍼달링 약혼
~ "취향이 아니야."라는 말을 들은 인형 공녀, 참는 걸 그만두니 황자가 푹 빠졌다. 참으로 사랑스럽군! ~

작가 후기

처음 뵙겠습니다. 아사기리 아사키라고 합니다.

『벨 푸페의 슈퍼달링 약혼 ~"취향이 아니야"라는 말을 들은 인형 공녀, 참는 걸 그만두니 황자가 푹 빠졌다. 참으로 사랑스럽군!~』(길어서 이하 벨 푸페)을 구입해 주셔서 감사합니다. 재미있게 읽으셨다면 기쁠 거예요!

벨 푸페는 어느 날 갑자기 "그래, 취향을 꾹꾹 눌러 담은 걸 쓰자!"라는 생각이 들어서 제가 좋아하는 요소를 이것저것 담은 작품입니다.

완전히 제 취향 특화 소설입니다. 취향, 취향, 취향, 취향의 종합 세트입니다.

그런데 의외로 호의적인 감상을 받아서, 신이 난 저는 SQEX 노벨 쪽에서 혹시 받아 주시지 않을까 하고, 당시 개최된 노벨 대상에 응모했습니다.

결과는 생각지도 못한 금상. 소식을 들었을 때 흘러나온 첫 말은 "제정신이세요?"였습니다. 제정신이라고 하시더라고요. 얼마나 마음이 넓으신 건가 싶어 놀랐던 기억이 있습니다. 분명 마음이 바다보다 넓으신 것 같습니다. 그 덕분에 이렇게 출판할 수 있었습니다!

최강의 슈퍼달링 여주×불우한 두뇌파 부끄부끄 황자인 것만으로도 좀 그렇습니다만, 여주가 반전해서 남자가 되질 않나, 남주가 미녀(여장)가 되지 않나, 정말 제 마음대로 저질러서 이렇게 책이 되어 전국 서점에 놓이게 된 것을 아직도 믿을 수가 없습니다.

괜찮을까요…? 제 심장은 프레파라트의 커버 글라스보다 약하다고 자부하고 있으니까, 후기를 쓰는 이 시점에서 이미 벌렁벌렁합니다.

그리고 벨 푸페를 말할 때 빼놓을 수 없는 분이 캐릭터 디자인, 삽화를 담당해 주신 셀렌 선생님이십니다. "캐릭터 이미지? 거의 없습니다, 맡길게요!"라는 한심한 부탁에 너무나도 멋진 디자인과 일러스트로 답해 주신 셀렌 선생님께는 아무리 감사해도 모자랍니다. 정말 감사합니다!

또한 칸사이 사람이라 "재미있는 걸 하고 싶어!"라는 욕심이 생겨 양면 페이지로 삽화를 넣는다는 생떼에 어울려 주신 셀렌 선생님과 담당 여러분께는 그쪽으로 발을 뻗고 잘 수도 없습니다. 감사합니다. 완성한 삽화를 처음 봤을 때 몇 초 의식을 잃었습니다. 너무 엄청났어요.

WEB판부터 읽어 주신 독자님이나 셀렌 선생님과 담당 여러분, SQEX 노벨 편집부 여러분, 디자이너님, 벨 푸페가 독자 여러분을 찾아갈 수 있도록 힘써 주신 분들, 그리고 벨 푸페를 구입해 주신 여러분께 가장 큰 감사를 드립니다!

그리고 무려 셀렌 선생님 작화로 만화화도 결정되어 있습니다. 더 넓어지는 벨 푸페의 세계. 응원해 주시면 감사하겠습니다! 부디 앞으로도 잘 부탁드립니다!

호오~
보다시피,
전혀 여자로 안 보이지?
여장한 남자로 보여요.
아~ 정말이다.
가슴 패드는 위대하구나.
가슴 패드
용제님은 어떻게 생각하시….
저기요
저기요
빤히…
이건 이것대로 동하는군….
정말 한결같네, 이 사람.
귀에도 안 들어오나 봐

※오른쪽에서 왼쪽 순서로
읽어 주세요.

벨 푸페의 슈퍼달링 약혼 [1]

2026년 1월 10일 초판 발행

저자 아사기리 아사키
일러스트 셀렌
옮긴이 이슬

발행인 정동훈
편집인 여영아
편집 팀장 김은실 백유진
편집 소민주

발행처 (주)학산문화사
등록 1995년 7월 1일
등록번호 제3-632호
주소 서울특별시 동작구 상도로 282 학산빌딩
편집부 02-828-8920
영업부 02-828-8986

ISBN 979-11-411-7085-1 04830
ISBN 979-11-411-7084-4 (세트)

값 12,000원